你就是幸福

杨西北／著

中国華僑出版社
·北京·

图书在版编目（CIP）数据

漳州作家丛书 / 陈燕松主编 .—北京：中国华侨出版社，2018. 10
ISBN 978-7-5113-7767-8

Ⅰ. ①漳… Ⅱ. ①陈… Ⅲ. ①中国文学—当代文学—作品综合集 Ⅳ. ① I217.1

中国版本图书馆 CIP 数据核字（2018）第 216910 号

漳州作家丛书：你就是幸福

主　　编 / 陈燕松
著　　者 / 杨西北
责任编辑 / 晓　涛
责任校对 / 孙　丽
经　　销 / 新华书店
开　　本 / 670 毫米 ×960 毫米　1/16　印张 /324　字数 /4281 千字
印　　刷 / 三河市华润印刷有限公司
版　　次 / 2018 年 11 月第 1 版　2020 年 2 月第 2 次印刷
书　　号 / ISBN 978-7-5113-7767-8
定　　价 / 980.00 元（全 24 册）

中国华侨出版社　北京市朝阳区西坝河东里 77 号楼底商 5 号　邮编：100028
法律顾问：陈鹰律师事务所
编辑部：（010）64443056　64443979
发行部：（010）64443051　传真：（010）64439708
网　址：www.oveaschin.com
E-mail：oveaschin@sina.com

《漳州作家丛书》总序

漳州是中国历史文化名城，历史悠久，文化深厚。在文化的星空，群星璀璨，先后涌现出黄道周、林语堂、许地山、杨骚等文化名人，令我们引以为傲。

四十年改革开放，四十年风雨兼程。漳州土地，生机盎然，文学创作也迎来繁荣发展的春天。应是春风吹拂，应是文脉相承，一支包括了老、中、青三代作家的队伍正在悄然形成。2004 年，漳州市委宣传部、漳州市文联编辑出版了第一套《漳州作家丛书》，有十二人，十二本。时隔十多年，在祖国改革开放四十周年的今天，漳州市委宣传部、漳州市文联再次编辑出版第二套《漳州作家丛书》，展现活跃在省内外文坛的二十四位当代作家的创作风采。十二到二十四，这不仅是作家作品数量的增加，更是漳州文学创作水平质的飞跃。

《漳州作家丛书》的出版，旨在展现漳州作家的创作成果和创造实力。以期让更多的人，通过这套丛书，了解漳州，关注漳州，热爱漳州。同时，我们也希望，通过这套丛书的出版，能够激发漳州作家深入生活，体验人生，潜心于文学创作，用更好的作品回馈家乡，回馈人民，回馈时代。

《漳州作家丛书》编委会

2018 年 10 月 1 日

目 / 录

第一辑

第二辑

第三辑

第一辑

说不尽的明清老街

我 7 岁回到家乡漳州，住在杨家老宅。老宅在香港路，现在是全国有名的历史文化街区核心路段。我认识家乡其实就是从这条路开始的。香港路不过两三百米长，老人称之为南市街，在老城区的南边，旧时一直是老城的中轴线，旧时指的是唐朝漳州建州后的历朝历代。这条两旁都是骑楼建筑的狭长街道盛着许多故事。

我最早耳熟能详的是双门顶。双门顶在香港路北段，宋代钤司署设于此，钤司署是军事机构，有点像当下的“军分区”。钤司署外门为双门：左称“崇仁”，右叫“怀恩”。由于这里的地势南低北高，双门位于路北，俗称双门顶。如今，“双门”已逝，而这里的两座巨大威严的石牌坊，却如两座沉重无比的门凌空镇着。一座两面的横额分别刻着“尚书”和“探花”，另一座刻着“三世宰贰”和“两京扬历”，都是明代建筑。“尚书”坊为漳浦人林士章而立，此人是嘉靖年间的探花，官至南京礼部尚书；“三世宰贰”坊为龙溪人蒋孟育和他的父亲蒋相及祖父蒋玉山三人而树，蒋孟育是明万历年间的进士，曾任南京吏部右侍郎，在漳州结“玄云诗社”，是“玄云七子”之一。这两座石牌坊为什么会立在这里，当然与这里是城市的中轴线有关，进城的人首先得瞻仰它们，感受它们。这种效果在我身上也有所应验。上中学时，我天天早上要从它们底下经过，每回都要强制受到一回训导，觉得牌坊受赐人了不起，心里有小小的波动。但是“成名成家”的思想是要不得的，这是我们当年受到的教育，因此心里有时又会纠结。只是这种波动和纠结很快会归于平静，因为年幼，还因为单纯。当年每日从这里走过，两边临街门面里的客厅陈设也熟稔于心，多是有张供桌，上头敬奉着神明，有的置有神龛，有的是一张神像，香炉似乎是都有的。那时旧居的扇门两旁都是可以拆卸的厚重的木板墙，没有窗户，又隔着骑楼下人行道的距离，客厅的光线有点暗，但是那些东西还是能看得清楚。后来有一天，我有一个发现，那些神明不见了，换上了新的对联和新的图像，当然打着那时的鲜明语境。我兴奋，为这个新的变化和表现出来的风尚写了一篇作文，得到了老师的表扬。如今数十年过去，许多百姓家中重新出现神龛，让人不得不感慨文化的烙印是多么的坚韧和顽强，是多么的刻骨铭心。

一个在外乡已是耄耋之年的堂哥许多年前告诉我，在双门顶那个地方有一座极小的伽蓝庙，我多次好奇寻访不得，不知它躲在什么地方。近几年政府投巨资修葺香港路北段，伽蓝庙重见天日，原来这座庙只有3平方米，隐身在双门顶边上的打石巷，在骑楼二层的空间，庙前几杆小旗幡成了它现在显眼的标志。这座小到几乎不招人眼目的伽蓝庙怎么会修建在这个地方？街坊邻里都说不清它的来历，以后又有一说是全国最小的庙，谁能解开这个谜？

现在这段路成了一些拍摄旧时代题材影视片的天然外景，时不时被封路。出现了大牌演员和一些不知能不能上镜头的群众演员，他们依照剧情在这里有声有色地演着戏。那些骑楼的楼体和青石板路，用不着解说就会让人有时空倒错的感觉，演员们想必在镜头前也一下就能进入规定的情景。一个新闻界同行有次采访回来后告诉我，某个一线女影星素颜比化妆更漂亮，说罢啧啧赞赏。让我不禁想起双门顶下“葱管（闽南方言：煤油灯灯罩）西施”的逸事。香港路是条商业街，两旁尽是各式店面。双门顶下有间专门卖煤油灯和煤油灯的玻璃灯罩的小店，女主人是位非常清丽可人的白净女子，因为她美丽，生意也好，不少人专程到此为的是一睹芳容。我那时是个懵懂孩童，虽不谙世事，有时路过见到美人同顾客交易，除了觉得漂亮之外，仍能感到她的微笑有点勉强，是不是因为电灯渐渐普及，生意也渐渐不好做。20 世纪七八十年代，她还在这里，后来就消失了。曾经有一个福州朋友到漳州，太太曾住在毗邻的台湾路，他们特意一起到这里寻觅西施丽人，却不得倩影，只能在双门顶下怅怅地徘徊。若干年又过去。一日，“葱管西施”重新出现，完全看不出已是一个耄耋老人，依然白净，她偶尔坐在临街店面，看着行人，或是在想什么，很恬淡。店由她的后代经营，专卖民间结婚的物品，几乎都是红色，如一朵祥云。店移了个地方，开在距双门顶南端不过一二十米的路西处。她的重现，让人感到生活美之长青。

双门顶的尽头就是台湾路，同香港路形成一个丁字路口。台湾路也属历史文化街区，继香港路北段之后修葺如旧。原先的水泥路被挖掉，铺上花岗条石，特意不打磨平整，表面有些坑洼，东起延安南路，西至青年路，都成了这样的路面，大约这样才有老的味道。这里也是商业街，铺面鳞次栉比，老字号的牌匾触目皆是。这段路的建筑不是骑楼样式，而是既有传统的红瓦双坡顶、挑檐砖木结构，也出现西洋格调的柱式楼房和铸铁窗花，虽然同香港路仅咫尺之隔，却让人明显领略到近代气息。在那些老牌匾中，有一处横列着这么一行字“商务印书馆代理处”，这曾让小时候的我有点惊讶，因为我手中几乎天天使用的《新华字典》就是商务印书馆出版的，稍大后看了一些书，知道了商务印书馆的分量，感觉到这座小城这条不知名的小街其实还是有些文化的。我在漳州一中读书，放学一出校门就是胜利路，有一拨同学向东走去，很是雄赳赳地对向南行的同学说，我们走胜利路，你们走香港路台湾路吧。有一度我们都认为香港和台湾是水深火热的地方，所以有些灰溜溜的，后来知道南面城区在老漳州是很有地位的，才又昂首阔步地回家。

台湾路中段以前称府口街，路北有一处比较宽敞的豁口，称始兴北街，这就是府埕，旧时漳州府衙大门前的小广场。府埕北端是现在中山公园的南门，从南门进去就是原来府衙所在地。府埕不足百米，却是漳州有名的地方，曾有相当一段时间，这里是漳州的小吃街，两旁布满各式地方小吃的店铺，似乎永远是食客满满，生意火爆得很。搬回漳州后，有一年春节，我同认识不久的小学同学出来玩，在这里吃了一份蚵仔煎，那个香味那个边缘酥脆的口感那个又酸又甜又辣的酱料，至今仍留在记忆中。历任的地方官都会关注到这个地方，两边的旧房子已经拆掉又仿古规范地重建了，如今出现了书吧、有名的手工木偶头、木版年画、漳浦剪纸等的店面陈设，平添一种安恬的文化气息。清晨，公园南门前的芳华横路，与府埕平行的芳华路，形成一个跳蚤市场，男女们在这里随意挑拣食材，脸上洋溢着居家过日子的满足。

芳华路和台湾路的交会处，是鼎鼎大名的“天益寿”药店，这家老字号的药店有150多年的历史，是中华老字号药店，享誉遐迩，甚至海外。其实，在香港路南段，从前也有一家叫“太义方”的药房，同样名声在外，同“天益寿”一南一北相呼应。

现在，让我回到香港路南段吧。我老家就在这地方。这段路仍是老模样，旧的骑楼，二层剥落的墙体，各类拼凑的窗户，街面由原来不甚平整的柏油浇成了水泥。蓦然一看，同双门顶形成反差。但是这恐怕才是它真实的样子。这里有一条巷子叫面线巷，给我留下了深刻印象，传说里面曾有做面线的作坊，但顾名思义它又的确像一根纤细的面线，巷道窄细窄细的，从香港路的这头穿过去，一直抵达另一头的青年路，巷子很直，一眼看到尽头，因为两头洞穿，光线匀整甚至有层次，显得十分柔和，很是悦目，我每回路过，总会不自觉地看上一眼。

面线巷在路西，我家就在往南几十米的路东。老人说我们家族在太平天国末年的漳州战乱中几乎全部丧于非命，仅曾祖父躲过血光之灾，带着侄子从东闸口逃来这里重新立业，做棉纱生意，有了一个叫“怡瑞”的商号，有过一段很红火的时日。祖父是清末拔贡，赴京朝考后被授广东新会候补知县，曾是杨门的荣耀，据说当年曾打卤面请整条南市街。父亲 18 岁那年东渡日本读书，此时杨家已呈颓相。杨宅是一座典型的“竹竿厝”，从街面进去，直通通到底，其间有几处厅堂几处天井。第一进天井后面的厅堂曾有一条长案，墙上挂着牌匾，匾上有两个字“拔元”，这是祖父的牌位。可能数十年香火熏燎，灰蒙蒙的，让我有森然的感觉。这个牌匾不知什么时候起便不知去向。后院是一个大石埕，东北角是一间纺棉纱的作坊，前面是一处平房，这是这个大家庭数十号人的厨房。当然这都是听老人说的，我们搬回来时作坊已是残垣一处。我们家在后院西北角上的楼房里，这里还隐着一个小石埕，开了个边门，可以从一条巷子通回到街上。香港路南段是一处低水位的地方，回老家时，南门溪（即九龙江西溪）还没有修筑防洪堤，这里每年都得被洪水淹上几回。洪水从街上没入店面和小巷，大人已提前用各式的桶或盆储了水，然后用木盖将石埕的水井封上，避免脏水灌入，那时尚无自来水，水井的水是要饮用的。第一年看到洪水淹上楼梯，水面浮着不知何处漂来的木桶等杂物，觉得新鲜好玩，兴奋极了。第二年遇上数十年没有的“六九”大洪水，水差一点就淹上二楼。周围有房子倒塌，传出喊“救命”的声音，才感到害怕。后来大人带我从二楼贯通的回廊和房间，迂回地来到临街窗口，被撑着小船划进来的解放军战士抱上船，逃命出去。这段经历深深刻在脑中。如今老宅多已人去楼空。这里有过兴盛，最终合乎规律地衰落，留下的清寂似乎以默然的姿态在评点着历史。

香港路南端第一个十字路口俗称南门头，东西走向的路叫南市场和博爱西路，这条路就是原来的古城墙，所以地势高。因为几次旧城改造，这里现在已面目全非，出现了耸立在南门溪畔的高大商品楼房。但是这一切没有能全部抹去老城的痕迹，香港路的骑楼如同楔子一样钉在边上。

杨家后院还有一个后门，这个后门对着一条狭窄的小巷，巷子通往与香港路平行的龙眼营。这个后门少有人用，门外有一片废弃的宅地，有几丛茂盛的竹子，荒凉僻静。我也只是偶尔兴之所至，从这里走去上学。小时候淘气，记得曾经同小朋友在这条人迹罕至的小巷子比赛谁走路撒尿撒得更远。龙眼营是一条十分古老的街，宋朝时称龙骇瀛，曾是客栈云集的地方。路的南端有一座通元庙，现在让人们关注这里的多半是这座庙，当然不仅因为庙里的神明，不仅因为庙中主持传承至今的开元拳。还因为它曾是太平军攻占漳州时，太平天国侍王李世贤召集部下议事的地方，肃杀一时。通元庙如今信众多，香火旺，每逢祭祀，周边街道骑楼的路柱都会悬插着旗幡，很是风光。龙眼营北端同修文西路成丁字路口，斜对面坐落着大名鼎鼎的文庙。

文庙是全国文保单位，始建于宋朝。我认识它时，整座庙宇建筑都属小学校堂，叫西桥中心小学，巍峨庄严的大成殿是教师们的办公厅，我就插班在这所小学读了将近 6 年时间。文庙大门前两旁分别有一座牌坊，牌坊上都镌镂着 4 个字，西边的是“道冠古今”，东边的是“德配天地”。然而它们是从右到左排列的，而我们的阅读习惯是从左到右，于是我总是将它们读成“今古冠道”和“地天配德”。每天进出校门都要看到这 8 个字，不知道在心中读了多少遍，仍百思不得其解，也没找老师问问，这成了我小学时的一个心结。终于有一天豁然开朗，原来这是对孔圣人的褒赞。也许是孔圣人的庇护，我后来考上了漳州一中，一所很多人都向往的重点中学。孔庙许多角落都留下了我的记忆，学校有 1000 多学生，有 4 个少先大队，童年时瘦小的我幸运地当过这所小学少先队的负责人，当时少先队总部设在大成殿西头的廊房，大成殿前有 6 根粗大的石廊柱，柱上雕着神气活现的龙，我们每回出入队部，总喜欢摸摸门前的龙，因此攀在石柱上的龙头显得油光滑亮。如今学校已迁出，这里几乎成了到漳州城旅游的客人一定要到的地方，因为大陆完整的文庙已所剩无几。

后来我有机会到一座大城市读了几年书，回到漳州后，走在香港路上，一时有些不适，觉得这算是街道？这么短小和狭窄，顶多是条胡同。但是这种感觉很快被一只无形的手拂拭得干干净净，这里的楼屋门窗，行人和空气，早已和我融为一体。

现在漳州已成了国家的历史文化名城。双门顶底下的一个介绍香港路的牌匾，提到了父亲，说此街有“现代作家杨骚故居”。他当年流落南洋，在海外办报时，写的文章多用“北溪”（即九龙江）和“丰山”（近郊祖籍地）这两个笔名，迢迢千里万里，是不是乡愁呢？回国时，他准备专心写作，曾想在南门溪畔租房子居住，都已经让在漳州的养女、我的堂姐红豆帮助寻找，后来却因多种原因，留在了广州。这里，其实埋葬着他的梦想。

当我开始写关于明清老街的文字时，想到了以上的那些，不禁喉堵。

有一首歌曲曾深深打动过我，我用这首风行的歌曲里的一段歌词，结束这篇文章。“……在这儿有太多让我眷恋的东西 / 我在这里欢笑 / 我在这里哭泣 / 我在这里活着 / 也在这儿死去 / 我在这里祈祷 / 我在这里迷惘 / 我在这里寻找 / 也在这儿失去。”这首歌的歌名叫《北京，北京》，很神圣。我将歌名改成《漳州，漳州》，一样神圣！

面线巷

面线巷在古城区香港路南段中部的路西，巷子东西走向，笔直地贯通到与香港路平行的青年路。从巷子的这一头可以看到另一头，因为窄和直，天上洒下来的光线总是均匀柔和地布在瘦小的空间，让人看过去很舒服。小时候我家就在斜对过，上学一定要路过这里，时常不经意瞥上一眼，目光轻易就洞穿巷子，可以自由地在绵软的空中游弋，有一种片刻的享受。为什么叫面线巷，据说很久以前里头有面线作坊，名字由此而来，但是我觉得它细长细长，称为面线也十分形象贴切。

这条历史悠长的巷子肯定有故事，有一小则就与我有关。我有一个小学同学住在巷子的西端，这个同学瘦小，我个头也小，但他比我更矮，是班里最小不点的。他有时背着一个大书包上学，显得同身子极不相称。他走路慢吞吞的有点内八字，喜欢拖着步子。他从不与同学们争论什么，班里有什么事就站在一旁静静地看，不搅和其中。可能太瘦弱了，没有见过有谁欺负他。他属于谁见到都会心生怜惜的那种人。班里无论什么时候，有他在和没他在，都一样。但是他被老师注意到了。有一天下午放学时，我被班主任叫住，原来这个小同学已经一天没来上课，也没有请假，老师吩咐我到他家去跟家长说一下。那时我们的课很轻松，除了寒暑假，从来没有课外作业，偶尔有贪玩的同学逃学不来上课，只要没有请假，基本可以断定属这一类。我顺路，就满口答应了。

我走在面线巷。路面是光滑的石板铺成的，两边的厝壁陡立着，竖得老高，让人有压迫感。一个大人迎面匆匆走来，好像有急事，我连忙侧一下身子让他过去。这条巷子东头窄得无法两个人并肩走，路遇只能侧让。这个大人走过去，巷子归复安静。我的脚步开始慢下来，犹豫了。我有了想法，显然这是去告状，如果他的父母亲知道儿子竟然逃学，责骂肯定少不了，弄不好还会“竹仔枝炒肉”，挨一顿揍。这个瘦小可怜的同学，受得了吗？可是，老师的话不听好像也不行，我通常视老师的话如圣旨，还是个学生小干部。这条巷子平时顶多一分来钟便可以走透，我脑子里想来想去，磨磨蹭蹭，足足走了好几分钟。但是再怎么慢，也还是走到了。记得他家的门外似乎有个小院子，我在院墙外站了一会儿，还想不出要怎样办才好。周围没有人，有也不会给我出主意。就在犯难的时候，脑海浮现出两张很生气的脸，在我看来就是凶巴巴的，这是小同学的父亲和母亲。一瞬间，我做出了决定。我转身，回家去，不告这个状了。心里没有负担，脚步也轻快，三下两下回到了家。记得事后老师曾问起过，我嗫嚅着说了实情，准备受一顿数落。没想到，班主任只“哦”了一声，摸摸我的头，又拍拍我的肩膀，没有说出一句批评的话。我一时窃喜。许多年后，我也为人父，才理解老师也有一颗血肉做的心。

还没有到暑假，天气已经非常热。小同学又被老师注意到了，他没来上课。第二天，消息在班里传开，小同学偷偷跑去南门溪游泳，被溺死了。我张开嘴，心紧缩起来。几天之后，事情过去，心才慢慢平复。像一粒小小的尘土，小同学消失得无影无踪。本来我也以为他不会再被记起，事实上也几乎被时间磨耗得没有了痕迹。

数十年过去。我几乎天天到南门溪游泳，有一天可能山里下大雨，水色很黄，我和朋友在岸上闲坐，谈起“六九”大水，就是 1960 年 6 月 9 日那场百年不遇的洪水。香港路南段的水超过两米深，漫上了二层楼，泡了几天。朋友说他那时住在面线巷边上，有天房顶突然落下尘土，感觉房子要倒塌，赶紧从事先准备好的梯子，凌空爬到巷子另一边的人家，果然不久房子倒了，躲过一劫。我当时年幼，在家里曾听到附近不知何处传来凄厉的呼喊救命的声音，还有房子轰然倒塌的声音，隔天就被惶恐的大人牵走，让撑船进入街道的年轻士兵从窗口抱下逃生出去。我突然从南门溪的流水和面线巷，想起了那个小同学。似乎有一段生命被下意识地唤出。

第二天，我去游泳时，特意拐入香港路，走进面线巷。光线依然很柔和，岁月并没有冲淡什么。秋日快要落山的时分，巷子十分安静，适合思考事情。石板路很光滑干净，让人忍不住想俯身用手去摸一下。两边的房子有新盖的，也有旧的，墙体笔直朝天，天被逼得像一道缝。奇怪的是我看到的房门都紧闭着，像怕人窥见什么。我从巷子的东头，静静地走向巷子的西头，连一条狗的影子都没遇到。巷子中间开始稍稍宽敞一点，有几部电动车依次靠墙立着，像是找到一处惬意的地方放心地在休息。墙上有一排晾晒的衣物，表明这里还是有人居住的。墙缝挤出几株细小的凤尾草，显示着生命的力量。我走到印象中小同学的家门口时，曾有过的小院子无影无踪，一堵墙往上方抹去。我停留片刻，心如止水。

夕阳已沉下，薄暮初起，其实天还是亮堂的。我想到，有的生命飘然远去了，像蒲公英一样，偶尔让人记起；有的生命被延续下来，摇曳生姿，甚至如夏日的凤凰花，火热奔放。人生一世，各有千秋，谁都在遵循自己的轨迹滑行。这便是生活，不止于面线巷。

童年照片背后可能有的故事

我小学就读于孔庙，就是西桥中心小学。一年级插班，教室在大成殿右边厢房，东面墙外是延安南路的街道，没有窗户，光线有点暗。大成殿是老师办公的地方，很宽敞。小学毕业已近50年，孔庙的主体建筑成了国家级文物保护单位。大约是三四年前，有小学同学来坐，谈到什么时候组织一下聚会，但稍一合计，便感到困难重重。自从毕业后，大家各奔前程，不久“文革”开始了，接着上山下乡，基本上失去联系，没有往来。时间一久，面孔渐渐生疏。但是奇怪，随着年事渐高，偶有见面，反倒会相互打听。“聚会”一词便一再提起。有热心的同学开始逐个回忆小学同学的名字。又一天有两个同学来，其中一个我已完全认不得，因事先电话联系过，见面时，努力搜索他童年的影子，才叹服岁月的严苛。他们掏出两份名单，一张写在白纸上，按居住街道填上同学的姓名，另一张是用“恭贺新禧”烟盒纸的背面，密密地写着几排名字，是按姓氏笔画排序的，第一排写着几任的班长，也有我的名字。两份名单互相补充，大致就全了。他们真是费了心思。

有一天我找出小学五年级时，大概是清明时节到近郊安业民烈士墓（后来迁往厦门）扫墓的合影。这当然是一张非常宝贵的照片，可惜只有两寸半，小小的四方形，人当然也是小小的。没想到经过电脑扫描后，在屏幕上放大，依然十分清楚。我兴奋地给一些同学打电话，然后通过电脑散发出去。这张合影成了一粒小酵母，在同学中发酵。有几个同学拿去冲洗放大，我也得到了一张。同学见面时就一起挨个辨认，讲起数十年前的趣事和绰号，高兴地笑起来 。这张照片中的同学只有 40 多个，还有 10 多人不在其间，不知什么原因没有参加这次扫墓的集体活动，但是我们有了一张更加清晰的脉络图。

随着与几个当年小伙伴的往来，一些小学同学的生活经历，通过各式渠道，渐次走进我的脑子里。

我们小学的同学，分布在孔庙周围的街道。有台湾路、香港路、修文东路和修文西路、龙眼营、南市场、博爱道、延安南路，我发现，基本上是现在老城区的保护范围内。大家从事的行业五花八门，有在体制内的单位做到退休的，有单位倒闭后继续做着本来就在兼职的生意的，有些一直在社会上做各式可以谋生的事，或艰难，或顺利，人人都有一部跋涉的生动的历史。这当中有人曾获过“文革”结束不久全国上山下乡优秀知青的称号，也许是同学中最高的荣誉了。有的身体好，现在仍在工作，女同学多数抱上孙子，有的孙子早已告别儿童时代。有七八个同学，因为各种原因过早离开人世，让人唏嘘。小学时，男女同学是互不搭理的，记得有个高个子打排球的女同学，有一次活动集合排队时，我个子小站在前面，她站在后面，也许是看走眼了她以为前面的是女同学，手就搭到我的肩上，一边与人讲话，后来发现，大惊失色，引起哄笑，这个女同学也魂兮归去了。

南市场一带有几个同学，在路北通向龙眼营的路口处有一家面店，这面店卖各式面条，生意好像不错，这是我一个同学开的，有几十年了。南市场曾是一条十分热闹的小街，因为它就是市场，各式摊贩云集，有一段时间还沿街搭起高大的棚架，供摊贩摆摊子。如今江滨改建，这里冷清多了，但是这家面店仍开着，这个同学在近郊还有一处专门做面的作坊。可见有些沉淀许久的习俗，是无法改的，比如漳州百姓红白事都要打卤面，于是这个同学的生意就断不了。我每天到江里游泳，南市场是时常要经过的地方，这家面店也时常出现在眼前。有一天，我突然想到，如果有机会，将我们的小学同学中一些有代表性的经历，作为口述历史记录下来，可能会非常有意思。这里会有很生动的细节，很丰富的画面，甚至会有很曲折的故事。所有这些无不紧紧贴靠在历史这条长廊的廊柱上，所有这些无不植根在厚实的风土民情的土壤里，所有这些无不或深或浅地打上这座小城在特定年代的文化烙印。于是我很激动。当然这需要机会，也需要时间。但是我可以肯定，这将是一件很有意义的事情。因为漳州是一座历史文化名城，而我的同学几乎都生活在这座名城的老城区。

如今我们的小学同学还没有正儿八经地聚会过，但是已经有了的片段回忆，就可以令人回味很久了。

文庙记录

小时候我在漳州文庙读了近6年的书。

我们从外地迁回家乡，我成了西桥中心小学一年级下学期的插班生。文庙所有的建筑都属这所小学，宽敞威严的大成殿是教师的办公厅，两庑和戟门两旁的平房成了教室。街坊邻里都称这座学校为“孔子学”，我彼时尚不知孔子为何人。

我的教室在大成殿东边廊庑平房最靠南的一间。这边教室东墙外就是闹市的街道，没有窗户，仅西边有几扇窗，光线不太好。我淘气好动，曾在上课时偷偷从后面溜到前排作弄小同学，又迅速跑回自己的座位，像被昏暗掩护的小动物。写生字的时候，我在生字簿上写一行，空一行，再写一行，自认为这样看上去比较整齐，老师批评说：“你原来这样写吗？太浪费纸张，我们这里是要都写满的。”以后我就入校随俗。令人奇怪的是小同学们背诵乘法表用的是闽南本地话，读起来有歌调。童年的我觉得这歌调与学校庙堂的气氛很吻合。

三年级以后，我的淘气开始收敛。原因是注意力转移到了小说上。我读了《保卫延安》《王若飞在狱中》《烈火金钢》，等等。有一回到新华书店，指着高高的书架上的书，请店员拿下来看看，店员打量我，探询地问：“要买吗？”其实我只是想翻翻，被这么一问，心想如果不买他不一定愿意拿下来，就有些赌气地横下心说：“买。”回家后，我在书的扉页写上“某某某 × 岁购于新华书店”，下面还写上日期。这本书是

《林海雪原》，还算好，撞了本好小说。为什么迷上了文学书籍？不知道。这时，我的教室搬到东边廊庑平房最北的一间，正挨在大成殿边上，教室敞开，没有围墙，殿前的景物一览无遗。教室外沿有几块石碑，其中有一块是康有为因文庙重修写的碑文，当然这是以后知道的，小时候看不懂。康有为这块石碑陪伴我们有一年。

不幸的是我们有一段时间失去了班主任，原来的班主任因犯事被公安机关叫走，从此没有回来。一时群龙无首，成为乱班。不久来了新的班主任，是一个刚离开学校的女学生。数十年后小学同学聚会，这位尚不见老态的老师笑着对我们说：校长对我说你们这个班是乱班，我有点不安，刚工作，没经验，站在台阶上观察你们半天。新班主任大我们没有几岁，可能没有代沟，这个班很快就被她调理上了轨道。一天上课，课文是《歌唱祖国》的歌词，班主任心血来潮问："谁会唱这首歌？"我举手，站起来壮着胆唱了这首旋律高亢的歌。在这间教室，此时，国风之魂大概悄无声息地贴附在我幼小的心头。奇怪的是，小学同学聚会后，班主任讲课的情景烙在心头。一个短发及耳的女教师，年轻健康，她立在大成殿月台上，以温情的目光注视着眼下的一群不安分的儿童。这尊雕塑般的人像，甚至有隐约可见的轮廓光，充满女神的意味。

四年级时，教室搬到大成殿西边廊庑的平房。教室外面，是大成殿正面台阶下的一片大石埕。这片石埕洋溢着不少童趣，都是因为水而来。可能下水道有问题，只要一场大雷阵雨，石埕立刻涨满水。雨停水退时，同学们时常会自动组织起来用竹帚下去赶水，以免水退后石埕会留下一层泥垢，其实多半是为了玩玩水。这种赶水有时就演变成打水仗，女生在教室门口三三两两笑着看，男生打得更起劲，跌倒了成落汤鸡还是笑嘻嘻的。

石埕的西南角有一棵很高大的柠檬桉，这种树的树身和大小树枝都布满乳白色，我一直认为这是石灰水涂上去的。那么，高高的枝头是如何涂上石灰水的呢？这个问题竟然困扰了我许久。有许多回上课，我思想就在这棵柠檬桉上跑马，想象着工人是如何搭架爬上去在它身上涂抹石灰水。后来我才知道这种树的乳白色是天生的，但是想起之前的想象，仍一派生机盎然。这棵高大的柠檬桉现在已不见踪影。

我们在石埕做操，集体聆听值日老师或者学校领导的讲话，讲话的内容其实很快就忘了，唯有在大殿前聆听的情景总觉别有一番感受。此时我已被招安，成了小班长，我们曾组织起来在周末休息时给低年级的教室洗地板，似乎因此在大成殿前受过表扬，心里美得很。其实，任何教义不都是引导人从良行善吗？如今石埕立着孔子塑像，像前有香炉，升学或高考前会有家长来这里上香祈愿。

大成殿的廊前有 6 根很大的花岗石柱，柱子上攀着石龙，这龙柱让大殿平添几分森然。那时殿东头是校长的居室，偶有小孩和老人出入，中午和傍晚还会传出炒菜的香味，生出几许人间烟火。老师们在偌大的殿内集体办公，学生要进办公厅，得站在门外喊“报告”，等里面任何一位老师示意允许，才可以进入。殿西头是学校少先队队部。这里曾留下我一些印记。当时从小学三年级到六年级，每个班级都有一个少先队中队，每个年段编为一个少先队大队，全校 4 个少先队大队成立一个少先队队部，由队部主席和各大队长为基础组成这个全校少先队总部。记得队部主席都是由六年级的同学担任的。我读到六年级时，有幸被选举为队部主席。在总辅导员的指点下，我开始了小学校园里充满童真的社会活动。每逢节日前夕，我们都要在这里相聚，煞有介事地研究少先队的工作。我发现这些少先队的领导人进出少先队队部，总喜欢用手在花岗石的龙柱上摸一摸，可能是小孩子天生好动，也可能是舒卷在石柱上的龙露出善意的笑容，让人感到亲近。于是龙身和龙首很光滑。

学校操场北边有座宽敞的礼堂，显然是古建筑，里面的柱子十分陈旧，据说原先就是府学的建筑，称明伦堂。礼堂里曾有过一个图书室，我在这里借过一本有关春秋战国的通俗读物，记住了耍嘴皮子的政治家苏秦和张仪的名字。不知何时，因属危房，礼堂被拆除了。

文庙位于市区南部，门口街道的东西两侧，各矗着一座牌坊，牌坊上镌镂着四个字，西边是“道冠古今”，东边的是“德配天地”。这些字的排列是从右到左，而我们的阅读习惯是从左到右，于是，这几个字被我读成了“今古冠道”和“地天配德”。因为上学天天都要从牌坊底下经过，也就不知道读过多少遍，百思不得其解，也没想过要找谁问问。直到有一天豁然开朗。原来这是对孔圣人至高无上的评价。

文庙始建于宋庆历四年（1044 年），以后历代都重修过。古时有的附属建筑现多已不复存在。现在庙前街道对面的一片房屋已拆除，规划中，将光复庙学从前的模样。

如今小学迁移到文庙旁边，据说不久后还将迁移别处。大成殿现在成了国家级文物保护单位，成了人们游览和朝拜的去处。

其实在我心里，它早已是一处圣洁的地方。

奶色瓷瓶与漳窑纪实片段

从广州搬回老家漳州，一些新鲜的物件使孩童的我产生兴奋，比如煤油灯。夜幕降临，用火柴划亮油灯，罩上灯罩，油灯附近就亮起来，比较远的地方有昏朦的感觉，有风刮来，火苗会摇晃，好看得很，比起那一揿开关就突然明晃晃的电灯，有趣。比如水井。取水要用系上绳子的水桶坠入井中提起来，小孩的力气是不够的，于是我们就用罐头筒自制成小水桶，一桶桶吊水上来玩，这比自来水龙头一拧，水哗哗流出，有意思多了。但是，随着岁月的流逝，这新鲜的物件一件接着一件，从生活和视线里消失了。倒是有原先并不起眼的东西，在我逐渐纷繁复杂的脑子占有位置，比方说一只花瓶。

这只花瓶一直摆在一张上着黑漆的书桌边上，这张桌子样式老旧，有 3 个抽屉。这只看上去笨拙的花瓶被一个黑色的三脚木架托住，安静地蹲着，瓶口总是插着万年青，这绿色的插物省心耐看，久久换一回水，便可让你久久欣赏。有一回我心血来潮，想给它换一下水，搬动瓶身时，才发觉这家伙很沉。年少的我不敢逞能，小心翼翼抬起瓶子，不料下边的瓶架哗啦散落了，这才发现这木制的瓶架是可拆开再装上的，制作得很精巧。这只瓶子颜色十分普通，像奶白色，又不是纯白，带点微黄，这黄只能意会。因此，它不悦目，客人的目光总是被颜色也很一般的万年青叶子吸引过去，说这叶子很青翠很有生命力，等等，这肯定是客气话。有一回做完功课，很无聊的我凑上前观赏，发现这厚重的花瓶真是不咋的，它表面虽然有光泽，但瑕疵也太多了点，几乎布满裂纹，尽管这些裂纹十分细，终归还是裂纹。有裂纹的花瓶还算好花瓶吗？我断定这家伙是烧得不好的次品，心里更不屑了。

我们家的人口流动着，有时也会带走一些东西，像小家具小饰品什么的，似乎没有人打过花瓶的主意。它可能被列入属于比较粗俗的居家用品一类的东西。就这样，一年又一年，它有时出现在衣柜的顶部，有时出现在房中的角落，有时被杂物覆盖，不见踪影。还好花瓶体积不大，不占地方，总有居所。

若干年过去，人们都搬了新居。我的陋室陆陆续续出现一些瓷器，当然都是新家伙，有的体积还很大，有作凳子，有作盆景架，有的装大米和其他食品，也有的纯摆设。由于有了这些瓷器，就想起那只花瓶。后来，它应运出现了，端坐在众多瓷物中间充数，怎么看也还是丑小鸭一只，没有引起任何人的注意。

一日，一位文友来坐，他已改行搞文物，就是考古，而且时不时出点成果。闲聊中，我问道，行啊，搞文物了，考你一下，这些瓷器有没有值钱的。我比画一下客厅周围。他嘿嘿两声，起初不经意，后来目光如炬，搜巡几个来回，又嘿嘿两声。停顿了一下才说：我看绝大多数没什么。我追问。他说，你不要生气啊，大部分不值得一提。又停顿一下。但是，这倒是个东西。他抬起手臂，指着那只丑小鸭说。

“它，应该是漳窑的产品。上面很可能有冰裂纹，这是漳窑烧制的一个特点。”文友盯住片刻，补充道，“它破损了，瓶口修复过。”冰裂纹倒是说对了，破损我是完全不相信。他见我将信将疑状，说，不信拿下来看看。我搬来椅子爬上去取下花瓶。放在地上仔细看，果然厚厚的瓶口灰黑，有一道道的擦痕。他说，这是破损后，请人花了功夫磨平的。过去怎么从来没有注意到呢，我大为叹服。

这是我第一次听到“漳窑”这个词。文友说，这可是名窑，业界寻找了很久。

在接下来的谈话中，我不能免俗地请文友给这只花瓶估个价。不料，他没有正面回答。他聪明地做了一个类比，他说，漳窑的东西现在所存完整的不多见，如果这个花瓶完整，将是个大数字，可惜了。我听了他说的那个比方，私下里折算了一下，虽然不算高，但是远远超过它身边的那些新家伙。

文友说，漳窑的窑址已经在华安县高安的东溪头发现了。这勾起我一探究竟的欲望。这只花瓶是前人留下，却没留下有关的只言片语，问世后的故事可能只有天晓得，但是它生前的故事，是可以在窑址中寻觅的。文友的叙述使我胡思乱想。怀着这样的念头，我第一次走进东溪头，以新闻记者的身份，记得是县报道组和乡文化站的人陪同。

车子从高安乡出发进山后，在简易的乡间公路转来转去，山里风光倒是无限，有自由自在奔泻的小瀑布，有在藤蔓间卖弄着绽开的牵牛花，更多的是伸向天上的各种树木，叶子在潮湿的空气中搅和，绿汪汪一片。在一个狭窄的路口，车子停下了。我们徒步钻入丛林。在小灌木和芒箕骨草纠缠中走了不算太长的一段路，出现一小片比较空的坡地。同行人说，就是这里。

这是已经清理出来的一片山坡，可以清晰地看到一处窑口的形状，还有紧挨的断墙和类似作坊的地方。我上上下下转圈子，仔细察看。现场是很具规模的一处遗址，不过都已经被山林淹没了，应该有上百年，或清，或更早的明朝。它有过怎样光彩夺目的历史，又是怎样衰败不起如今日，家中那只花瓶，是这样的窑口烧制的吗？诸如这样大的小的问题纷至沓来。这处漳州窑的遗址肯定有考古价值，但是价值有多大？没答案。县里的人说，现在不敢继续发掘，担心开挖出来没有办法保护。现在这个窑址，正考虑搭建棚屋保护起来。

窑口周围散落着很多的碎瓷片，从形状看得出有汤匙、碗、盘、瓶，等等。不知多少年过去了，还有这么多的遗物，鼎盛时该是一种怎样兴旺的景象。我随手拾了几片瓷片带回来。回家后，我将这些样品与那只花瓶比对过，没有一种能令人信服地比对结果。我也没有放在心里，根据现有的勘察，专家说漳窑分布的面积大得很，说不定烧制的东西还有分工呢。

若干年过去了。没想到漳窑出头的日子真的来到。一来就是轰轰烈烈。这得益于“一带一路”倡仪的提出。此时，东溪头的漳窑遗址，已伸延到毗邻的南靖县。学术界认为，漳州窑始于明中叶至晚清。我国东南沿海，包括西沙和南沙，水下沉船考古发现大量的东溪窑瓷器，充分佐证当年“海上丝绸之路”贸易的发达。

我有机会重新进入东溪头。这回是从南靖县龙山镇方向出发的。我们从小路爬上一片长满翠竹的山坡，来到封门坑窑址。这里已经进行了较大规模的发掘。显然这里的发掘充分考虑到未来旅游内容和观赏的完整性。在这一大片窑址中，分布着各类功能区，有窑口，有作坊区，有原料区，有作业人的生活区，这些都错落在附近。窑口呈现出完整的横室阶级窑，不巧前几天下了几场阵雨，为避免窑口损坏，我们到来时，看到整片窑都用厚实的塑料布遮盖着，感觉到这里的人已经像爱护眼睛般地爱护窑址。窑口下方竖着一块标语牌，上头写着“保护国家之根，延续民族之魂”十二个字，显然这已赋予遗址新的含义，同时提到一个前所未有的高度了。作坊区在窑口下面，上方有钢丝网圈围护着。同行的采风者们似乎对生活区更有兴趣，这片生活区遗存着当年建筑的基石墙体，还有刻着“石敢当”字样的碑石，人们在这个地方走着端详着，感受烧窑人的生活情景吗？

我有感觉的却是那些仍掩埋在泥土底下的若隐若现的东西。当地的向导满足了我的好奇。这是一个中年汉子，叫郭武虎，曾是当地一个村民组的组长，因为熟悉地理，这些年带着考古专家们爬上爬下，出口偶尔也冒出一两个专业术语。他领我和一个摄影者往山下走，转过一丛竹子，指着竹头下面几个豁开的口子说，瞧，这里也是一处窑口。我探下身，口子里黑洞洞的，像两扇小窗口，让人联想到碉堡的射击孔。这样的“射击孔”我们看到了好几处。经过一段横着的墙体，他说这原先是房子，后来倒塌了。这样垒着石头的墙基也不少。经他这么指点，漫山的竹林底下，俨然掩藏着一座烧窑的城堡。这会是一段多么丰富多彩的历史。

聊天中，郭武虎说，他的祖母曾听公公讲过，这里有个村落，人丁兴旺，有一年发生瘟疫，死了许多人，于是人们纷纷外迁，就败落了。从年代推算，这大概是150年以前的事情。生活起起落落，这处窑址也如此。如果有人写小说，这段历史兴许可以借用。我不由得想到了那个破了口又被修复的奶白花瓶。它是怎么就破了，破了还被细心磨平，一直保存下来，莫非也有委婉曲折的故事。我不禁在心里笑了。

当年东溪窑的瓷器，曾源源不断地经过九龙江的西溪和北溪运到月港，又远涉重洋行走到异国他乡，最后在各式博物馆中找到归宿。

清光绪十二年，郭柏苍在《闽产录异》中写道：“漳窑出漳州，明中叶始制白釉米色器，其纹如冰裂……”清杨巽在《漳州杂记》中写道：“漳州瓷号东溪者。创始于前明，出品有瓶炉盘各种体式具备。”《闽书》中记载：“漳窑在龙溪东溪。”我细心记下这些，因为心中有波澜在起伏。

现在，漳州东溪窑已经成功列入《中国世界文化遗产预备名单》，抖擞扬名。政府部门摩拳擦掌，信心十足，脚踏实地向前涉进。我以为，即使没有从预备名单中脱颖而出，漳州窑也以自己的光彩，在中国斑斓的历史文化中，留下了属于自己独有的一道瑰亮。

关于土楼的记忆

关于土楼的记忆，是同我的知青生活联系在一起的。5年知青生活，有3年多住在土楼里。插队的第一天，是我认识土楼的开始，记忆犹新。这是一座土圆楼，我们被安排住在土楼内对着大门的二楼房间，有完整的窗户，光线充足。后窗看出去，是一条往山沟上爬去的山路，路旁有一棵很大的橄榄树，枝叶延伸到窗前。站在前窗，楼内的景物几可一览无遗。楼下是厨房，与楼上成了一个封闭的单元。生产队的楼屋分布在一条蜿蜒上升的山沟里，这座土楼在最下端，因此被称为“下楼”。当天晚上，队里接风，楼中的石埕摆了几张桌子，我们吃了一顿在山里来讲很丰盛的晚餐，有鸡有鸭有肉。后来的日子里，我目睹了村里人家生活的困苦，才感受到这第一餐的不易。楼中似乎还悬着两盏汽灯，使得夜色不显得那么浓重。这一餐吃了很长时间，尽管桌子底下，有猖狂的蚊子叮咬，得不时跺脚和用手去驱赶，但还是很兴奋。山里自酿的红曲酒，燃烧着我们的神经，让人一时忘记了告别城市离开家庭的怅惘。

上床时，夜已深。我躲在蚊帐里，仍睡不着，和同伴有一句没一句地说话。这是一个初秋的夜晚，窗外有山里田间蛙鸣声的传入，“呱——呱——”，觉得新鲜。此时，我听到有一种断断续续的声音加入，仔细听，像呜咽。我竖起耳朵，听出这是从楼内对面房间传出来的。不久，声音就连成了一线，是女孩子的哭声。我这才想起，对面住着一起分配到生产队的几个女孩，我们原先都不认识。晚上吃饭时还有说有笑，怎么这个时候就哭起来了呢？是夜深人静，想家了？一定是这样。我们这些男孩大多才十七八岁，那些女孩有的看起来更小。从来没有离开过父母亲，这深山好像与外面的世界隔绝了，哭哭也应该。因为这哭声，我们都停止了聊天，在帐子里默默地听。屋里静寂下来，对面的哭声更清楚。后来有人在劝说，应该是同屋的女伴，轻声细气，絮絮叨叨，只是听不清楚说些什么。哭声停了一阵子，后来又响起来，更大声，很凄切。我开始心烦意乱，在床上翻过来，又翻过去。其他的同伴不知感觉如何？这是插队的第一个晚上，我很迟才睡去。

第二天，那些女孩子好像什么都没有发生过一样，没有人说起也没有人问起昨晚的哭声。唯其如此，才被我深深记住。那个哭泣的女孩几年后当了山村小学民办教师，后来又去读了师范学校，成了公办教师，现在不知生活得如何？几十年后，我从脑海深处翻出了这个晚上，我想，这无法控制的哭声传递出了一个普通人的感情，这种感情无法泯灭。无所不能的时间和空间在它的面前，显得多么渺小和无力。

楼后那棵年份已高但依然十分茂盛的橄榄树也在我心中留着位置。第一次同社员（那时对村民的称呼）到山上砍柴火，我们翻过一座山岗，走了许久，来到一片刚着过了火不久的山坡，砍下那些烧枯了的小树和灌木。在村里这是女人干的活，在她们的帮助下，我捆了两小扎柴火挑下山，走走停停，轮换肩膀，很快就觉得受不了。后来的一路，极漫长，是拖着步子，勉强走回去的。走到橄榄树前，几乎精疲力竭。还好有伙伴接应。见到有人来，我都有要瘫倒的感觉。多年后，流行三毛那首《橄榄树》，每当旋律响起，我便有某种暗合的共鸣。这首歌蕴含着旅人坚韧、忧郁、绝望、期冀等丰沛的感情，其中有一种就是我那天挑柴火在土楼身后那棵橄榄树下心中所涌动的东西。

下楼住着几户人家，都是亲戚关系。有一对父子，先后当了我们的生产队长。老队长个头矮，眼窝有点凹陷，干起农活，身子会有节奏地动着，很欢快的样子，他少言，一出口却有见地，在村里辈分高，理所当然是生产队长。几年后，大概觉得这官不好做，难起色，又有责任，以年纪大为理由，又有种种考虑，便传给了儿子，当然也经过选举形式。自己到北溪边上一块属生产队的插花地一心垦殖柑橘园。年轻的队长大我们没有几岁，也是干活的好手。那时村里实在是穷，有一年大年三十那天我离队回家过年，在楼里他的厨房，看到他正在煎几尾小鱼塘里养的鱼。他苦笑着对我说："一年辛苦，就为了晚上这餐。"他孩子多，又小，还要操心村里事，这些加起来显然对他说来是吃力的。后来我离开山里去读书，毕业后在县里工作，有回听村里来的人说他死了，因为生病。又过几年，他父亲认为自己的生活也该结束了，有一天就在土楼的房间，以一种惬意的方式离开了人间。这对父子的离去，曾在我心里引起许久都平静不了的波澜。

下楼也有一个美丽的故事。老队长有一个女儿，出落得十分美丽，眼珠黑，睫毛长，笑起来很动人，我们背后称她有倾村之色。她喜欢上了一个体格健壮的知青。这个知青拉得一手好二胡，还花心思做了一把小提琴。我离开生产队时，因打摆子，很虚弱，是他帮我挑着行李下山的。后来他也调到三线的一家工厂，信守诺言，回村里将这个女孩娶走。我用这个故事写了一篇散文，发表在《福建文学》上，当时媒体很少，这篇文章引起不少人的关注。

我在下楼住了不到一年，同几个同伴搬到了另一座土楼。这座土楼是四方形的，因为在生产队山沟的上端，又被叫"顶楼"，其实它还有一个真正的名字，叫"许厝楼"。最初住在楼中朝北的角间楼上，这里有窗口，没有窗户，我们用塑料薄膜封住朝北的大窗口，还可以透光，又做了个简易薄膜窗扇，顶在朝西的小窗口上。我在这里发现了楼体的厚度，除了二楼夯上去的土墙之外，一楼的墙体还宽出六七十公分，放一个大尿桶仍绰绰有余。这样厚达一米多的土楼，关上楼门，想攻打进来，真是不容易。后来又搬到朝南的角间楼上，这里环境稍好，粗放装修过，墙体用搅拌稻草的土浆抹过，有木扇窗户。这间房通土楼二层的中厅，厅里放着一具棺材，这是给老人百年后用的，上下楼都会经过看到。但是我没有丝毫的恐惧心理，在寒冷的冬夜里，甚至会想到躺在里面也许会暖和些的想法。这时，我已从最初的不适慢慢接受了这样的生存环境，有心思在空余的时间看点书。我就是在顶楼看了一些当时的“禁书”，其实都是名著，滋润着干涸的心田。

以那时的心境、学识和眼界，怎么也想不到就是这样不起眼的土楼，几十年后，成了世界文化遗产。

我曾不下十余次回过插队的山村，有一回还带着年幼的儿子。下楼先是倒了一角，顶楼接着也倒了一角。倒了，就有人搬了出去，另寻它处再夯建新楼，当然不是原先封闭的土楼，而是敞开胸怀的大五间或者别墅式的小楼。再后来，下楼全部倒了，被夷为平地；顶楼也都坍塌，只剩下断壁残垣，墙头上爬着茂盛的牵牛花，那些紫色的花朵牵动着我的心。从顶楼后面小山坡村民新建的小楼往下看，破损不堪的顶楼映入眼底，如一枚溢着色泽的残缺的印章。我知道，下楼和顶楼，是永远留在心底了。

《外国名歌 200 首》

音乐是什么？它为什么可以无处不在？有时缠人，却惬意。在江畔或海滨听到动人的旋律时，在娱乐或酬酢或什么其他场所，耳边有轻松或激烈的音响时，这个问题偶尔会像风似的从脑海中掠过。此时，必定有几种歌曲集也随风掠过，这里头必定有《外国名歌 200 首》。

稍上年纪的当年的学生，知道这本 48 开的歌集者，一定很多。我 20 世纪 60 年代中期考上漳州一中，上学时从钟法路拐入胜利西路，路边有一片小竹林。这片竹林显僻静，话题就从这里说起。一天课间，一个被叫小胖子的同学羞涩地说，老师说了，晚自习要待在教室里，不要到校外，说这片竹林经常有谈恋爱的。他羞涩是因为语言中有恋爱二字，这是不太好意思启齿的。于是有同学说起高中的大同学喜欢唱有爱情的歌，说有一首叫《莫斯科郊外的晚上》很好听。又有一个同学指着我说，你一定会唱。我想了想，似乎有印象，但我是不承认会唱的，即使会。那时我是班长，会唱这类歌虽说不是坏事，但肯定不是什么好事。晚上回家后，立刻找出一本我的手抄歌本，翻开一看，果然这首叫莫斯科什么的在其中，字歪歪扭扭。歌本中还有《德聂伯河》《假如明天战争》《茫茫大草原》《深深的海洋》，等等，歌曲的后面注明抄自《外国名歌 200 首》。这是我在暑假，从哥哥留在家中的歌集里抄下来的，他学音乐，许多歌我耳熟能详，抄下来的肯定是打动过我童年的心的。那些歌除了有爱情味道的，还有辽阔的，有苍凉的，有充满英雄情结的，涵盖了不同方面。算起来，我接触《外国名歌 200 首》是小学的高年级。

后来，横扫一切的风暴骤起，这些歌当然不能唱了。当时我到过北京，在二姐家中住了几个月，那地方叫魏公村，宿舍外就是田野。一天我心血来潮，在阳台上对着一大片西红柿地唱起："深夜花园里四处静悄悄"，正好被二姐听到，她嘿的一声打断，说现在怎么能唱这种歌，于是我噤声。那时房前屋后的高音喇叭整日播出的都是激昂的歌曲，让人的心绪难以平静。我唱的歌传递出来的情调显然同当时的气氛格格不入，首都嘛，人们都自觉革命，我也只能小心翼翼着。不久，我下乡插队，在田间辛苦地劳作和夜晚无边寂寞时分，那些承载了许多人类共有情绪的歌曲便油然而起，山高皇帝远，谁管得了《伏尔加船夫曲》，谁管得了《鸽子》。那些日子里，我们一些喜欢音乐的人互相影响，捧着《外国名歌 200 首》，学了一首又一首。后来我会唱的恐怕不下 100 首。这本小小的很不起眼的歌集，跳出了一个个小精灵，伴着我们度过许多没有颜色的时光。歌声抚慰着我们干涸的心田，抚慰着我们的灵魂。这本歌集旧了，破损了，贴上新的封皮修补后又被珍藏着。我非常感谢音乐出版社出版了这么好的歌本，也感谢鉴赏能力出类拔萃的编辑们。后来我又见过一本《外国名歌 200 首续编》，其中我会唱的就没有那么多了。

几年后，我上了学，参加学校的小乐队。虽然是"文革"后期，但毕竟是高等院校，到处散逸着文化的味道，这支小乐队有时也无法无天，在排练的教室里，会传出《多瑙河之波》和《饮酒歌》那抒情又亢奋的旋律，那些有圆舞曲味道的节奏往往让人得意忘形。偶尔有识货的老师经过，探探头，一笑了之。我透过窗外矮矮的樱花树，看着老师渐渐远去然后消失的背影，心里嘀咕着，这么传情的歌我们却像贼似的偷偷摸摸演奏，多么无奈的事。

当春风重新吹起来的时候，《外国名歌 200 首》的歌曲终于堂堂正正地登上各色舞台和屏幕上。这本歌集又出现在新华书店的书架上，只不过变成了 32 开本的，虽然装帧华美了，我还是更喜欢那 48 开本的。在风起云涌时尚前卫的各式音乐包厢里，这 200 首名歌，或多或少，一定是占有一席之地的。

前些日子，我打开一个朋友的博客，传出一首熟悉的背景歌曲，一个有磁性嗓音的男中音用英文唱着，瞬间有电流经过身体，我迷恋着静静地听了三遍。这是墨西哥民歌《你就是幸福》，我就是在《外国名歌 200 首》中学的。这个歌唱家非常准确地将我理解的歌中的感情表达了出来，唱得很随和，有些忧郁。歌词的开头是“多幸福，和你在一起。你的吻像烈火燃烧着我的心……”朋友用这歌作为背景音乐，我以为这“幸福”已不是伊人。这是一个诗歌博客，团在它周围的有数百人。它幸福的是有亲爱的缪斯女神，而博主为她响亮地弹奏起竖琴。这一刻，我感受到什么叫经典，也因此勾出多少年来关于《外国名歌 200 首》一段绵绵不绝的钟情。

抚慰心灵的《卖布歌》

某日，看了一篇介绍外国歌剧在中国的文章，其中有一节谈到了苏联歌剧《货郎与小姐》，谈到了剧中的歌曲《卖布歌》。引出一段记忆。莞尔一笑。我也会唱此歌。当年是在山里的一座方形土楼里学的。我们一群知青，其中一个年纪稍长的会吹黑管，就是单簧管。有一天没出工，他掏出装在小盒子中的几节管子接好，吹起来。吹的就是《卖布歌》开头的旋律。因为通俗好记，没几遍我就记住了。从黑管流出的声音，有一种特别的音色，悱恻缠绵，绕梁久久，跟一个卖布郎在街上有所图谋地叫卖，拖长嗓子，深情款款，真有几分相像。于是，“1—2—4—32—”被我哼出来。我很快从一本破损的《外国名歌 200 首》中找到它。不久，“卖布卖布嘞——”的歌声开始从土楼中传出。

我们住在这座方形土楼二楼的角间，因为床铺不够，有的就打地铺，睡楼板，房间有两个窗户，一大一小，其实就是两个洞，透风，被我们用竹片将白色的塑料布绷紧遮挡起来。如果临时住几天，还可以说浪漫，长久待下去，绝对是另外一种类似爬雪山过草地般的感受。吹黑管的调侃说，我们卖的就是这塑料布。土楼的后面是一面山坡，缓缓上升，接到天上。山沟里长出一小片林子，最高大的是枫树，有一人合抱，树林下流出一道山涧，清清的水被引到土楼边。这就是村民们的饮用水。当这异国情调的《卖布歌》从土楼的窗口传出，同闽南大山这清丽的风景融合着，会产生怎样的效果呢？没人也没心去琢磨。在田里干活时，有年轻的社员对我们说，那首卖什么的歌很好听啊，又配上黑管的声音就更好听了。有来串门的知青说，买布买布，敢情他们用不着布票。那些年人们到商店买布做衣服是要凭布票的。这首歌还被我带回城里家中，小弟弟也会唱。邻居有个大婶的名字闽南方言同“卖布嘞”后两字谐音，有时她出现，弟弟就高兴地高声叫唱“卖布卖布嘞”，大婶有时会停下，脸上的表情有些诧异，见我站在一旁笑着，就做出嗔怪状走开了。不管如何，在那些艰难苦涩的日子里，《卖布歌》曾是我们心里的一湾清泉，是生活里的一点小调料。

后来我知道，在大饥荒的困难时期，歌剧《货郎与小姐》在北京上演，经李光羲演唱的《卖布歌》很快流行开来。大学校园里更是传唱不息，有人回忆说，北京师范学院的学生宿舍，每当傍晚灯火初起，“卖布卖布嘞——”的歌声就会从灯火处飘荡出来，成为一道风景。那年头，因为吃不饱，上头明令规定学生要少念书，节省能量，唱唱轻松的歌这等小事不会有人管。这首歌影响有多大呢？时光进入了21世纪，李光羲在一篇文章中回忆说，他有一年到上海，与人吃饭，其中一位是20世纪60年代清华大学的学子，他一见到李光羲，就模仿着一手捂着耳朵，一边引吭高唱“卖布卖布嘞——”，现场气氛一下子活跃起来。

《货郎与小姐》讲的是什么呢？这是一部喜剧，一个非常诙谐幽默的故事。富商的公子阿斯克尔一心追求幸福和爱情，可是当地风俗却是女子佩戴面纱，男女结婚之前是不许见面的，自由恋爱当然是天方夜谭。于是阿斯克尔乔装打扮成一个货郎，穿街走巷，想在叫卖中寻找到心爱的人。他遇到了美丽的小姐古里乔赫拉，一见钟情，两人坠入情网。经过一番戏剧性的周折，两人终成眷属。不仅他们两人，剧中其他人也都找到了幸福。歌剧在大团圆中落幕。这个过程中，笑料迭出，让人忍俊不禁。

终于来到开放的年代。《货郎与小姐》这部歌剧重新在北京天桥剧场上演，由李光羲当艺术指导。整个剧场座无虚席，很多是白发苍苍的老者，当然是来寻找半个世纪前的记忆。也有不少 80 后、90 后，他们脸上始终挂满笑意。在市场经济大潮和物欲横流中，在生活节奏快得有时压迫着人的时候，《卖布歌》似乎找到了延续下去的希望。

我打开电脑，点出李光羲的《卖布歌》。音箱传出他漂亮透明的声线，“卖布卖布嘞——卖布卖布嘞——花布、丝绒、绸缎嘞——”我心里琢磨，这首歌要找出它的思想性不是不可能的，《货郎与小姐》中的主人追求个性解放，抗争封建束缚是显而易见的，它的进步性没有淹没在一片笑声里。但就这首歌，当一个人受到磨难时，它出现在心中，它起的就是抚慰心灵的作用，这应当是《卖布歌》最经典的地方。

《小酒店》

小酒店，不是街头巷尾的酒吧或大排档。小酒店，就是《小酒店》，一部长篇小说，作者的名字好记，叫左拉。为什么想起这本书？不久前，一个新闻界朋友从外地来，中午接风，杯中物是“雷司令”干白。朋友说，这就好，薄薄的，昨晚醉了，晚上还有一席。朋友官职略有升迁，因此醉了。他好酒量，但血压高，夫人在一旁劝，无效。朋友笑，我这一辈子，不知喝了多少这东西，没事。回来后，我想起自己登不得厅堂的酒量，同时想起这本书。

记忆中第一次饮酒是童年。春节到大姐家，席中有白酒，我年幼，以为酒如甜饮料，先用舌头轻轻舔，刺激好玩，就一杯闷入口，还自以为勇敢，酒也不过如此。少顷便昏昏然倒在床上，后来难受，接着呕吐，祸及干净的床单和地板，始料不及，也惹大人侧目。从此见到酒便拒绝。重新接触酒是下乡插队后的事。忘了是乡村的什么节日，在农民家中多喝了几杯自酿的红曲酒，入口没什么感觉，但后劲大，沉睡到半夜，浑身发痒，直到天亮。后来才听说这叫起“酒毛”，是许多初饮酒者都会有的症状，还好这红痒“酒毛”自己消失了。我就是这时读到《小酒店》的。

在小山坡上新盖的没有窗子的门框透风的知青土房子里，我读着知青伙伴从城里带来的这本书，这是一本写酒的书，所以印象特别深。左拉是法国人，都说法国人浪漫，但这本书一点也不浪漫，不仅不浪漫，而且冷酷、阴森，看着看着心里凉飕飕的。它写了些什么呢？写了一个叫绮尔维丝的洗衣女工，对生活充满热望，但尚未成年，便与一个制鞋工朗蒂埃生了两个儿子，后来嫁给一个叫古波的建筑工人，这原本也是一个本分的人，一次不慎从房上摔下受伤，从此酗酒，一发不可收拾，开着洗衣店的绮尔维丝失望了，也染上酒瘾，夫妇双双沉溺于酒精中，万般皆空。绮尔维丝为了活下去，卖身求生，沦为娼妓，最后死在楼梯底下的黑暗中。书中许多生动无比的细节描写，如今想起仍栩栩如生，像绮尔维丝在洗衣坊狠揍挑衅自己的情敌维尔吉妮，将这个比自己高大的女人扳倒在地上，用洗衣的棒槌抽她的白屁股，一抽一道红印，抽到兴起，嘴里禁不住哼哼地唱着歌，让人目瞪口呆。多少年了，有时聊天不经意谈起《小酒店》，谈到女主人，她的名字仍可以脱口而出。可能因为书中的渲染让人潜意识对酒产生某种畏惧，从此我对酒有了距离。虽然以后饮酒再也不会生“酒毛”，但不敢多饮，真正的茅台酒，也只一小杯。记忆中只有一两次无可奈何又心甘情愿地过量喝了几杯，结果事后出酒。倒光了肚里的东西躺在床上，脑子会出现《小酒店》的女主人公和男主人公，绮尔维丝和古波凄凉地被酒精夺走了性命，于是发誓少碰这玩意儿。

那时能看到的文学书籍不多，记得我还曾想再找点左拉的书来看看，但是没找着。不过我还是断断续续了解了一些左拉的情况。这位法国作家因《小酒店》名声大噪，《小酒店》中的场景，复制于当年巴黎第 18 区金珠街，左拉认为金珠街集中了低层社会世俗的所有景象。书中男主人古波死于酗酒，这是疯人院中一个酒精中毒的真实病例，是左拉的“观察所得”。他说，《小酒店》“几乎是用一种写公文的方式”完成的。左拉成了自然主义文学理论倡导人，成了自然主义文学流派领袖。实际上，他是一个批判现实主义作家。《小酒店》真实地描写了巴黎低层的男女杂居，无所不为，但它不止于抨击酗酒对家庭对社会的危害，不止于道德劝诫层面，事实上它还深刻地谴责了这个病态的社会。我自己也从《小酒店》里，感受到文学强大的影响力，它悄无声响地干预了一个人的生活方式。当然如果细细想来，是远不止这一点。

我将《小酒店》推荐给这个新闻界的朋友看，他听后连连说好。

当年，是知青伙伴从其女友中借到的这本书，再三交代要爱惜，还限定了阅读的时间，搞得我出工时都心神不定。当时据说这女友在城里的菜市场卖菜，在那很容易让人沉沦的日子，这位知青的女友让人心牛敬意。许多年以后，听说她当了一家重点中学的语文老师，不知道现在何处。

佛罗伦萨彩石镶嵌画展览

离开校园，在不远的马路边上了公共汽车。我们学校背后是紫金山，那座有名的天文台清晰可见，前面是玄武湖，湖光潋滟。我心里早有个小九九，在南京的几年，要走遍这里的名胜，六朝古都，哪能放过它。汽车过了鸡鸣寺，过了鼓楼，那天去了什么地方，后来真是想不起来。莫愁湖？不是。朝天宫？好像也不是。印象中是一处安静的地方，人迹稀少，古色古香。我在很大的廊柱下站住了，一张海报吸引了目光，原来里面有个展览。我信步走进去，目的不在展览，是想看看这座建筑。那是 20 世纪 70 年代中期，国门还没打开，能有什么好展览呢？很快我就明白自己判断错了。这是一个纯粹的艺术展览，而且是外国的。一个当时还很陌生的城市名字佛罗伦萨从此印在脑子里。

展厅里摆着或悬着彩色的图案或图像，这些图案和图像不是用手描绘，而是用彩色的石子镶嵌出来的，又都是从数万里之外的欧洲一个城市运送过来。这个城市就是意大利的佛罗伦萨，展厅里的美术作品都是它的彩石镶嵌画。这是我第一次见到这种画，十分惊讶，张开嘴巴，不敢相信。我静下心，站在远处欣赏。那些图案多是线条状，几何形，色彩强烈夺目，但是可以想象，这种图案镶嵌起来比较简单。那些图像可就不是那么容易的了，画中人的容貌鲜活得很，举手投足灵动得很，真的是镶嵌出来的吗？我抱着怀疑的想法走上前，在还算明亮的灯光中俯下身子仔细鉴别，似乎还用手偷偷去摸了摸。真是石头，薄薄的，大概也就几毫米厚。我受到极大的震动。石头打磨成这样子，得下多大的功夫。这些石头的颜色是天然的，寻找到与画家作品要求一样的色泽，是一件多么不容易的事。终于确认这不是手绘的美术作品，我喃喃自语，啧啧赞叹人的智慧。

我在展厅流连。心里却有疑问。什么疑问呢？这些图像几乎都是宗教画，讲述的都是宗教故事。那时候，社会上几乎所有宗教的东西已一扫而光，家乡的礼拜堂一度成了武斗据点，高高的十字架下那口大钟边垒着沙包，旁边不远处有座天主堂，也被蚕食为民居大杂院。被视为大逆不道的宗教宣传却在这个展厅里，堂而皇之地散发着它的绵绵气息，这不是很奇怪的一件事吗？我母亲是个基督徒，家里存有一本小小的厚厚的黑皮的《新约》和《旧约》，就是《圣经》，我曾不求甚解地囫囵吞枣地读过。我对耶稣基督和圣母玛利亚还是知道的。我看着悬在墙上那些精美绝伦的镶嵌画，咀嚼画中那些《圣经》里的故事，一时不知身在何方。在这个富丽的有贵族味道的展厅里，让我产生世外桃源的感觉。而外面，似乎是另外一个世界。这个佛罗伦萨镶嵌画展览不是太大，我待了一个多小时，也许更长一些时间。出来时，眯缝了一会儿眼睛，才适应路上的嘈杂。

回到学校后，晚上在宿舍，我对舍友谈起白天看到的这个展览。个从莆田来的同学问：跟我们福建惠安的石雕一样吗？当然两样，相同的可能就是打磨的功夫。一个从粤西山区来的同学说：镶嵌画？不懂，听都没听过。一个浙江来的同学说：意大利什么城市？叫什么佛什么菩萨？好奇怪。很快我便觉得这个话题索然无味，不全是没有觅到知音。这个远涉重洋来到南京的美术展览，它的命运可能就是这样，在一处僻静的地方展出，有没有人来看无所谓，悄悄展出，又悄悄收场，再远涉重洋回老家。

事情好像就这样过去了。我也不是搞美术的，没有再去琢磨那些镶嵌画，更不会像有的美术家产生千里迢迢跑去敦煌临摹壁画的冲动。记得也没有再同什么人谈起曾看过这么一个展览云云。但是奇怪得很，许久许久，这次展览就会在脑海中浮现一下，没有什么来由。然后静悄悄地隐去。又然后不知道什么时候再浮现出来，让人温馨一回。我不知看过多少展览，有些连痕迹都没有留下，而它却这样地深藏心底。多少年就这样过去了，那些镶嵌画也周而复始地来。那个莆田的同学据说早已到外属的某个岛屿垦殖谋生，好像是夏威夷群岛，断了音信；粤西和浙江的同学因患绝症已魂兮归天。而我在南京这座古建筑不经意逗留的这一两个小时，没有离我而去。

到现在我还是没有搞清楚当时这种展览是如何堂而皇之地进来的，我曾想寻找一些有关的资料，一无所得。佛罗伦萨是一座由无数传世艺术精华叠加出来的充满梦幻的古城，镶嵌画只是其中之一，我有幸目睹了。文化的力量也许就是这样，不管外部环境如何不情愿，只要有一丝可能，它便会孤傲地目空一切地进来；文化的魅力也许就是这样，不管你有意或者无意，只要沾染过，它可能就会留下不可抗拒的烙印。

我学子时代，在金陵古城这次有艺术意味的邂逅，那遥远的佛罗伦萨彩色镶嵌画，便温暖地驻在心头。

三部外国电影

有三部外国电影，在童年的时候对我产生了影响。所谓影响，是说这三部影片中，都有场景和镜头，长久地留在我的脑子里，忘不了。

第一部影片是《勇士的奇遇》。这是意大利和法国合拍的，讲的是活泼可爱、身手不凡的青年芳芳从军的故事，他经过生死奇遇，在战场上立了功，最后娶了法国国王路易十五的义女。影片轻松愉快，充满调侃意味。大概就是这种调侃让孩童的我津津乐道。片中芳芳在屋顶上与对手击剑打斗的场景，深深吸引了我，你想想，这不是在地上，而是在房上，弄不好会摔下来的，但是人家不怕，这点就让人佩服，那时小孩的心里就是这么认为的。同时手中那把剑神出鬼没，一招一式，你来我往，铿锵作响，使人眼花缭乱，既领略到高超的剑法，又感受到无畏的精神，让人对芳芳顿生好感和崇拜之情。还有一个场面是敌军的头头们在室内部署进攻计划时，芳芳竟然从桌底下钻出，俘获对手，出乎意料，不可思议，这种侠客般的神勇和机灵，让人不臣服都难。芳芳成了我小时候的一位偶像。

第二部影片是《海底擒谍》。这是苏联的反特片，讲的是苏联安全部门在海军潜艇中抓捕潜伏特务的惊险故事。影片有一个小情节，潜伏的特务要逃离潜艇，挟持了艇上的女大夫，在出艇舱中，流入的水渐渐升高，穿着潜水服的特务在笑，穿着白大褂的女医生惊恐地看着将要无情地淹没自己的水。我也紧张起来，她是要死了吗？潜水面罩里的人还在笑，这应该是狞笑，同时数次将女医生想关上按钮的手拨开，女医生露出绝望的眼神。后来白大褂的下摆漂起，表明人被完全淹掉了。我的心跟着提到嗓子眼，气都喘不过来。这可能是我懂事以来，第一次因被烘托出来的气氛而感受到人临死前的恐惧心理，尽管这死亡是间接的，在银幕上的，但足以让我铭记终生。

第三部影片是《三海旅行记》。这是苏联和印度合拍的，讲的是一个对东方文明崇仰的俄国旅行家历经艰辛来到印度，几年中，与当地的民间艺人、村姑、专业舞蹈家甚至宰相交了朋友，产生了深厚感情的故事。影片中有一个场景让数十年后的我仍然记忆犹新。当旅行家要回国，向被他救过的村姑告别时，没有打扰这位正在哼唱摇篮曲哄着孩子睡觉的幸福母亲，仅在窗口深情地凝望她，将一袋钱币放在窗台，然后离去。其实当时我只是个孩子，能懂得什么？只觉得这是一种本能的、对真挚感情的追求，也许这种追求是不分年长或年幼的，于是我被深深打动了。我那时哪里明白这里留着一大段人间美丽的空白，人啊，此时无声远胜于有声。

这三部影片生产于20世纪50年代中期或后期，我也就六七岁，很多影片都是哥哥带我去看的，这三部想来也不例外，除了《勇士的奇遇》回福建后再看过后，其余两部都只看了一遍。就一遍，印象如此深，我冒出一个想法：是不是探究一下原因以及对于我的意义？科技飞速发展，我的想法有了实现的可能。我在电脑上重新欣赏了它们。这是令人兴奋的。

半个世纪后重逢，一股清澈的暖流淌过心田，一朵朵不同色彩的花儿重新开放。《勇士的奇遇》喜剧般的情节让人莞尔一笑，那场让我对击剑产生兴趣的房顶打斗此时在眼中成了孩子般的游戏。想到后来有一位高校体育老师对我说，练习击剑其实是非常单调的，于是我在日复一日的俗世中慢慢熄灭了这朵火花。当然我还想到几十年后在银幕上出现的剑客佐罗。勇敢同时运气又好的芳芳给人留下的印象还是十分美好的。《海底擒谍》虽是冷战时期的影片，却有科幻色彩，因为其中的悬念，甚至让我联想到2014年在大洋上空失事的飞机。我终于弄清楚那个被特务劫持的女医生后来被救了出来，尽管如此，当水完全淹没她的时候，一条生命眼看就要被夺走的恐惧感觉依然留在心底，成为对生命永远的敬畏。最拨动心弦的是《三海旅行记》，原来旅行家阿法纳西留给村姑蔷芭的那袋钱币是他要回俄国的路费，因为此举，他没有了盘缠，最后还是民间艺人朋友沙卡拉姆带病卖艺凑钱赠予，才得以回到亲爱的祖国。他扑向祖国泥土的那一瞬间，让我意识到东西文化交流固然重要，但是它们的区别却是永远的，因此也更有价值。三部影片中，《三海旅行记》算得上经典，它曾获1958年戛纳电影节（金棕榈）最佳影片提名，男主角是牛虻扮演者斯特里仁诺夫，女主角的扮演者是《流浪者》里的丽达，被称为印度银幕女神的纳尔吉斯杜特。宫廷舞蹈家拉克什密两段传神又传情的独舞让人领略到印度舞蹈语言的丰富多彩。我还想记上一笔，《海底擒谍》中特务用钢琴发报和鱼雷在追踪猎物时出现了同样一段有惊悚效果的音乐，《三海旅行记》中民间艺人演唱的一段很有民族特色的音乐，当年看了电影之后就被我们兄弟熟记在心，成为戏闹时的唱段。

童年的脑子真是一张白纸，接触什么就汲取什么。文学艺术就这样悄悄地、不声不响地，将它想滋润你的东西黏附在你的脑子里。传世经典如此，平平凡凡的也如此。一觉醒来，天哪，我变了。后来我性格中的冒险精神，遇事勇敢面对，对生命没有条件地尊重和敬畏，与人交往更看重精神上的通达，与这三部影片或更多的文学艺术作品的影响应该是分不开的。

玄武湖逸事

一

我们学校坐落在玄武湖边上，出大门，穿过一条马路便是。湖边有一条环湖绕行的柏油路，临湖是一排垂柳。入学时，这一带属近郊，往火车站方向走，才渐渐热闹。一天晚饭后，我们同宿舍的同学相约散步，6个人沿着湖畔行走。这群年轻人，有4个家在农村，我和另一个是知青，也算从农村来。想到将在这个大城市生活几年，都很兴奋，天南海北谈了许多。走到火车站，湖中灯火的倒影多了，还没有尽兴，又继续前行。那天都讲了些什么，现在都已忘记，一定有不少空灵的、虚幻的，否则不会流失得这么干净。还记得的是火车站熙熙攘攘的景象和玄武湖摇晃的夜色构成了一幅很有都市情调的风俗图。其实，有玄武湖色彩的风俗图，我还是记得一些的。

离学校大门不远的湖畔，辟有一处游泳的地方。不知为何当时游泳的人不多。夏天，我与同宿舍的陈姓知青时不时就到这里玩几个回合。一天下午的课外活动，我们又一起去了。临出门时，我还将皮带上的一串钥匙取下塞在凉席下。环湖路上，柳荫伸出了长长的影子，虽暑气仍逼人，已不如白日那般酷热了。路上几乎没有行人，在一处僻静的地方，看到几个年轻人，两男一女，一个男的好像在对着女的解释着什么，女的一脸悲愤，另外一个男的站在一旁一声不吭。少顷，女的从口袋里掏出一张白纸，三下两下地将它撕成碎片，往湖中一扔，却一片也没有落入湖里，飘飘洒洒地掉在路上。我们从边上走过去，没有作声，我好奇地用余光扫过去，这是一出怎样的感情戏啊。

陈同学啧啧两声，说这是个好地方，有什么事，到这里解决，可能会有好的结果。我很赞同，说这里有树有水，人激动了也会较快地冷静下来，景色优美呢。

游泳的地方岸边修整过，有金属阶梯通到湖水中。我们将褪下的衣裤卷起放到草丛中，便下水了。湖中离岸边不远处还并列立起几道横梁，这是供游泳的人在水里爬上去休息的地方。我们立刻兴奋地游起来。南京俗称“火炉”，夏天热得邪门，时常一丝风也没有，树上的叶子纹丝不动，说话大声一点就会流汗。曾有同学晚上睡不着，乘车到南京长江大桥打地铺，说是想借点江风。所以不用说在水中有多么的舒服。我们在湖里用各种泳姿游了一通，尽兴地爬上横梁休息。横梁上可以跳水，只是我们没有那个胆量，这里水不深，水下都是淤泥。我们吊着脚踢水，有一搭没一搭地聊天。他是福州的，曾到过闽江玩水，我则是九龙江的常客。湖水在偏斜的阳光中炫着光，已经不刺眼。玄武湖公园是几个洲组成的，所谓洲就是小岛。我们游泳的地方对面是菱洲，葱绿一片，一条若隐若现的白带穿过，那是临湖的小路，偶有小点移动，那是游人。我们坐在梁上，正好面对这个美丽可人的小洲。不管愿意不愿意，目光就落在那里。

“那草丛中也有人像我们一样在坐着呢。”陈同学说。我有点近视，看不清。“城里的人就是会享受。”他说，“像我们一样也在看湖吧。”我哼哼着。

“哎呀，你看！”他手指着，“抱在一起了。哎呀，谈恋爱呢。”他非常惊讶地看了我一眼，又转回身，盯着对面。我连忙睁大眼，可惜只有葱绿一片。仔细搜寻几个来回，还是没有捕捉到。我恼恨自己的目光没有陈同学那般犀利。

他仍然专注地看着那个地方。少顷，轻叹一下，说，“分开了。”虽然分开了，还是心有不甘地全神贯注地看着，一边自言自语着什么。突然又叫起来，“哎呀，又抱在一起了”。他非常惊讶地又迅速看了我一眼。这一眼的意思很明白，怎么会这样子？怎么能这样子？光天化日，公共场所。这个淳朴的陈同学。我至今仍能记住他这一眼。

我们就这样呆呆地坐在横梁上，观看玄武湖上这一幕人间喜剧，等候它的落幕。一直到陈同学有些惋惜地说，“走出来了”。直到此时，我才看到白带上非常不清晰的小点在移动。

从我们坐的横梁到对岸，有几百米吧。我们在横梁上坐了多长时间？至少好几分钟。但是肯定不止。因为那时时间过得肯定很快。总之，游回岸上，起身时，太阳已经下山。

对我们来讲，一幕已落下，另外一幕才刚刚开始。我们在草丛中找衣服，糟了，怎么也找不到。后来我找到自己那双放在另一边的咖啡色塑料凉鞋。我们这时才想起来，下水时，有两个农村模样的小孩子在路边徘徊，很可能是他们就手顺走了。陈同学着急地啧啧着，我当然也急。结果，我们只能无奈地光着身子，当然穿着泳裤，壮着胆走回学校。我们不好意思走大门，抄小路从边门走入，绕过学生食堂。此时，正是开饭的时候，男男女女的学生热闹着。还好天色开始昏暗，注意的人不多，令人尴尬的目光也就不多。三步并两步跑上楼，回到宿舍，我还庆幸自己那串钥匙没有丢掉。

晚上睡觉时，陈同学翻着身睡不好，他恍然大悟地在蚊帐里对我说：“我们今天倒霉也是活该。这种事情是看不得的。”

二

“七一六”到了。自从那年伟人畅游长江，这一天几成法定的游泳日。南京市组织了一场大规模的横渡玄武湖游泳活动，学校积极响应，号召会游泳的都参加。我和陈同学报了名。临行前，每人领到了一块面包和一瓶汽水。对于这样的待遇，我甚至有点惊喜，决心游出点样子，不辜负这可人的食品。

下水的地点在梁洲，对面不远处就是火车站。游泳的队伍极庞大，黑压压的一片。梁洲是玄武湖公园几个洲中最大的一个，洲上似乎所有可以容人的地方都站着人。锣鼓喧天，彩旗招展，非常昂扬的歌声在树木间绕来绕去。因为下水的人太多，指挥的人大约也小心翼翼，一批下去，少顷，再吆喝一批下去，速度十分缓慢。曾听说有一年某大城市组织游长江，指挥不当，游泳大军蜂拥下水，后面的踩踏着前面的，酿成灾难。我们坐在树荫下，安心地等待。当然急也没有用。

那天喇叭播出的歌是《大海航行靠舵手》，一遍又一遍，反反复复，很是热烈。后来播了一回《山丹丹开花红艳艳》，这是刚“解放”出来的几首老红歌中的一首，特别抒情，像炎口里流过来一股清泉。不知过了多久，终于轮到高校的队伍。我们随着人流缓缓移动，好不容易才到了湖畔。

我抡了两回手臂，准备好好表现一下。当低头踩入湖中时，才大大吃了一惊。天哪，这是什么样的水！黑乎乎的泥浆被翻搅着，眼前一只只慌乱的腿脚从中抽出，已经染成黑色，又流成一道一道黑色的小水流。人是无法游开的，因为一俯下身子就会撞到别人，只能一步一步地挪动。这是真正的污泥浊水，让人难以忍受的还有泥浆翻滚起来带出的味道，一股腐败的腥味弥漫在人群中。后退是不行的，人流一直逼压下来，只能朝前走。这时我才知道其实玄武湖的水并不深，也就到胸口上。陈同学高我半个头，在湖中行走比我潇洒。我就吃苦了。虽然水只到胸口，但这像污水沟里一样黑臭的泥水在得意地晃荡，总想跳跃起来，溅入嘴巴。我只好紧闭嘴唇，努力抬起下巴。踮起脚尖，在绵软温存的湖泥中蹚行。这是怎样难受的一次行进。

我朝前瞟上一眼，尽是一颗颗人头，在泛着黑色光泽的水上蠕动。湖岸看不见，还老远老远。一股懊悔之意浮上心头，甚至羡慕那些不会水的或者会又有先见之明没有报名的同学。

不知行走了多远，因为湖面的宽阔，密集的人流慢慢散开了。终于可以在人的缝隙中小心地游动。只能慢，不能快，稍一使劲就很可能会撞上人。没有看到有谁用自由游的姿势，因为那样脸面要浸入水中，而这样污秽的水是让人心生畏惧的。我想，此时每一个正常的人都会巴不得赶紧游到岸边，赶快脱离这平日看起来美妙梦幻的湖水。

我小心翼翼地划动，头抬高一点，尽量不让看上去油污的泥浆水溅到脸上。环顾四周，依然是黑压压的人，玄武湖的景色退得远远的，似乎也想逃离这一潭子黑乎乎又难闻的水。太阳当头，快乐地挥洒着光明。可能距离太远，它不知道这些蚂蚁一般的人流正在受到折磨，还以为他们是惬意地在凉爽的湖中消暑呢。

游泳大军在缓慢地浮动着，一分钟好像漫长的一个小时。我们这一拨人，熬了不知多久，才浮到岸边。看到一个个同学像黑人一样地站立起来，我真不忍心看自己的模样。心里冒出的第一个念头就是，到哪里换衣服？或者就这样落汤鸡般不堪入目地走回学校。正当忐忑不安之际，有佩着红袖章的指挥者在不停地挥着手臂，叫道："游泳的同志到那边去冲水！"我不敢相信自己的耳朵，又听了一遍，没错。大喜过望。顺着指挥者的手臂看过去，哦，岸边的马路上正矗立着一排消防车呢，一摊摊红的色块，像一团团贴心的暖流，又像一张张舒展着迷人笑容的脸。不知为何，我脑子里还浮出了“暧昧”二字。顾不了许多，我一阵风地刮到了消防车旁，正好有空位，我旋开喷头开关，当第一股清凉的干净的水从头上淋下时，我如获大赦，痛快极了，舒服极了。我无所顾忌地搓着身体上的每一个部位，恨不得搓掉一层皮。当脚底下的水流变得透明时，我还高高举着喷头，不愿意松手。唉，这才叫亲水，这才是享受。可是好景不长。此时，耳朵旁边传来了声音：“冲好了水请自觉离开，不要浪费水，后面还有很多人。”一遍又一遍，好不烦人。但我还是有觉悟的。我悻悻地将喷头搁到一旁，恋恋不舍地离开可爱的消防车。

我和陈同学走路回学校。我几乎一路无言。要好好想一想这是怎么一回事。今天的横渡，怕是有生以来最难忘的一次游泳了。玄武湖在身后远去，身后飘来音乐，是《山丹丹开花红艳艳》。这深情绵长的旋律，不停地抚慰着一颗难以平复下来的心。

夭折的撑竿训练

一日，偶从电视里看到一些演艺明星在跳水表演，从 3 米到 10 米跳台不等，当然这是一档策划出来的吸引观众的节目。看到明星们在高度不一的跳台训练或比赛，展示出那些有点古怪的动作，想起了我曾经有过的体育训练，也是与高度有关的。那是年轻时的事情了。

20 多岁时，我在南京的一所大学读书。经过整整 5 年苦难的知青生活，来到少年憧憬的高等院校，我焕发出前所未有的精力，不知疲倦，不管是精神的，还是体能的。入学不久，学院举办了运动会，我在跳远比赛中，意外地获得名次，100 米也进入决赛。我心里清楚，这是中学时代积攒下来的一点点本钱。一天上体育课时，老师见我不怵单杠和双杠，随口问：会徒手倒立吗？我说会。试着来一个看看。我在操场足球门边的草地上，哧溜一下就竖了起来，还弯下双脚用双手行走了几步。又一天下午课外活动时，体育老师从远远的地方走过来，微笑着对我说：来练撑竿跳高怎么样？我一愣。老师说：市里要搞大学生运动会，我打听了，会撑竿的不多。你条件不错，练得起来，拿名次的机会很大。那时这座大城市只有 13 所大学。老师认为我有速度，会倒立，这就是条件。撑竿跳要在空中做倒立动作，我可以不用学。其实在中学时我也有过学撑竿的念头，因为班里的一个同学无师自通地学会了，还参加了市里比赛。只是自己练了几回，就是竿子撑不起来，放弃了。试看看吧，我说。

于是开始正式的训练。在老师的指导下，我端起长竿，从跑道上起跑，到插竿的小坑处，象征性地比画一下，从头再跑。如此几次，老师叫我再象征性地撑起来，摆落到沙坑去。也顺利地做起来了。几次轻松地落入沙坑后，心想，像小孩玩过家家。看来老师也满意，说先这样吧，每周都来练几次。可是，问题出在以后。

很快老师就让我开始练习空中倒立。当我使劲撑起来，按要求转体倒立时，身体似乎不听使唤，麻袋一样地落下来。老师耐心地指点，我一遍遍地重新开始，但是要领还是掌握不了。这个动作其实简单，我身体也算轻巧，不会笨拙到哪里去，旁边还有人进行技术指导，只是做动作的一两秒间，脑子紧张得很，特别失败几次后，更是绷得厉害。隔天再练，还是如此。这个该死的空中倒立。我想起在当知青时，有一次收工，我兴之所至，在路过生产队的猪圈时，跳上土墙，弯腰双手撑着墙头，轻松地一个倒立，再一手放开，又稳稳下地，惹得同行的农民兄弟惊讶地张开嘴。那时的灵活到哪里去了？老师让我休息几天。没想到休息后，更糟，放松不了，有时还撑不起来，撑竿时手发软。身体一次次麻袋般地摔下。旁边同学们在踢足球，有几个跑过来，友好地拍拍我的肩膀，笑着走开。是鼓励呢还是其他？我苦恼地望着老师。这是个身材匀称结实的中年人，他也苦笑地看着我。再后来，我跑到插竿的小坑要起跳时，思想就开小差。要是插到边上，不慎滑脱，手摔断了如何是好等诸如此类的念头就会冒出来。老师终于开口说，算了，就这样吧。可能你不适合。

我懊丧地承认，自己是不适合练撑竿。我同时还明白了一个小小的道理，做什么事都得有天分，特别是想要冒尖的竞技项目。其他领域想必也如此。

但是这次训练撑竿跳高的失败，并没有影响到我对体育的兴趣。东方不亮西方亮，我只想让自己高兴和健康，有精力读书和做自己喜欢的事。我继续尝试其他的体育项目，像排球、足球、乒乓球，还有游泳。

我们学校大门的对面，就是美丽的玄武湖，湖岸有划出来的游泳区，时常是我光顾的地方。我同赏识我的体育老师还成了好朋友，曾一起到湖边用瓦片打水漂。

我和他的友谊延续了下来，我的体育爱好也延续到了今天。

横游西溪

西溪是九龙江的主要支流，流经漳州南部市区，那里的老百姓又称其为南门溪。我们在城外上游处有个游泳点，就是现在西洋坪大桥底下，我在这里有过一次留下记忆的横游。我们计划到东山的马銮湾游海，准备游到对面一个小岛屿，再游回来，来回的直线距离有 5 公里，事先自己都要掂量着试游一下。

早晨 7 时多，几个泳伴都游上岸了，我要他们先别离开，泡茶聊天看着我，万一有异，好施以援手。是个不错的天气，多云，太阳出来后会被挡住。我游向对岸。水凉快，心情好，游得轻松。想多游几趟，不求速度，一开始就有节省体力的念头。蛙游最省劲，我节奏平缓，一下一下，头探出水，吸口气，又潜下去。每一次换气，从泳镜里向前看，江对岸绿色的草坡和稀疏的林子似乎在温情地招手，于是心生动力，汩汩而出。不知不觉中，岸线渐渐靠近，苇草也越来越清晰。快到岸边，我折转身子，游回来。换了种泳姿，用仰泳。我双手将泳镜提起，推上额头箍住，然后交替划水，双脚轻快地踢打着水，将目光送往天空。每回在江中，这个时候是我最惬意的。天上有云层，云的间隙镶着阳光，平常此时，热烈的太阳已经出来，如果晴朗，便会射出万丈气焰，让你明白什么叫暑热。可是现在依然清爽，裂开的云露出了蓝色的天空，令人遐想。在宽阔的水中，两眼所及只有又高又远的天空，这遐想就格外脱俗，无边无际。想到宇宙飞船呀什么的，还有孙悟空是如何踏着云朵飞行，等等。在胡思乱想中，游了第一个来回。

当然没有停，我马上又游过去。换了自由泳，又叫爬泳。我的姿势虽然比狗爬式好看，但因为没有受过正规训练，洒脱不了，只是能够划两次手，换一次气，两脚打水时用腿部发力，而不是脚掌乱蹬，稍长距离就觉得费劲。因此三种泳姿中，使用得最少。有个泳伴曾告诉我，长时间游泳，要经常换泳姿，这样各个部位都运动到，不会局部疲劳，可以避免抽筋。这一带江水，河床因捞沙等原因会变化，大多时候是没有底的，就是会没顶，如果抽筋可就麻烦了，只有招手喊救命。还好几个来回下来，顺顺当当。我自由自在地游着，每当返程，都要看看自己的游泳点，那用钢架和铝片搭起来的休息处下面，那几个泳伴还在不在。当然在，于是心里便踏实些。

我对自己能在江面上来回游多少趟，心中没数，从来没有试过。因为在江中游泳不比游泳池，不敢游到筋疲力竭，总得留点体力万一有什么情况好自救。我在心中默默地数——两趟——三趟——四趟。一个来回我算一趟，奇怪的是在这个明媚的早晨，我游了这么久，不觉得累，于是窃喜。

我多用蛙泳，再来就是仰泳。当我仰望天空时，有白鹭从头顶上飞过，一只、两只、三只，就在三四米高的地方，收在腹下的脚和张开翅膀那根根白色的羽毛都看得很清楚。有一只还高亢地长鸣了一声，似乎有什么高兴的事。我知道前面不远的地方有一处比较密的树林子，成了白鹭群栖息的地方，有时我在岸边远远看过去，点点白色，很有生机。白鹭也是这几年才出现的，刚刚出现时，引起许多人的惊喜，我还曾接到过报料人希望记者去采访的电话。此时看到白鹭，有另外一种感觉。它们是在鼓励我吗？那一声鸣叫是什么意思？我将它翻译为任何人的语言，都会显得苍白和飘浮。那只是一种悠远的境界。身下的江流如同天河，我就不是凡人了。如此一想，陡然生出许多力气。我一下一下地划着水，绿色的江水平缓地流动，那样温存地包裹身体，这实在是一种享受。

当我游到第 8 趟返程时，看到两个泳伴站到了岸边，指指点点，在说着什么，是不是等得不耐烦，示意要我起身呢？此时我的动作已是一种惯性，突然想，是该结束今日的游程了。想到这里，就来了勇气，无须节省体力了。我竟然甩动腰，扑腾了两下蝶泳，这是最费劲的，也就这两下，就喘着粗气。我又放慢速度，很快，脚踩到底，湿淋淋地上岸了。

泳伴说；不想起来是怎么着，都一个半小时了。我吃了一惊。看看江对岸，觉得很近，仿佛伸手就可以摸得到，那片栖息着白鹭的林子，浓绿得化不开，依稀可见白鹭的蠕动。其实，一条大河波浪宽，从这边的岸到那边的岸，至少有 200 米。我在心里算了一下，今天游了 3 公里以上。现在状态很好，就是肚子有点饿，如果不起来，再几个来回还可以。海水浮力大，这么说来，如果没有风浪，5 公里应是没什么问题了。

溯游西溪

为了到东山马銮湾游海，我们还集体在九龙江里试游过一次，当然是长距离的。早晨太阳还没出来，5个人从游泳点下水，往上面游去。这上面指的是天宝和靖城的方向，西边，就是溯流。我们已商量好，往下游没意思，往上还有点阻力，不就是想看看自己的体力行不行吗？

这一带的水流其实很平缓，这与下游的水闸有关系。记得小时候要比现在急得多，溯流没有花点力气是游不动的。现在只要你手脚在动，就能够向上移，同湖水差不了多少。江边散布着游泳爱好者们搭建的半永久性的游泳点，这里已属市郊了，可能这就是城市小的好处，都挨着农村了，谁管那么多呢？两岸有深浅不一的绿色，有香蕉园，肥大的叶子弯垂着，有高高的木麻黄小林子，像一群苗条高挑的女子，更多的是远处分辨不出树木种类的林子，反正绿色一片，显示着生命的活力。

最让人觉得美妙的是圆山，它隆起又下滑的曲线勾勒出的形状好比刚蒸熟出笼的面食，它呈现的经常是淡蓝色，朦胧不清，这通常是空气中水分比较多的缘故，有时也清晰，这时便是淡绿色的了。此时是淡蓝色，像有意境的含蓄诗句垂落在西边天幕下。当我在水中游动时，看到的就是这样的景色，这里江面宽阔，视野非常好，实在养眼。

十几分钟后，那些各式的游泳点被渐渐拉到了身后。两岸都是苇草和小树林，溪流开始向北偏了一点，水面也收缩了一些。我们游得都很轻松。途中有一个不认识的泳友，交谈后他知道我们准备继续往上游，很兴奋，说自己早就有此意，可惜一直约不到人，临时决定同我们一道进军。这使我想到了外出旅行时，会碰到陌生的驴友，意气相投，结伴同行。那是在陆地上，交流觉得很正常，人们互相了解不都是这样的吗？可是在水中，就有不一样的感觉了。手脚都在水中动着，嘴里吐出的话在水面上一句飘过来，一句送过去，很奇特，有时小浪花扑过来，要讲的话一下就噎了回去。这是什么感觉呢？是鱼儿的感觉吗？总之很灵动。多了一个人，也多了一点生气。

我游的大都是蛙泳，始终注意着水流和岸边。因为这是从来没有到过的地方。游了许久，景色悄悄发生变化，这一段江流两边连农舍也看不到，田园也看不到，岸边的苇草又高又长，垂拖着水流，让人想到美洲古印第安人居住的还没垦殖过的水泊，虽然西溪水中没听说过有什么食人鱼，也不可能有鳄鱼，但是没人烟的地方还是会让人有些微不安，耳朵都支起来。我们几个人体力不一样，游着游着，距离就拉开了，只要拉得太开，前面的人就会在阴凉的地方放慢速度等候，等到靠近了，问候一下，再继续游去。

河道弯曲着，那些城里人修建的游泳点早已不见影子。只有零落的树矗立着，似乎在无言地招呼：继续向前游，还是掉头回去，你们自便。过了一个弯道，岸上有密集的树丛，水面一下子狭窄起来，水也急了许多，有小小的白色浪花。我猛地振作了，使出劲来。我瞄了一下水流，稍稍偏到旁边，避开那股急流。还好这一段考验人的急流不是太长，我用自己的智慧和体力，连蹬带划闯了过去。伙伴们先后也都过来了。有人高声喊：“想吓唬我们呢。”可惜没有吓到，我想。

也不知道过了多久，岸上又出现了农舍，出现了村落，有农妇在水边的石头上摔打衣服，也有洗菜的。有人在高处看着我们，神情有点惊奇。可能少见泳者游到这里。是什么地方呢？我们不知道。有人建议，回去吧，太阳都老高的了。这一次大家没有太多的考虑，都附和了。可能农家的生活状态唤醒我们这一小群水上旅人。

当一决定回去，我就彻底轻松了，想来大家都跟我一样。因为顺流游不费劲，河道也熟悉了，意外的情况应不会出现。太阳早已升起，我将额头的泳镜拉下来，挡住有点强烈的光线。返程觉得快了许多，大家还互相鼓励着。随着长长弯道的结束，江面又宽敞起来，有豁然开朗的感觉。江水凉凉的，轻柔地包裹全身，像有手在抚摸每一寸皮肤，很舒服。

游泳点那面红色的旗帜终于映入眼帘。它在微笑着迎接我们哩。我发现通常在江里晨泳的人，都不见了踪影，这就是说已经过了晨泳的时间。我们向着自己的旗帜，都有些争先恐后地游过去。上岸后，还说笑打闹着，说今天是进行了一场水上长征。其实与那些经过严格训练的长距离游泳运动员相比，我们是一群“土八路”，湿湿水。

这一趟游了两个多小时，我们估摸少说也有5公里。次日相互打听，每个人都全身酸痛。这酸痛持续了好几天。

雾游

天蒙蒙亮时分，醒来。朝窗外望，街道还是湿的，雨已停。没有犹豫，决定下水。通常骑单车出行，今天显然不行，万一又来雨，回来都麻烦。于是开车。数分钟后，在闽南师范大学的南门泊下。这里属近郊。意外地有雾气，而且大。天飘洒着雨点。我撑开伞，穿过校门前方的江滨路，沿着行人在花坛中踏出的泞湿的小路，小心地爬上防洪土堤，顺着斜斜的便道，下到竹林。前方不远处就是九龙江。会有人冒雨来游泳吗？

无数次经过这里。时常风和日丽，雀鸟啁啾，果蔬养眼，心旷神怡。今天翻了个儿。雾的大军在这里列阵，数米外的景物都看不清楚。白白的、黏黏的东西在眼前浮着。抓是抓不着的，只能感觉到它无孔不入的渗透。

这片竹林有个俚称，叫“野猪林”，让人想到水浒、豹子头林冲什么的。其实不然，天气好时，周末这里是少男少女野炊的好地方，多是大学生，三五成群地烧烤餐饮，好像幸福全属于他们。当然更是与杀戮无关。此时有些寒意。周围是丛丛拔起的竹子，身段朦胧着。平时竹丛根部隆起的地方，总是三三两两地覆盖着废弃的衣物，黑色的，灰色的，白色的。最初让人想到青藏高原天葬台的山沟里那些升天者遗下的衣物。如此一想，身上的汗毛便不安地耸动。后来知道竹林里这些看似随意丢弃的衣物，蒙着的都是刚冒出土的竹笋，是竹子主人的用心。知道原因后释然，但还是有怪异之感。清晨空寂中，周遭若明若暗，想起这些时，竹丛后似乎有躲藏着的眼睛扫过来，不觉加快脚步。身边出现一簇梅花桩，这是不知哪一年被一些血性年轻人在这处很僻静的林子里习武所打下的，路过时总会跳入眼帘，此时模模糊糊。但是梅花桩带出的江湖味道却是清晰的。附近还有一架用钢管焊接立起的单杠，很牢固，被人用尼龙绳拴着小木板做成秋千。此时这秋千架和垂着的绳子在我眼中也成不祥之物。平时这里有几只土狗，奔跑着觅食，会没来由地吠叫，现在哪儿去了，一声不吭。我有点惴惴不安逃也似的离开竹林。

竹林外是一大片河滩地，被附近的村民和一批过着田园生活的泳友开垦出来，种上了各式时令蔬菜，像片片绿色的云铺在地面，很好看。但此刻混混沌沌，什么都看不清楚。越靠近江边，雾就越浓。虽然视野不好，因为开阔，心还是踏实了一些。前两日雨下得厉害，这片河滩地都被淹没了，水位最高的时候有几十公分，园地中搭起的瓜架淹上一半。幸好不到一天水就退尽，损失不算大。这种水灾不是每年都有，菜农们自我调侃，耕耘如同锻炼，有收获便是额外的幸福。夏日清晨，园中总有人赶早劳作，图的是凉快。今日有人吗？我自言自语地否定了。傻瓜才会来。有一回傍晚时分，从水中起来，经过这一片菜地时，从远处的小树林里传来小号的声音，天籁般纯净。是《天空之城》。当时天上有变幻的云团，晚霞刚褪妆，空气透明清甜，小号送出的旋律令人心动。此时耳畔奇异地响起这熟悉的旋律，在朦胧雾色中，竟有些凄婉。

游泳点在岸边隆起的小高地上，拾阶下行若干级，便是江水。我从没见过这么大的雾，乳白中带着铅灰，江水看不见，凭感觉知道它就在底下流动。圆山优雅地隆起的身姿，江对岸深绿的小树林，都被严严实实地遮挡着，那些在江面上自由飞翔或在岸边随意栖息的白鹭，当然也不见踪影。水肯定是黄浊的，像发洪水那种颜色。已下过两天雨，该冲走的那些乱七八糟的杂物应该被送到下游去了。早先有泳友说，这黄色的水比那些被工业废水污染的水要干净。是的，童年时代九龙江水浅的地方，可以透明地看到水底下的细沙和嬉游的小鱼，这情景怕是再也不会出现了。下水吗？我问自己。下！一个声音不容置疑地响起。还没有过来到江边不下水的，这里有不能枉行一趟的心理，虽然往返路程不到10公里，白白走一遭总有点亏。

我麻利地换上泳裤，戴上泳镜，用脚小心翼翼地摸索着下水。毫无疑问，这是有点冒险的。水面比平时涨了不少，水流也急一些。我朝上游的方向往外划去。划了几十下，觉得不对头，似乎被水往下游推着。努力使劲，也没有用。这意味着什么？危险。曾有过从下游往上游却游不动的经历，精疲力竭后，只好在就近的岸边上岸，水淋淋地从草丛中钻出来时，竟有捡回一条命的感觉。而现在除了浓浓的雾外，什么也看不见。岸边在哪里？只有凭感觉。所有的参照物都被吞没了。有可能会一直被冲下去。我赶紧转身向岸边游，觉得安全了，才继续向上划去。岸边水流缓慢些，但是举目四周，茫茫一片，心里有些虚。虽然什么也看不见，我还是睁大眼睛，耳朵警觉地竖着。在水中游动时，我慢慢感觉到危险在逼近。是什么东西？一段木头借着水势快速移动着冲过来。一只鼓着的编织袋裹着可疑的东西，在岸边草丛中磨磨蹭蹭，最终还是不情愿地漂浮下来。这都有可能，还躲避不了，因为看不见。我不敢贸然往上游，虽然也移动不了多少。数分钟后，我知足知趣地上了岸。犯不着同这狂野、不知其深浅的江水犟。

雾依然浓，像一张巨大的布幔拉开后不愿意卷起。江对岸小树林的方向，传来一种鸟的啼号，一声一声，悠然深远。这种鸟的鸣叫在深山里曾听过，会让人胡乱联想。但是这回，我有一种很另类的全新体验。

返程在雾的包围中。撑着伞，我沿着泥沙小路踽踽前行。雨细密地飘洒。

游海

东山岛马銮湾。这一天，阳光灿烂。我们要游海了。早饭后，一行近 10 人来到海边，已经迟了一点，大队人马已启程，准备救护的船只也随去。主要的组织人还在沙滩上等候我们，为了这次游海，我们做了不少准备，几乎没有什么踌躇的，下！同行有一个女生，刚学会水，我力劝她不要跟随，很简单，套救生圈是不行的，没有其他保护措施也危险。

初升的太阳不算毒，海边空气潮润，还有点风。我们的目标是对面的一个无人小岛屿，到那里后再游回来，往返直线距离 5 公里。现在海面安静，没什么浪。我们相互交代要尽量游在一起。下海时，心有些惴惴然，不单为自己，也为同行他人。在海里游其实比在江里要轻松，浮力大，仰八叉手脚不动都可以浮在水面上。我们清一式蛙泳游出去，然后各展其能，很快就离开海岸了。我在水中不忘环顾，这才发现与在江中游是完全不一样的。目力所及，除了水，就是天，天上只有几朵浮云，海面茫茫一片，水的波纹起伏不停，像海洋强壮的胸脯在呼吸，让人感到很有力量，人在这海中，只是一粒非常不起眼的小点，稍不留神，就被淹没不见了，想打招呼都不可能。在江中游动时，一直有两岸的景色为参照，心中有数，海上就只有海天一体了。

不知什么时候，一起下海的小队伍被分散了，我们只有 3 个人还在一起。主要组织人是一家大医院的院长，游泳好手，精力充沛得很，下海后一直游在前头，已不见踪影。其余的人呢？为了这次游海，我们在江里试游过几次，论体力，游这 5 公里，哪怕再多几公里也没什么问题。游程中，我变换着泳姿，除避免同一动作不断重复的疲劳外，还想避免可怕的抽筋。许多年来，我只有一次在游泳池遇到抽筋，先是脚趾收缩展不直，很快蔓延到小腿肚，感到腿肚里有东西团在一起，无法用力，稍稍想蹬一下就会抽痛。还好在游泳池，心中不慌，我放开抽筋的腿，试着只靠两只手和一只脚划水，竟然可以游动，爬上池岸，休息一会儿，症状也就消失了。可是这是在海里，不是游泳池中的几十米，旁边没有救生船，身上没有救生衣，如何自救？我不愿意想，偏偏绕不过。不远的地方，传来同行一个山东大汉中气十足的结实的嗓门，说什么听不清楚，人根本看不到。但海上听到熟人的声音，备感亲切。边上一个泳伴问：如果这大汉抽筋了，我们要怎么办？我心头一紧，真是乌鸦嘴。心里这样想，嘴上却笑着回答，游过去，同他招招手，说老兄，悠着点。话虽故作轻松，一边却祷告着千万不要出现不测。大汉的声音此后就再没有听到，眼睛寻找，只有巨幅的绿色波纹在闪着光。

谁都不想孤独一人在海上漂移，那心里是会发毛的。于是我们剩下的 3 人，以大致相同的速度划着水。现在想加速是不太可能的，节奏和呼吸都会打乱，要么就减速，一减下来想加速就困难了。我们就这样不紧不慢，相距不过几米。我觉得挺好，只记住手要划，腿要蹬或打水。任绸缎一般的海水拥围着身子，没有时间和空间的概念，此时是一个彻底的自由人了。我游了一段，会抬起头朝前瞄一瞄，前方有一道卧着的黑块，就放心了，这是要到达的小岛屿。除此以外，毫无方向感，此时才体会到长距离游泳时，导航船只的重要。

前面的小黑块渐渐增大，变得清晰。看到目的地近了，心里轻松起来。更靠近一些时，我看到岛屿前面有海产养殖人布下的网栏，上岛要在稍远一点的地方，于是我们调整了方向。我又看到前面有几个小黑点，一定是我们的人。先我们下海的人们已到达，都坐在岩石上，有人站着在摇动旗帜，这很是鼓励人。山东大汉先我们上岸，腆着个大肚皮站着在哇啦哇啦说着话。

我们上了岸，与大队人马会合一处。所有的渡海勇士们在一起合影留念，我这才发现原来还有好几个女将。仅仅休息几分钟后，我们又登上归程。

返程心里已经没有任何负担，因为有护航的船只，在游泳队伍的两旁，一边一艘，缓缓地跟着，如同两颗大大的定心丸。

太阳已经升得很高，在岛屿休息时，已有热的感觉，人们都躲在岩石的阴处，避开夏日的直射。在水中就是另一番景象，只有凉爽，当然你也无处可躲。因为轻松，游起来就悠闲，水面点点散布几十号人，很有些阵势。虽然不是竞赛，但只要可能，没有谁想落在后面，很快这几十号人拉开距离，有的渐渐隐没在海面上。我没有什么疲倦的感觉，掂量一下，加快点速度还是可以的，于是眼睛盯着前面几个人影，跟了上去。同行的山东大汉脂肪厚，体力足，耐力也好，已游在前头。

可能太阳发威，海水不让人觉察地在蒸发，空中弥散着稀薄的雾状气体，但景色还是看得清楚。海水不知停息地涌动，像一只巨大的摇篮，人的身体只是一点尘埃，只要它愿意，立刻可以将你掀入海底。但它又是脉脉含情的，只要愿意，可以将你拥在怀中，像婴儿般地抚爱。此时，我就有婴儿一样的感觉。在水中游动，天空是这样的明亮宽广，水是这样的温柔博大，多么美妙。

不知不觉，我赶上了一个人，很高兴，马上又瞄上不远处的一个黑点，鱼儿可能就是像这样在穿行，不过更灵巧了点。救护的船只现在落在身后，还有一些人在后头。前面的黑点又被超过了，我更兴奋。但是那山东大个在远处浮动，似乎越浮越远。

马銮湾的岸线已清晰可见。我不再保存体力，也不换泳姿，蛙式游着，划蹬伸直，一下又一下，一下比一下来劲。最后以胜利者的姿态笑着上了岸。此时，救生船仍在数百米远的地方蠕动。

在木麻黄的树荫下，我看到刚才出发时被劝阻的女生脚下有游泳圈，身上有水珠。原来，她不甘心白来一趟，后来约了一个会水的游客，央求他一起下海，套上游泳圈后慢慢出海，又同第一批回来的勇士返回，算过了一把瘾。

我坐在树荫下的沙滩上，等候其他人回来。我眺望远方的那个刚刚登上去过的岛屿，好像完成一件很大的事情那样无比惬意，夹杂着一点点征服的快感。那座趴在海上的小岛也在和善地望着我。

行走仙字潭

我到过仙字潭多少回？二十次，三十次，记不得了。最近一次是陪著名导演汤晓丹的夫人蓝为洁和她的儿子汤沐黎去的。我对蓝老师说：二十年前，我曾在这里向你们一行大明星们讲解仙字潭的奥秘，还记得吗？怎么不记得，那时你多年轻，她说。你也是，我说。当时是汤晓丹从影 60 周年的活动，来了秦怡、孙道临、徐桑楚等，蓝老师已六旬，行动敏捷，伶牙俐齿。人会老去，它们却永存，我挥手指了指汰溪对岸岩壁又说。那些至今神秘莫测的仙字就在那里。

曾有一本汤晓丹传记，描写了他出生的地方，说有条溪流奔腾而过，早有先人的活动遗迹，在溪边林莽间的峭壁上刻下了象形的东西，被称为“仙字潭”，意思是汤晓丹自幼便有文化氛围的濡染。其实他的家乡在仙都镇的大山里，虽然与“仙字潭”同属华安县境内，但一南一北相距上百里。我心里讪笑作者胡拼硬凑，根本没到过这里，凭资料乱想象。但是后来我看法变了，或许童年的汤晓丹也听过“仙字潭”的故事，仙都镇的山间也有条溪，叫仙都溪，蜿蜿蜒蜒地流向九龙江，“仙字潭”所在的汰溪也清清澈澈地注入九龙江，都是同一条江的流域，有些东西是可以相通的。记得我对蓝老师说过这本传记的这处失误，她说作家嘛，笑了笑便不置可否。

我同他们在仙字潭四处走动。这里是一处尚未开发的景区，一切都是原生态。汰溪浅浅地流动，透明见底，像纯情少女。溪面也不宽，枯水期完全可以涉水过去，溪中立着的各种形状的岩石，水漫过跌落或从石缝中冲下，有淙淙声响，像少女笑声。仙字在北岸的峭壁上，这片峭壁并不高大，同华山黄山的绝壁比起来，有小巧玲珑的感觉。峭壁顶部疏朗地立着几株树，直着身子指向天空。我和汤沐黎踩着溪中的岩石，一块一块跳着过去，小心翼翼，来到岩壁下端。我指着壁上方的几处仍清晰可见的岩刻，说那便是仙字。汤沐黎举起相机拍照。往年这几处仙字文物管理单位的人都用红漆涂上，很醒目，后来避免损伤文物，就不再涂了，我说。仙字分布在几个地方，为了不遗漏，我谨慎地移动步子，脚下踏紧岩石凸出的地方，一边搜寻。画家就跟在身后。

拍完仙字，我们又跳踩着岩石回汰溪南岸。汤沐黎隔着小溪流重新眺望那些仙字，疑惑地问：什么意思呢？我终于有机会展示一下自己，便娓娓叙说起来。早先专家们认为是闽越人的文字，还试着翻译，出现多种版本，后来又有人说是岩画。虽众说纷纭，但有一种破译让我印象深刻。它认为这几组符号说的是同一件事，讲的是一个部落出征前的祭祀，然后是征战，最后凯旋，男女共庆。自唐朝文豪韩愈最初解读这些仙字以来，岁月已经流逝了多少年，仍然没有结论。也许这就是仙字潭的神秘之处，不绝如缕地吸引着游人。但是这些仙字一定是反映先民的活动，蕴含着丰富的文化信息，这是没有疑问的。

汤沐黎说，从前可能不是这个样子，这么裸露，仙字也保留不到今天。你说对了，我说。20世纪初，有个叫黄仲琴的学人来这里实地考察，那时这条溪可以行船，他就是从邻近的乡里雇船溯汰溪上来的。在他的笔下，这里密林连绵，藤蔓缠绕，难见天日。当地的向导也好不容易才寻到隐藏在岩壁青苔中的仙字。当时，仙字底下的水流仍深如潭，如今已叠排着砾石，成为浅浅溪流。

现在变得这样的开阔和安静，也算野外一个好去处吧，汤沐黎惬意地微笑着。一个画家，内心某一根弦被弹响，或许就会有创作的冲动。

他会不会就在这种情景中呢？

我多次同友人驱车来到这个地方，朋友们带上轻便的桌凳，在溪边的鹅卵石滩或平卧的岩石上摆好，打起扑克，我在坡地上平坦的地方将车子停下，躲进车中躺在软椅上看书，车旁是几棵曲折的相思树，感觉特别好。甚至有过一两回，幻想着同那些仙字的作者对话。附近只有一座简陋的小平房，是当年想开发这个景点时盖的吧，终于还是没有开发。这里离漳州才30公里，近得很。我对蓝老师和画家谈起这些，他们羡慕地说，好享受哦，在上海可难得呢。

后来，当地的主人带着我们来到到岸边一处芾草茂盛的地方，草丛中有一块青褐的岩石，石面有凿刻的图案，说这是新发现的石刻。这图案四周已被大自然和时光温暾地洇化了，表明它不知历经过多少年代。我们看不懂，但沉默地凝望着。先人不愿寂寞，花了心思凿出一处处的符号，想纪念一些什么吗？想提醒后人一些什么吗？那可能是一段壮怀激烈的历史，也可能是一段歌舞升平的日子。谁知道呢？

郊野咏叹

初春，我因故到近郊一处公寓住了些日子。这里离市中心有五六公里，人少安静，公寓边上有一条马路，但没有一家商店。公寓没有电视，刚去时也上不了网，白天完成所有的琐事，夜晚降临，一时觉得不知做什么好，用不着打开电视看那些规范的新闻，用不着打开博客，看看有什么客人光临，收视率一直居高不下的电视节目当然也远离而去。时间忽然涌到身旁，似乎一抓就有一把，有点不适应。但是很快我就感到幸福的来临。

西斜的夕阳还亮着脸的时候，我在房间外面的回廊上慢慢地吃晚饭。眼底下是公寓范围内的一片空地，已圈起来，还没用上，边上长着一丛一丛一人多高的芛草，有几只鸡在追逐着快乐地觅食。空地过去是农家低矮的红瓦房，房上的小阳台有人在收着晾晒的衣服。红瓦房顶袅袅升起乳白的炊烟，如今炊烟已少见，但它偏偏在眼前出现了。这炊烟欢快又炫耀般地漫散开来，带着清纯的诗意。从这一片平平的农舍过去，就是远远的一座一座盒子一般的高楼了，青灰颜色，好像会化开。夕阳很快变幻脸色，成了一颗鲜红的球，转眼又成为一颗紫红的球，不停地沉落，然后被高楼的棱角顶入，挡住。还没来得及很好留意时，它就跌入更远的圆山那一边了，沉没在天幕的另一头。薄薄的暮色扯起，一天最安宁的时候来到了。

这栋公寓的四层楼楼顶有一个非常大的平台，可以让几十个人同时打太极拳。傍晚，在恬静中来到这里欣赏景致，是美妙的。漳州这块小平原尽览眼底。平原挨到天边的地方，起伏着山地的轮廓线，非常柔和，它蜿蜒着，从西到北，又铺向东边，只有南端空出一块，这就是九龙江入海的地方了。

最动人心弦的时候是在夜晚。有一天半夜起身，突然看到墙角有一点光亮，定睛看，不是幻觉，真是光亮，泛着些微的绿色。是什么东西？凝神片刻，恍然大悟。这是萤火虫。我住的是3楼，这小东西是如何飞上来的，又是如何想飞进我的房间做客。我不禁俯下身子，在昏朦中察看这只小东西。有多少时候没见过萤火虫了，5年，10年，恐怕还不止。电影《夜半歌声》插曲第一句便唱道："空庭飞着流萤……"这"流萤"二字还被不少古典诗词用上，让人觉得迷醉。现在这只小虫虽然匍匐着，没有在夜空中流动，仍让我思绪翩跹。它的身子在这个很不起眼的角落轻轻动弹，身上发出温暖的光芒，这光芒在无声地向我倾吐它的友情。我是这样认为的。

我站立起来，兴奋地走到回廊上。野外一片蛙鸣声音，似乎为我意外地来了一位朋友而高兴。蛙鸣声起起伏伏，在寂静的夜里，格外动听。夜的空气有点清甜，我深吸几口，目光投向夜空。我非常惊讶地看到，北斗七星斜斜地卧在天上，那把巨大的勺子无声无息地从空中伸出来，伸向我住宿的这栋公寓，伸向回廊，我只能呆呆地望着，不敢相信。它想舀什么？我的感情！想分享我同萤火虫新建的友情？我只有呆呆地望着。

像这样的夜晚还有。城市郊野幸福的咏叹！

但是，赞美归赞美，似乎没有人愿意满足这种回归自然的久违的享受。没有电视，有人早已下载看不完的电视剧。有人带来了平板电脑，有人带着无线上网卡。我同样捺不住寂寞，几天后也解决了上网的问题，同外面重新保持着联系。安静下来时，我想到，人向外界的索求好像矛盾着。什么原因?

公寓空地围栏外面，还有一片空地，地面堆着山一般的沙石，大型汽车进进出出，有机械在日夜地叫唤。显然，若干时日后，这里将耸起新的建筑。入夜，在公寓楼顶的大平台上，可以看到远处霓虹灯炫目的楼盘，现在这些商业楼盘，什么玄乎叫什么，花园不行叫花都，花都不行还可以叫城堡。有一座楼体的霓虹灯设计得有些奇特，白炽的灯像蚕一样，一只一只不停地垂直往上爬，周而复始，顽强又坚韧，看久了，我就品出一些意味深长的东西。这些盒子一般的建筑团队，不正是像蚕咀嚼桑叶般地啃食着郊野吗？若干年以后，我现在所属的僻静的郊外，一定不复存在。但是这样的结局，却会让它蜕变出另外一种生机。

我们呼唤着回归自然，推崇绿色生活，原生态成了许多人许多时候都会说出来的词汇。同时我们又一边投入高科技汇聚出来的潮流中，追求着现代元素，怡然自得，甚至须臾也离不开。社会不可阻挡地这样发展着。人的欲望也是这样，一边回首，一边前瞻，一边留恋地抛弃，一边谨慎又坚定地前行。

这种思考这样折腾着人。虽然如此，并没有影响我到郊野公寓后对大自然的眷恋。我依然在夕阳西沉时，吃着晚饭，安详地观看红色的落日。夜晚时分，经常盼望萤火虫的光临。凌晨，偶尔也会听从苍穹的呼唤，我凝望深邃的夜空，抚摩北斗七星伸来的温情的手臂。

当然，这样的爱恋不会让人愚蠢到抛弃电脑。

唉——这郊野的咏叹!

南屿之夜

南屿是个弹丸小岛，没有淡水，没有电。海水退潮时，有细白的沙滩同东山岛连在一起，涨潮时，成为一个不起眼的小小离岛。

我相信，在我们之前，没有人这样在南屿游玩过。

这一天，夕阳西下时分。我们一行男女，涉过潮湿的沙滩，登上南屿。礁岩丛中，有带刺的仙人掌类的植物开着美丽的姣黄色的花朵。岛上有一座小屋，屋前两个中年男子在专心地清理渔网。因为寂静，甚至有点荒凉，同行一女子问："你们在这里害怕吗？"稍停又问："有没有海盗？"引出大家的笑声。在岛上野生的树草簇拥中，有一座用花岗石打底修建得很结实的庙，叫"东兴庙"，面朝远处的小海湾，湾中有许多人在游泳。好几个泳装男女从那里漫步走来，光着脚踏上礁岩，来到东兴庙前的围栏边，欣赏海景，他们操北方口音，说是厦门来的，显然是游客。

现在仍在退潮中，海水涌上来，形成一道长长的不高的白浪花，很快向后缩去。主人让我们先在眼底的沙滩处下海游泳，他和另一个男人开出一只小舢板，在近海处小心地布下渔网，慢慢移动，约莫有上百米长。薄暮生起，海水有些凉，但很舒服。沙滩缓慢下降，水从脚踝浸上膝盖，又到大腿，然后才淹上胸脯。我看到放在沙滩上的衣物，一只黑色的土狗奔跑过来，嗅嗅，跷起脚在附近洒了尿做记号，大概它认为对外来人负有保护的责任。游了几个来回，网也下好了，主人让我们从海中湿漉漉地上船，突突地向海上驶去。对面是铜陵镇，此时，已明晃晃地亮起数不清的灯光，更远的地方是东门屿，他开玩笑地说：“就开到台湾去吧。”我说：“那太好了，手续都不用办。”在海上兜了一大圈，返回时我说：“在旅游区这一圈每人要50元。”他笑了。回到海边，我们一起协力将小船拖上海滩。然后我们返回停车处，在一个简陋的地方胡乱冲洗了一下。

重上南屿时，天已全黑。岛上亮起一盏炽白的灯，原来是用柴油自己发电的。灯下多了几个年轻人，主人的两个女儿舒服地坐在烧烤炉边上，吱吱地烤着食物。主人陪我们喝了两杯茶，吃了两串东西，起身招呼伙伴，说要收网了，不知运气怎样，会有多少鱼落网。

尽管头上的灯很亮，但四周空旷，光亮被黑夜吸走了许多，余下的仅能照着灯下的小范围，稍远处还是夜色茫茫。通常南屿晚上是没人的，如果不是这盏灯和这些人气，这里将是无边的孤寂。

似乎没有多久，主人回来了，他两鬓淌着汗水，喜滋滋地说：“一网拉起了十多斤，你们运气好。”他扯起网，收拾网中的海味。我看到有巴浪鱼、不少手指大小的虾，还有不知名的杂鱼。转眼间，这些虾被一只一只地穿好，逐个摆上了烤台。主人又拿来几个小刺猬状的海胆，切开，从里面的躯体中挑出糊状物，说：“这个可以生吃，蘸点芥末。”于是，我们凑上前，轮着用竹签挑起来品尝。这黏糊糊的东西含在嘴里，有点甘醇，只是我心存恐惧，不敢多尝。

包括那些年轻人，我们这一群人有十多个，散布在烧烤台周围的岩石上，边吃边喝饮料边聊天。我想起《鲁滨孙漂流记》里的那个岛，还有土人星期五，在孤岛上的生活感受同在陆地上是不一样的。

夜色里，没听到多么大的海涛声，是不是这里没什么海岸线。但是我注意到，连接对岸的那片沙滩原是很宽阔，现在让人不易察觉地开始变窄了，开始涨潮了。这时，主人招呼我们中一个伙伴下到岸边的礁石间抓螃蟹。因为手电筒不够，也没有合适的鞋子，我遗憾地没有跟去。有位女生很想去，被主人好意地劝阻了。因为无路可行，要在岩石上爬上爬下，白天小心翼翼尚可，夜晚装备不全，容易跌倒受伤或被礁石上锋利的蚝壳割伤。

我在周围看得见的地方走动，想象在微弱的手电筒光亮中捉螃蟹的乐趣，不知过了多久，回到灯下我说："如果水淹上沙滩，他们捉螃蟹一时高兴，忘了，我们在岛上过一夜，会终生难忘的。""不会的。"主人两个女儿说，"时间被捏着呢。"

说话间，远处出现手电光点，很快近了，凯旋者拎着个小桶，刚到灯下，人们立刻围上，有好几只螃蟹在桶中蠕动，有的钳子张开，很不甘心的样子。这东西不能烧烤，只能作为战利品带走。

我们在岛上过了五六个小时，好像很长，也好像很短，当收拾好东西，小心地从岩间下到海滩，连接对面的沙滩还有几十米宽。再有个把小时，它就要被涨上来的海水吞没了。

站在这边的岸上，回望南屿，我发现上空有一盏灯一闪一闪的，一问，原来是航标灯。在黑色的夜空中，让人有温暖的感觉。

此时已是夜半时分。

这一天是农历七月初一。我上了南屿。

夜宿龙迹亭

这一晚，黏黏的，毛毛的。有风在外头刮着，山坡上的树木哗哗地叫。台风“尼格”在远远的海上向广东和海南岛奔行，拖着长长的尾巴，扫到这离海洋不远的山里。白天已有风，一阵阵，不停地，还夹着细细的雨。现在风似乎更大，雨没了。才8点，没有电视，干什么？只有睡觉。

其实睡不着。这是一个居士的房间，因为我们的入住，腾出来，有张单人床，有张木板铺着的地铺，两人睡挺好。主人进来后又出去，出去前在墙上贴了一张入住须知，一边说着客气话，意思是我们不住也要贴上。须知写着几条，比酒店的要简单得多，主要针对长住的居士。此房在我们之前也许没有客人来住过。主人称我们为居士，初听这称呼，心里奇特地动了一下。窗外刮的风叫“尼格”，毫无疑问，是个洋名字，我们的新名字叫“居士”，中式的，带点宗教色彩，二者在这里的夜晚结合起来，就产生一种很包容的奇妙的空间。同住的黄兄成黄居士，我成杨居士。黄居士出门同其他的居士们聊天，就在边上的厅堂，不断有话语传来。我因为仅穿一件薄薄的T恤，白天进入这山里，气温降了一点，又起风，一直有点冷，躲在被窝里想回暖。这里常住的男女居士看样子有一二十人，他们说晚上都早早睡，早晨四点多就要起来念经，天天如此。我同黄兄说了，明天早起听念经。

这间房在二楼，门前是一条走廊，门边是玻璃窗，上下两扇，没有窗帘，上面的玻璃窗因拉着一道穿越房间晾东西的铁丝，关不上，风呼呼地一直吹进来。我睡在宽敞的地铺，被子虽干净松软，总觉有冷气钻入。想起白天勘踏周边的景色，在偌大的后井水库一处比较隐蔽的山边，在山涧一块巨大的岩石上，看到一个状如井口的窟窿，盛着碧绿的水，本地的文友说，这是一处祈雨的地方，井口处被称为“龙首”，是天然形成的。因岩石边上流水很急，下着小雨，石头湿滑，我们没有走到边上看，不知这蓄着水的“龙首”有多幽深。文友又指着旁边一处小孔，说这是“龙喉”，说自己昨天来踩点时，用竿子在“龙喉”处捅了很多次，所以今天竟下起毛毛雨，言语中有些歉意，只是这风就不是他唤来的了。黄居士不久就回房间，我们躺着交换彼此的感想，又上天入地乱说。房间只亮着一盏小小的微弱的夜灯。在这样的环境里，就着风声，昏昏然入睡。

半夜起来一次，夜灯灭了。心想也许亮着黄兄睡不着，关了。不知是什么时候，还在做梦，被走廊的人声吵醒，迷糊中听他们的对话，才知道因为“尼格”台风，停了电。这在城里是不会有的。又听到他们说要点蜡烛，才想起居士们要做早课了，才又想到打算到庙堂里听他们念经的事。黄居士还在睡，外面是黑暗一片，没有手电筒，庙里想必也是黑咕隆咚的，风还在呼叫。山里的黎明清冷，没多带衣服，在心里就取消了听念经的计划，安慰着自己睡了个回笼觉。

不知多久，居士们念经回来，谈话声又让我醒来，天已亮了。心想，没有听他们在烛光下的呢喃诵读，也许是一件憾事。黄居士已起身，穿上长衣服，说要出去走走。本来早上散步也是我喜欢的，但外面仍有风声，我说我还是躺着吧。一直到天大亮，黄兄回来，才一跃而起。

我在走廊上奔跳着热身，又在栏杆上做俯卧撑。楼下穿着袈裟的寺庙主持仰头微笑地看我。厅堂边上堆着被褥，地板很干净，昨晚有常驻的居士包括我们房间的主人，都在这里打地铺过夜。这才想起我们成了龙迹亭的贵宾。

早饭后，同黄兄一起沿着新修的水泥路向山上走去，沿途有正在修建的小楼，这是将来要让居士或游客住的。穿过一处丛林小路，来到山背后，这里有一块风动石，据说只要两根指头用力按，便会晃动。这应是特指石头上某部位，因为我们双手力推，才见其动弹。站在风动石边上，可俯瞰底下的后井水库，尽管现在是枯水期，仍见水面宽阔，如水满，一定像浩荡湖泊一般。沿原路返回，又登上庙宇边上小巧的“归来塔”，对面山上一小片高挑的桉树林，披散的枝叶被风吹得不停地弯动，从高处看龙迹亭的庙宇，想到龙迹亭的来历。据说清朝某皇帝曾在此处题过字，不知这“龙迹”如今在何方。同那些金碧辉煌的宫殿相比，这山中的一切显得淳朴，甚至有些孤寂。唯其这样，才显得脱俗，还带点仙气。

庙宇主持随我们的车一起下山，我也结束一夜的居士生活。到山下，才知道昨天这里没下雨，不禁想起文友说他捅了“龙喉”的事，果然灵验。

初识龙池岩

曾读过有关龙池岩的文章，没有留下太多印象；曾在谈天时聊到龙池岩，说完也就过去了。什么原因呢？可能这是一个许多年以前的存在，又消失了许多年，刚回到人们的视野还不算久；可能如今发掘的景区星罗棋布，有些让人目不暇接，出现后又淹没了。当车队从圣地亚哥住宅小区西边的路往山上开去，我想到了这个问题。正好有友人住在这个小区，兴致勃勃打电话问：后山不远的龙池岩去过吗？我们正前往。答：听说过，还没呢？于是有点空落。但是当抵达龙池岩后，这些都退去了。

显然，这个景区在很具规模地恢复中。从山腰平台往前看，是台商投资开发区企业的建筑群；再往前，还是建筑群，罩在初夏西斜的阳光里，线条柔和；天际处依然是建筑群，那是厦门的属地了。据说从前是可以看到海的，大概是远古时候吧。身后，矗立着一块大岩石，上面刻着“炼灶石”三个字，这便是吴夲（音同滔）的炼丹处。

吴夲是白礁村人，龙池岩在白礁村的文圃山上。他是民间名医，一生热心行医济世，在老百姓中有崇高的声望。龙池岩四周林竹茂盛，遍地草药，吴夲爬坡涉水，足迹所至，采掘不止。他选择朝东的一处大榕树下，筑庐炼丹，研制方剂，经年累月。58 岁那年，在山间采药，不慎从崖壁上坠落身亡。令人称奇的是他仍然显灵救助乡人，人们为缅怀他的恩德，筹资建立一座“龙湫庵”，这就是著名的白礁慈济宫前身。

宋天圣三年（1025 年）吴本被封为“御史太医妙道真人”，又称“吴真人”；明永乐十七年（1419 年）被封为“保生大帝”，又称“大道公”。人们现在看到的“炼灶石”三个字，是南宋宝庆元年（1225 年），同安邑宰王楷为纪念吴本生前炼丹遗址的题刻。这位传奇人物，经过多少个 100 年的时间衍化，如今已经成为海峡两岸无数信众奉为神明的圣人。我曾采访过在白礁慈济宫祭祀吴本的活动，那盛大的场面，虔诚的膜拜，震撼人心，至今仍留下深刻印象。圣人曾在龙池岩长时间活动过，这个地方因此也成为信众们向往之处，是顺理成章的事情。在这块巨大的“炼灶石”旁边，有一座“炼丹亭”供游人歇息，便是台湾一信众捐建的。

往山上行走，在不远的一处林荫蔽日的地方，有一块摩崖石刻，上头写着“寒竹风松”，这是理学大师朱熹的手书遗迹。一代文宗朱熹于南宋绍兴十八年 (1148 年) 登进士第，授同安主簿时，多次到文圃山登临游览，不仅留下墨宝，更对这个地方情有独钟。后来他在龙池岩建立玉屏讲堂。大师名重，一时四方学子纷纷前来求教，给这个风景旖旎的山间带来文化和书生的气息。玉屏讲堂的影响日渐扩大，附近不少乡村，都先后以公有书田收益，在龙池岩筑造书舍，供子弟们就学。传说书舍共有 99 间，傍山而筑，鳞次栉比，成为一景。

有意思的是，朱熹居住在这里，在传播知识和做学问中，有所感触，赋诗一首：“半亩方塘一鉴开，天光云影共徘徊，问渠那得清如许，为有源头活水来。”直到今天，我才知道这首诗竟然是诗人在龙池岩生发出来的灵感。我在报社做事的数十年间，不知多少回在报刊的文章里遇到“问渠那得清如许，为有源头活水来”这两句诗，也不止一个同事在自己采写或编辑的新闻中，引用过这两句诗。这真是非常经典的诗句，如运用得当，既贴切又形象，十分传神。我以为，单这两句诗，龙池岩就应该出名。君不见寒山寺就是以《枫桥夜泊》中的“夜半钟声到客船”而名扬天下的吗？

玉屏讲堂后来改名为“华圃书院”，成为宋代闽南著名学府。如今，书院哪儿去了？或许就化成眼前的绿树丛林和匍匐于地面的野花青草，还有耳畔一缕缕清风。邻近还有一块岩石，上头镌刻着“拍门”两字，这当然也有关于礼数方面的传说，是不是间接印证了当年学府的琅琅书声呢？

这里还出了一个大商贾，曾富可敌国。他叫潘振承(1714—1788)，生于文圃山潘厝自然村，幼年便被父亲送到华圃书院读书，聪慧过人。潘振承字启，号文岩，外国人称之为潘启官，一生经历丰富，当过船丁，壮年入粤，3 次冒险随船帮到菲律宾，贩卖丝茶，后在广州开设同文行，成为十三行历史上最显赫的家族。十三行商人靠中国丰富的物产和朝廷赐予的贸易特权，成为当时世界最大、最富有、最具影响力的商帮。他通外语，诚信经营，积财甚多，被《法国杂志》评为 18 世纪“世界首富”。乾隆年间，潘振承全盛时，在广州河南乌龙岗之西开村立祠，建造极其豪华的潘家花园“能敬堂”，规模宏大，雍容华贵，名噪南粤。在广州海珠区购地约 20 公顷，修宅第、建祠堂，将建筑群落一带命名为“龙溪乡”(现广州龙溪首约、二约、南约、北约、新约)，同安街、同文街、栖栅街的命名都与家乡相关。他念念不忘养育自己的家乡和传授给自己学识的华圃书院，每年都回乡省亲。潘氏一族人才辈出，现在其后人正筹划在本地重建潘家大院。

有人将龙池岩的人文景观归纳为一道一儒一贾，就是“大道公”吴本，理学大师朱熹，一代商杰潘振承。我以为，这或许正是龙池岩区别于其他无数景区的一个最主要的构件。从这个方向去努力，龙池岩可能就会从无数似曾相识的景区中跳脱出来。

南北朝宋武帝永初年间（420—422 年），文圃山上建有观音庙，迄今为止近 1600 年历史，是目前漳州已知最早的寺庙。传说唐武宗会昌四年（844 年），太子李忱随高僧断济禅师云游各地，曾到文圃山，在幽静的山林中，在潺潺的泉水间，舒畅地沐浴，消退所有的暑气，一时大喜，赋诗一首:“惟爱禅林秋月空，谁能归去宿龙宫；夜深闻法餐甘露，喜进莲花世界中。”诗一般，倒是因为龙子在此地入浴，后人便称此地为“龙池岩”。后来，龙池岩成了山上寺院的统称了。现在这里重新修建的有大悲殿、三圣殿、地藏王殿、大雄宝殿、藏经阁、念佛堂等，蔚为大观。我们在行走观赏间，当地热心人士一路极热忱地介绍解说，让人感觉得到他们多么希望龙池岩的文脉、禅意以及尚未发掘出来的文化意蕴，能够发扬光大，传承下去。

龙池岩所在的文圃山海拔 422 米，山腰的龙池岩海拔 122 米，都不算高。距厦门地界才 3 公里，从漳州或厦门出发，都有公共汽车可达山下的圣地亚哥站。

下山，又经圣地亚哥小区。圣地亚哥是什么地方？最著名的当然它是智利的首都。远在大洋那端的美洲最南端的风都刮到了这里，我们还有什么理由不好好弘扬一下自己？我还想起海明威的著名小说《老人与海》中的主人，也叫圣地亚哥，他的不屈不挠，坚韧不拔，让人过目难忘。他的品质，对我们弘扬源远流长的文化是不是也有启示呢？龙池岩在未来的地方文化史旅游史上，是应当有属于自己的位置的。

城隍庙·文昌塔

秋天某日近午时分，走访了一庙一塔。庙称城隍庙，塔为文昌塔。

距漳州西城区 20 公里处，九龙江西溪冲积出的小平原上，有处繁荣的集镇，叫靖城。城隍庙在镇里的街上，文昌塔在镇外不远的江边。

初见城隍庙，吃了一惊。它堂皇，气派，恢宏，宽阔敞亮的大石埕，殿堂前花岗石柱上精雕的龙，庙顶飞檐的光洁鲜艳，一切和我在史料书上看到的破旧相判若两样。在秋阳的照耀下，这座显然重新修建不久的建筑熠熠生辉，轩昂得很。

城隍庙设有管委会，主任是个老教师，他和其他的委员讲了这座庙的历史和现状。在重修的碑记上，我看到这些文字："……城内西北，有庙城隍；洪武三年，太祖钦制。城隍之神，周礼崇尚；守城卫池，护县安民；明察善恶，监管阴阳；朝代兴替，不辍祀隍。……然，尘世无常，庙宇历经沧桑，几度兴废。"终于在盛世之年，乡贤达人，集资重修，有了现在这番模样。碑记右下方的时日落款是 2016 年 3 月，才过去半年多。

查阅史料，我知道荫佑这座城隍庙的还因为红军攻占漳州时，它是红十五军的政治部所在地。虽然已过去 80 多年，但是这种影响却是日益彰显。城隍庙的偏殿是红十五军政治部遗址纪念馆，我对这个有兴趣，便详细参观。漳州战役以红军全胜告终，还缴获了两架飞机。馆中有许多红军领袖的照片，我意外发现，在诸多照片中，还有交战的另一方国民党军队师长张贞的头像，他是本土诏安人。世事沧桑，历史演变到今日，许多当年无法设想的事情（包括化干戈为玉帛），现在逐一顺理成章出现。我想起自己采访过的张贞的儿子，这是一个留学美国的博士。漳州建州 1300 年时，他应政府邀请，参加庆典活动。我们在漳州宾馆他住的房间里谈了一个多小时，这位略矮但壮实的心理学博士多有感慨，讲到家乡的开放和包容，他认为是一种美好的预示。

我曾对同年代的友人说过，我们生活在这片没有战火硝烟的、和平的土地上，是幸福的。盛世不仅修志，盛世也修庙。靖城的城隍庙便是一例。城隍庙是许多地方都有的，祭祀对象经过漫长岁月的演变，从神到人格化的神。无论是神还是人，都寄托了老百姓的生活愿景，匡扶正义，弘扬一代贤哲的精神和理想。庙里不绝的袅袅香火，正是表达了这些寄托。

靖城镇原本是南靖县县治所在地，时间长达 500 多年，它还有一个有点意境的古名：兰陵。现在街面上的热闹，多少折射出当年昌盛的影子。如今，在靖城镇的地面上，辟出一个国家级高新区南靖产业园，它将跳出老集镇的模式，引进新的建设理念和新技术产业，打造一个新的区域。城隍庙也在这个区域间。它的崭新气象，是不是也预示着未来的美好！

靖城镇和高新区的领导饶有兴致地带我看了城隍庙，又看了文昌塔。这座塔，从另一角度让我感受到这块乡土的历史承载。

文昌塔在新编的《南靖县志》中的文字记述，比城隍庙多了一倍。我从中得知，这座塔始建于明万历四十七年（1619 年），天启六年（1626 年）完工，距今已近 400 年。清乾隆八年（1743 年）续建完成。塔体为八角棱形，有 9 层，高 27 米。第一层由条石砌成，内竖建塔碑刻，其余各层均是青砖砌就。第二层有两道门，门边墙壁有一块道光十六年（1836 年）的《文昌塔碑记》，是一个蒙古人氏的知县题写的。塔内原筑有夹道可登塔，后损毁。1918年正月初三，罕见地来了一场大地震，塔顶倒塌，一直到1986年才由靖城镇政府修复。后来塔基几经洪水侵蚀，底下冲出了一个深洞，使整座塔身半着陆地半依江水。从资料照片上看，文昌塔就在江岸边。但是这一天，我们走到文昌塔，不知是不是秋季水枯，江水退到远处，塔就在小高地上，这应当是原来的岸边。

一眼望去，便知这座塔有些年代了。它孤独地矗立在野外，忧郁地望着西溪的流水从眼前流过，它已不像很久以前那样的清澈，也许永远不会再那样清澈；它忧郁地望着眼底下河滩地上晾晒的薄薄的三合板片，如同母亲身上的膏药片。传说文昌塔是为了降服兴风作浪的“水妖”修建的，想必对庶民牵肠挂肚。当然这只是我的感觉。也许在秋日温暖的阳光下，它是明亮欣喜的，它的目光落在碧绿色的江面，江上有深绿色的倒影，这倒影是江对岸那片茂密的小林子。它的目光还越过林子，在那片平坦的田野上，有创业者们播下的许许多多希望的种子。

在文昌塔的身旁，其实还是很轻松自由的。秋风吹来塔的喃喃细语，是不是有明的弦歌，或者清的战马嘶鸣，那是数百年前的事了。我环顾周围，除了西溪如练，还有散落在平原上的农舍，田园，更多的是产业园的现代建筑。从农耕的简约到高新技术飞跃，在这里交错、叠映、融合，可能还有痛苦。一种新的孕育，都要伴随阵痛，文昌塔不也经历过地震？祝愿这片土地上的高新区能顺利长大。

告别陪同的领导和工作人员，驶在十分宽敞的大路上，车内送出克莱德曼的钢琴曲《秋日私语》。我脑子也晃过一幅幅秋日的景象，包括那座气派的庙和那座孤独的塔。

云雾太极峰

确定要攀太极峰后，我做了一些准备，据说这是一座尚未开发的旅游地，实际上无路可行，当年曾是红军的根据地和闽粤边区特委机关所在地。我找出一双朋友给的部队特种兵穿的胶鞋，还有一个双肩包。抽空翻了两种地方地图，竟未找到太极峰的字样，看来还真是藏在深山无人知。老天似乎在试探我们爬山的决心，连续两次都因为下雨取消了预定计划，第三次才成行，仍然是个云层低压的阴天。

车子从南胜镇出发，很快就是上山的公路，然后是仅容一辆车行走的山路，在一处有大岩石的地方路止，我们下车，领队者点名编号，生怕在山上走丢人，才开始爬山。

由于有充分的心理准备，所以不觉得有多么艰辛。走的是山里人踩出的小路，几乎都是在丛林中穿行，时常得用手去拨开两旁的枝叶。有几处陡峭的岩坡，路断了，只有攀爬，还好先前的踩点者已经掘出几个坑窝，否则很多人就只能干瞪眼。尽管如此，还是要手脚并用，一不小心，滑落下来是肯定的。考虑到危险，我们此行还有随队医生。有位东道主女生，大概要尽地主之谊，说要帮我一把，我心里笑笑。我从小喜欢体育运动，至今仍常年保持锻炼习惯，自觉体能尚好。果然，女生脚底一滑，尖叫起来，花容失色。我眼疾手快地撑托住，才没酿成意外。我那双特种兵的鞋起了作用，死死与泥石粘磨在一起。没想到在这深山里，当了回护花使者，心里还是很得意的。

从一进山开始，就雾气缭绕，举目茫茫，烟云稀薄时，也只能够见到几十米外的人影。我此行的装备，有同行者说像“八路”，八路者，游击队员。当年这里就是游击队出没的地方，所以进入山中，在雾中行走，偶有细雨洒落，让人有穿越时空的感觉。在攀爬几处泥石陡坡时，我在想，那时的队伍一定经过这等地方，还背着武器，脚上哪有什么特种兵的鞋，风里来雨里去，那是如何的艰苦。

几乎是不间断地爬了几处陡坡，身上冒汗了。在一块较平坦的林子里，我脱下几件衣服，塞进双肩包里，喝了几口水。这里山陡林密，不远的地方就被雾严严实实地遮掩着，什么都看不见。一干人马隐蔽此间，要找到谈何容易。当时国民党保安团多次围剿游击队，都以失败告终，他们又得不到群众的支持，这种结局是理所当然的。沿途，触景生情，这情竟全部与战争岁月联系在一起。是什么原因？不清楚。都说往事并不如烟，是眼前的漫漫雾障，雾障背后影影绰绰的岩石、树、峰峦吗？或是其他？沉思间，有人在前头喊。为怕走失和掉队，我们一行逶迤数十米的队伍，前后都有本地熟悉路况的人在关照着。我回应后快步跟上。

在丛林窄小的空地，时有奇异的岩石出现，这些巨大的岩石如天上降落的陨石。有的岩石呈现各种形状垒叠上去，有两层，有三层，数人之高，若非神力，断无法如此；有的像从地上突然冒出的石林柱子，数柱拥成簇，走近前细看也不得其解，是不是天上落下直插入土呢；有的像蓄势待发的阳具，小公鸡般雄赳赳；也有动物的形象物，与不少名山游人感受的相似，这我就觉得一般了。当年荷枪在这深山丛林与围剿者周旋的前辈，有这等心思欣赏这些岩石吗？他们当中，文化参差不齐，但闲适下来，对大自然的感悟是任何人都有的，诗意浓淡而已。

丛林中，时有腰身曲折奇特，如几何图形的树木。我们当中有年轻者轻巧跃上，学孙悟空手搭凉棚做观察状，非常可爱。旅游旅游，不就是旅者游玩吗？谁都想尽兴释放一下。我举起相机摄下这一刻后，却想到这里曾经有过的残酷滴血的岁月。我曾搞过地方党史，知道绵延上百里的这一大片深山密林，隐藏着的一些故事。有的似乎只在小说和电影中才出现。这些故事的其中一个我刻骨铭心。有一回保安团嗅到游击队的味道，跟踪而来，游击队员们隐藏在丛林暗处，敌众我寡，是不能轻举妄动的，何况还有群众，其中就有首领刚出世不久的女儿，她妈妈抱着。女婴扭动，想哭，一哭就会暴露，后果不堪设想。首领一边盯着敌人，一边用眼神示意妻子。妻子用手捂着婴儿的脸，紧紧不放。她看着丈夫。她的目光吓人、无助，最后黯然失色。孩子死了。保安团与游击队擦肩而过。这里的细节是我后来看前辈的回忆录知道的。第一次听此事，是前辈的女儿告诉我的，她叙说时很平静，似乎讲的是别人家的事，似乎这是一件再普通不过的事情。正是这种平静，让我心里受到极大的震动。在和平的日子里，现在的旅游，有人想到过这些故事吗？

我默默攀登，近山顶，雾气更浓。树影间有一块硕大的岩石向着我们，这块岩石上刻着“太极峰”三个字，是天地会的创立者万五道宗书写的。可惜此时什么都看不见，云雾团裹得严严实实。山顶风大，又冷，有人兴奋地坐到最高的那块岩石上，双手合掌，做打坐状，久久地。是想寻找内心的什么？超脱，许愿，或者只是冥想。天地会追求的是公平和正义，这一点与当年游击队血雨腥风中的追求并无二致，人的理想有大有小，但是一些基本的、共通的、普世的，是一致的，如热爱大自然的美。我躲在两块岩石夹出的死角避风，想着太极峰的意义。

下山时，遇到了两拨旅游者，一拨是学生，奔奔闹闹，生气勃勃，另一拨是大人，后来才知道是医生，不紧不慢地行走，很悠闲。此山虽然还没开发，但还是有点名声的。在一处较平坦的地方，我们发现草丛中放着几个塑料包装袋，里头有面包蛋糕和饮料，有人说这是游击队的粮站。已经过午，肚子也饿了，既然是粮站，应该是可以食用的。于是我和另一个年轻人，一人取出一块面包，三下五除二就吃掉了。

午饭是乡里准备好差人挑上山来的。我们在半山的林间，遇到了送饭者，一人一盒菜饭和一盅肉汤，大家兴高采烈，席地而坐，边吃边聊着此行的感受。我在有一搭没一搭的对话中，突然悟出了为什么这次登太极峰两次遇雨受阻，第三次才在茫茫的云烟中完成登顶。一定是冥冥之中，造物主和先行者期望我们攀登太极峰，不只是玩玩，还应当感受过往历史的寄存。

回来后，我同前辈的女儿谈到此行，谈到了这个家庭不仅在战争年代死了人，在浩劫年间也死了人，我困惑着。

太极峰在福建平和县南胜镇。这个县是中央苏区县。如今以蜜柚驰名，我认为未来驰名的还会有深山里的峰峦，如太极峰。

柚子的圆满或其他意味

这个题目有点哲学，其实不然。我非常快乐地写下，满目是生活的阳光和灿烂。当我挨近这漫山漫沟的柚子树林时，并没有这种感觉。站上公路边上的观景台，有人说：“看！”顺着指向，目光投向远处，翠绿的柚子林沿着山沟底，密密地铺向山上，延伸到远处，林间无数的点点黄白，便是挂着的柚子。那深远的山顶下方，有一些不规则的白色小方块。“像什么？”还没有反应过来。“布达拉宫。”几个字便进入耳中。经引导，恍惚一看，还真有点像。我去过拉萨，看过宏伟的布达拉宫，定神下来，只有对号入座。其实，并不像。那些白色的方块是村民新建的楼房，远远望去，色块有些稀松，有些单薄。但我不能拂主人意。作为一处景色，在万绿丛中的一抹亮白，还是很明丽和有韵致的。当车子沿平坦的公路将我们送到“布达拉宫”村子，进入柚子园时，我就完全跟着感觉走了。

这是一处观赏的柚子园。园边村道上，矗立高高的枝形路灯，灯罩垂着，浅黄色泽，造型与柚子完全一样，别致得很。从木栈道走进园子，因为柚树都不高，所以一路移步，满目柚子迎面而来，多是成熟的姣黄色，偶有绿中泛黄的。形状真是千姿百态，让人叹为观止。我不是没有见过柚子树，村前村后，房前房后，大都单株的或小面积的，即使大面积的也多是只在林子边上看看。现在，我如同一条小鱼，悠然自在地游在柚子树的海中，周围有绿浪的簇拥，还有溅出的大朵润泽的黄色浪花。黄绿色彩交相辉映，柔和地流动。这种感受如此生动，如此生机盎然。绿浪的簇拥很轻柔，只可意会；黄色的浪花一波一波，让人有一种视觉轻曼的享受。这都是在林子边上无法体会到的。

满山的柚子都成熟了。任何东西成熟了就有溢出来的美丽。当这种美丽以仪态万方的样子呈现出来，是格外能打动人的。我就是这样被打动了。柚子悬挂在枝条上，圆润丰满，有单身一粒，脸露华泽，像羞涩的待嫁新娘；有两粒依偎一起，亲亲密密，像热恋中情人；有三粒团聚着，像久别重逢的兄弟；还有更多，让人无法想象，五六粒像葡萄般一串的，真不知道那看似纤纤枝条，能有这么坚韧的承受能力。有的在树的上端，尽情展示姿容，大方地让游人欣赏；有的靠着路灯杆，同那些柚子般的黄灯罩一样摆造型，不仔细辨认，真会混在一起；还有的在树的下端，垂挂的地面上，像随时要接受大地母亲的拥抱。这种种的姿态特别有生活情调，于是吸引游人在它们面前留影，三三两两，都露出满足的笑意。满树的柚子，满园的柚子，满山的柚子，呈现的不就是生活？丰富多彩，美满热情，幸福灿烂。

有意思的是，柚子树上，时不时出现悬挂的纸牌，小小的，做得精致，这纸牌可不单是工艺品，它上头还写着字。有一片写着："亲，我已经有了主人。"这片纸牌做成心状，这行文字委婉地流露一女怎能嫁二男的纯朴，潜台词再明白不过了：可不能强要我啊。还有一张纸牌这样写："如需摘采，红肉一粒 30 元，白肉一粒 15 元。"这里的柚子称琯溪蜜柚，有的肉囊红色，有的白色，红色的比较珍贵。这些文字更直白，直截了当，很有市场味。在一片充满诗意的园子里，在一片荡漾着美丽的园子里，这些树上的小纸牌给了人们另一种生活的实在。哦，原来幸福的生活并非遥不可及，它就在你身边。

栈道蜿蜒地伸着，先是往山下，后来又转回来，弯向山上。在山上道旁，出现了一棵挺拔的香樟树，高挑的个子，蓬勃的树冠，数十米外，还有同样的另一棵香樟，窈窕的腰肢，伸张的枝叶。村民说这是一对“夫妻树”，相亲相爱，已经很长时间了。据说专家测定，有 300 多年的历史。在历史长河中，300 年只是短短一瞬间，在人类生活里，足足有几代人。几代人相亲相爱，是不是传递出一种历久弥新的和睦，或者包容，或者中庸。在大规模种植蜜柚时，这两棵树被异口同声、理所当然地留了下来，同时还在树旁路边修建一处进香台，四时香火袅袅。当然村民们也得到了馈赠，村里的双胞胎特别多，人们将这现象归功于“夫妻树”。

这个村子叫高寨，顾名思义便知在深山里。当年战事频繁时，这里也无法避免，曾是红三团和闽南支队的据点，打着红色印记。这一页已经翻过去，经过辛勤耕耘，山里起了翻天覆地的变化。满山漫坡玉石一般鹅黄的硕大的柚子，清楚地堆出两个字：美满。

当我离开这片出奇美丽的柚子园时，薄暮已在山间悄悄升起。回望村子，那一抹白色的“布达拉宫”隐隐约约，最后终于褪去。只是我在柚海中徜徉时的幸福感觉却没有离开。

骑着车子过山野

春日融融，春光满目。当我们站在这片丘陵的平坦处，打量不远处的那片丛林山地，绿汪汪的，如同西洋油画刚刚涂抹上去的色彩，不补上一笔，颜料便会淌下，这时胸间有了那种不安分的感觉，渐渐膨胀，想溢出。此刻，身下如果有一辆山地自行车，骑着它，真会在绿野丛中腾上腾下，任意飞行，在这春天的日子里。

这里属地龙文区郭坑镇，数十天后，将有一场越野自行车赛事在这蜿蜒起伏的丘陵地举行。我的感觉，就是这样孕育并且发酵的。我们的目光滑下，扫过身边的景色。有一口很大的水塘，绿得泛蓝，想来它就是油画的颜料，底下有鱼儿游动吗？一边是缓缓坡地，有香蕉和苗木立着，楚楚生色，让人怜悯。巡视过后，不禁心有迷惑。这一片山野和坡地，完完全全的原生态，赛事的起始和终场总要有个仪式，车子飞掠而来，总要有条赛道。但迷惑很快消解了。原来这一切都在把控之中，这口水塘将填掉，坡地将推平，赛道的呈现更简单，车子越野，越过的是野地，所以无须大动干戈，不是体育场，原生的状态要保存。

因为是春天，因为是野外，曾有的经历在这春色中翩跹而至。有过一辆轻巧的山地车，蓝色的；有过一队年轻的和不年轻的骑手，名为“追风队”，我们一起在野外在江边或山间骑行。城里的喧闹渐渐远去，江上的流水和船影渐渐贴来，山里的竹林和荔枝林渐渐贴来，如果弃车攀爬，便还有岩洞张开口的等待，便还有野餐甚至野味。这完全是另一种情调和另一种享受。有调皮的人调侃地说，什么“追风”，是“抽风”，抽风或许更形象，但夸张了点。不管如何，这支“追风队”的一列山地车曾得意地乘上船，溯江而上，然后登岸，骑手们挑战性地长距离骑行。当汗淋淋地在路上飞行时，是不是着实抽了一回风。回想起来，集体骑行中有什么镜头留下呢？有途中的欢声笑语，插科打诨；有队员在上坡时车子掉链了，慌张地拨弄；有在细雨中绿树底下焦急等候被拉远的队员；有歇息时单脚立地仰着脖子喝水的惬意；有在归途时遇见熟人露出凯旋的笑容打着招呼。总之，轻松极了，快意极了。

不幸，这辆蓝色的山地车有一回在小区停放时，被毛贼顺走了，为了免去我的失落和骑行中断，儿子将自己的山地车让出，这是一辆红色的，惹眼。其实越野骑行的随意和方便，使不少人更多的是独自上路。我几乎天天让这辆红色山地车陪伴出门。虽然途中多是平坦的绿色车道，但是这条路线得穿过一片茂密的竹林，便有了野的味道，还要穿过一片近郊菜农的园地，坑坑洼洼，这里有各种时令蔬菜，有小片甘蔗林和园艺树林，完全是田野风光了。和眼前没有两样。

眼前山地和绿色和即将来到的山地车越野邀请赛，让人翻出曾经的骑行经历。还有过一回长长的盘山公路和长长的下山坡道。气喘吁吁，咬着牙，小腿如同灌了铅，还是一圈一圈踩。后来，风从耳边呼呼扫过，眼睛不敢眨一下，小心翼翼扳着刹车，命悬一线，不能失手。如此一比，面前的小丘陵当然是一碟小菜。有一曲歌称“我骑着马儿过草原”，涌上喉头成了“我骑着车子过山野”。这山野，这越野的车子比赛。

鹰厦铁路的南端，伸出一条短短的支线抵达漳州，支线起点便是郭坑站，郭坑这个地方因此为许多人所熟知。现在这个站成了漳州火车东站。郭坑镇这片低缓的丘陵山地，在人们崇尚回归自然回归原生态的今天，将成为骑友们骑行生活的福地。会不会因为这处新开辟的领域，让人们从一个新的高度和新的层面认识郭坑呢，我想会的。我那些“追风”的骑友们，会来参加这场或许充满新鲜感和刺激性的邀请赛吗？这寄托着理想和风尚的越野邀请赛似乎在时间与空间中腾跃，诱惑着人们呢。

浮山寨的联想

浮山寨在新春村。我第一次到新春村是参加长泰县坂里乡“知青展览馆”的活动，那天乡里组织到新春村参观，村子就在乡里附近。虽是走马观花，但是这个村子呈现出来的朝气蓬勃的气象还是在脑子里留下了很好的印象。第二次到新春，看得就仔细了，在村子里穿过来穿过去，凡有点故事的地方都去了。村里卧着不少有历史积淀的闽南古厝，比如有一定规模的“将军第”、“大夫第”，还有庵庙，十人合抱的古榕树，等等。村里的汤氏家族远涉南洋，在印度尼西亚望加锡立足发展，带头人成为当地的“甲必丹”，就是殖民时期当地政府任命的世袭侨领，因为家族内的经济文化交流，对村里影响也极大。这一切的组合，形成了新春村自己的文化特色，而且有一定的厚度。但奇怪的是，采风回来后，经过脑子过滤，反复出现的却是浮山寨。

顶着时时从云中露脸的夏日阳光，我们走在一条花岗石铺成的山道上，山道还算宽，岁月和人的步履将石阶打磨得很光滑，路两旁的树丛伸得很高，阳光有时也会被挡住。顺着这条不是太长和太陡的山道，登上了小山头，迎面出现的是一座花岗石砌成的寨门。长方形的寨门很厚，至少一米，底部似乎更宽一些。寨门上面爬着绿色的野草藤蔓，藤蔓还攀向两边凸出来的石门臼，有纤细的草从石缝中间顽强地向外伸展，探望这个世界，企图表明自己的存在。两边的墙体已完全坍塌，从寨门的厚度看，寨墙应该不会太薄，坍塌得如此彻底，是需要一些时日的。年轻精干的村长说:“这就是浮山寨，没人住，早先的房子都倒了。”我站在石阶上，抬头看。透过孤独的寨门，裸露出寨门后面的一片绿树。阳光泻下，有些晃眼。我一时想到“响马”两个字，旋即又想到了清风寨，就是小李广花荣驻扎的那个寨子，梁山好汉，少年时我十分崇拜的一员武将，是个神箭手，不然怎么会称为小李广？不过那个寨子是扎在镇里，这座浮山寨挨在村子的边上。花荣后来据说在梁山好汉被招安后经过一段动荡的征战和奸臣暗算，他和军师智多星吴用一起绝望地吊死在宋江的墓前，这个结局是我很不喜欢的。经过时间的刷洗，这座窝在闽南山里的浮山寨，人现在都到哪儿去了呢？清风寨的故事让后人至少让我记住了，浮山寨也会有什么故事吗？我都奇怪自己怎么会想到这些，似乎很不着边。

我走上去，穿过寨门，到寨子里慢慢走了一圈，才发现这是一片十分开阔的平地。村长说，这里最多的时候有几百口人，几个生产队。我在绿树中走动。就是说，这里曾经是人丁兴旺，六畜一定也兴旺。这么多人，就迁走了，那些楼房，就没了。我脑子里又冒出一个地方。这是当年我在山里插队时一道孤立的山仑[1]，仑尾也是一片平地，有几间土平房，住着一个孤独的老人，原先这平地有一座土楼，很早以前倒了，这是生产队最偏远的一户人家。后来我回生产队，有一回特意重登这道山仑，老人已不在，只有野草蔓生，攀缘着土平房，已彻底废弃了。浮山寨比这山仑尾要大得多，现在满眼青葱，长着的全是一人多高的柚子树，这些柚子是有名的文旦柚，当地又叫龙柚，可能是历代作为贡品的缘故。这是已经开始结果的树，那些密匝的肥硕的绿叶底下，当然还有残存的房基，会有人来凭吊吗？不清楚，可能没有。我问什么原因这个寨子就没了，村长说，当时水源应该是一个原因，地势又高。所谓的山寨，一般是修筑在比较高的地方，因此浮山寨的位置在这一带显得特别。

1. 山仑：闽南话，山头、山岗。

我从这片小小的生机盎然的柚子林走出来，回到寨门，看到我们一行十数人，三三两两地在这里留影，不愿意一下子离开。可见这道风景还是有它别致的地方。村长说，现在用上了自来水，这里水也不是什么问题了。我抚摩满是沧桑的寨门，冒出一个想法，如果有人愿意投资，在这里重新盖上房子，搞上农家乐，让城里人在这里休闲避暑什么的，其实也挺好。因为我想到一个朋友，暑天来临不久，就一家坐动车到浙江的安吉县山里享受清凉去了。难道我们就没有这样的地方吗？让自己的客源跑到外省去。显然不是。

后来我看了资料，知道浮山寨在民国时期曾经是坂里乡的一个保，说明它曾有过自己的位置，曾有过自己的风光。在一个从行政的角度已被遗弃的村落，在一个其实并不显要的小山头，在浮山寨那座有点孤傲地屹立着的石寨门前和寨子里那片生长着的柚子林，我为什么会有那些联想呢？其实简单。读过一点书，有些知识积累，当过知青，有过磨难的经历，在适合的情景诱导下，它被触动了。当然，这座浮山寨兴许还可以衍生出其他文章，比方说，历史就是这样被一页一页翻过去的，不会返回；比方说，生活自有它自己的逻辑，有时很严酷，该淘汰时，是不会留情的，等等。浮山寨会不会也这样呢？

快闪《欢乐颂》

一日，一个做音乐的朋友来了邮件，说这快闪看了很激动，于是我点击邮件下面附上的地址。页面打开了，一看，原来是贝多芬的《欢乐颂》。我稍稍旋大音箱的音量，安下心来聆听，当然也目不转睛地看着那些画面。若干分钟后，快闪结束。我身上的血液显然流动得比平时快，激动了吗？是的。虽然谈不上非常，但持续的时间很长。我久久地回味。数日后，我打开电脑，搜寻，重新看了一遍。依然挥之不去。它很顽强地在闲适的时候回到脑子和耳畔。于是，又看了一遍。如此，重复了几次，直至今日。我觉得应当将自己的感受写下来。

这快闪的地点在国外，具体什么地方不知道，看上去是欧洲，很可能就是德国。因为贝多芬是德国人，歌词的作者、诗人席勒也是德国人，我这样想。

这是一个还算热闹的城镇的一处小广场。一个高个光头男子出现，手里提握着一把低音提琴，有人叫这大家伙为“贝斯”，他竖着贝斯，拉动琴弓，前面的地上，有顶倒扣张开口子的宽檐毡帽。一个小女孩认定这是个街头艺人，走上前朝里面扔了硬币，然后一直站立在那儿。此时，又有一位女子走出来，手里是把大提琴，她安然地坐在低音提琴手旁边。他们一起拉起了“33455432……”，《欢乐颂》开场。又一个男子出来，手里握着巴松管。接着，几个小提琴手鱼贯从街旁的楼中走出来，会集一块儿，还有鼓手。这是一支像模像样的管弦乐队。当然不是什么街头艺人。《欢乐颂》的旋律继续响着，旁若无人。

有光景看了。一个穿红衣的小男孩攀上街边的路灯杆，兴奋地招着手。广场上的人慢慢围聚过来，有大妈大叔，也有少男少女，还有年轻的父亲将孩子驮在肩上。他们的脸上，微笑、庄重、惬意，各色表情都有。这都是路人。他们不期而遇，撞上了一场演出，留下了脚步。

《欢乐颂》在盘旋飞扬。有一个稍远的镜头，乐队前出现了指挥者。围观的人有多少？密密匝匝地围成一个半圆，瞄过去，足足有几百号观众。又一个近镜头。指挥者激昂地挥动手臂。周围的人在开口唱着，虽然他们唱的是外国语，却没有妨碍我的理解。这首歌的歌词想必不少人都熟悉。

打动我的就是这些歌唱者。从表情可以看得出他们唱得极为虔诚投入，和着乐队，顿着下巴，整齐划一，像训练有素的合唱队员。其实这就是一个临时组合，贝多芬和席勒将这群人以这样一种邂逅方式拢聚起来。毫无疑问，这是艺术的力量。边上站着几位中年男子，没有唱，时而交谈几句，露出笑容，这笑容被我解读为幸福的 享受。

欢乐女神圣洁美丽，
灿烂光芒照大地！
我们心中充满热情，
来到你的圣殿里。
……
谁能做个忠实朋友，
献出高贵友谊，
谁能得到幸福爱情，

就和大家来欢聚。

我觉得应当将这两节歌词写出来。这歌词的内容同这个场面气氛非常吻合。

不知有没有经过编辑，这段快闪也就5分钟多一点。曲终时，有一个远镜头。那个指挥者带着乐队队员向围拢过来的黑压压的观众同时也是歌者，很洒脱很满足很高兴地鞠了一个躬，然后三三两两星散而去，流云般消逝了。

快闪出现已有些时日，但我相信在许多人眼里还是新鲜的东西。莫言获得诺贝尔文学奖后，我们不是有一批留学生在欧洲某国一家华丽的餐厅，快闪过一回《红高粱》的插曲吗？虽然老外未必听懂“妹妹你大胆地往前走”是怎么一回事，但显然没有影响到他们或坐或站地欣赏的兴致。那些在餐厅散落的中国人的即兴表演，在他们眼里显然充盈着浓烈的外域情调，那么的东方。作为那些中国留学生，更多是一种遏制不住的兴奋情感的宣泄。北京的三里屯也有过若干次的快闪。这些音乐快闪，以它的偶发和自然，通常让过客感到惊喜，然后水乳交融地以各种方式参与其中。快闪《欢乐颂》让我时常惦记在怀，这偶发和自然应当也是重要的原因。但是我的感受不止于此。在二番五次的欣赏后，我突然领悟到，它的魅力，更多是在于音乐艺术的超越，这超越的主要含义是它不带任何的功利色彩。难道不是吗？任何音乐艺术（也包括其他艺术）洞穿时空的生命力，就在于这种超越。快闪这种带有行为艺术味道的音乐形式，没有刻意排练，没有刻意组织观众，显得特别接地气。

我还想到，大城市出现了快闪，小的城市呢？毋庸置疑，快闪是要有文化土壤作为铺垫的，历史文化名城有的不就是文化吗？可喜的是，行为艺术、装置艺术这些前沿艺术已有模有样地走进了小城，如果有那么一天，在城中公园小山下的广场或湖畔林荫中，或是江滨如画的郊野公园里，出现本土快闪，那肯定是一道非常亮丽的风景。

聆听纸上音乐

春暖花开的季节，一本《长笛重奏曲集》问世。在当下蜂拥而来的出版物中，可能很普通，如同一片叶子飘飘地降落在湖面，仔细看，才感觉出泛起的轻微的涟漪。长笛是一种西洋乐器，看到乐人在台上吹长笛，那杆金属东西，在眼前划出银亮银亮的光，演奏者有时专注有时又漫不经心的样子，让人觉得有些神秘。长笛在我们这座不大的城市少见，练习者可能也少，注意到这类演奏曲集的人肯定不多。但是，我恰恰留心了。这本由广州暨南大学出版社出版的专业音乐书籍，竟然与我有关。

这本曲集的第 20 页，收入《依依杨柳》一曲，右上角署名处写着“杨泳南曲”，紧挨下方写着“罗小平改编”，曲名下面，是歌词。歌词印在这里，可能为了提示演奏人应当如何理解曲目。翻开曲集，许多曲日的歌词都印在这个位置上。《依依杨柳》的歌词如此这般：“杨柳随风飘，西风刮树梢，北山晚霞照，题字把闷消。”歌词后面署的就是我的名字。

这是一段陈年故事。数十年前的小学时候，有一天，校园里来了一位不速之客，是个手艺人，专门给同学在钢笔上刻字，主要是名字，当然要收钱。他接过同学的钢笔，看清楚留在白纸上的名字，掏出刻刀一番龙飞凤舞，再往笔上涂上一种颜料，一抹，便大功告成，你的名字就清晰地留在笔上了。课外活动时分，这个艺人就在校园里讨生活，这生意不会太多。但是艺人有个绝活，他能在片刻之间将同学的名字编成藏头诗，然后刻在笔杆上，这一来，好奇的和崇拜的同学就多了。每次他的到来，都围着一圈的同学，纷纷掏出笔让他题上嵌有自己名字的诗，艺人乐此不疲，颇有进账。于是，我们班的不少同学的名字摇身变成两句诗刻在了自己的钢笔上，如长乐、腾龙、炎峰、连华，等等，多是男同学。当时，我热衷于看小说，真看了不少，还有一些红军时期苏区的民歌也引起我的兴趣。这个艺人出现，激起一个少年人的文字写作欲望：其实我也可以写。我开始琢磨藏头诗，多数时间在课后，上课也偶尔为之，班里一些同学的名字逐渐让我弄成 5 个字或 7 个字的藏头诗句，得到自认为的好句时，还高兴地抄给同学。《杨柳依依》就是那时候写的，记得我还得意地寄给发表过文学作品的在外地的堂哥看，他回信批评了，说小小年纪，哪来的闷，应该朝气蓬勃，像早晨八九点钟的太阳才是。这时，我是小学四年级的学生。诗的最后一句是“题笔把闷消”，而不是“题字”，这次改动是音乐家编者和出版社编辑的意见，诗的题目本来叫《无题》，重新作了后，有意境多了。

那时，已 15 岁的哥哥泳南因学校精简赋闲家中，他是学音乐的，主要学钢琴，学校在福州，叫福建音乐学院，名堂挺大，就是现在的福建艺校，此时不知哪一条神经受触动，正着迷作曲，我这首儿童作品被他谱了曲。我被他谱了曲的儿童作品大概有七八首，如今还记得的只有两三首，《依依杨柳》是其中的一首，朗朗上口。一年之后，哥哥考入了广州音专附中，这所学校现在名叫星海音乐学院，作曲后来一直成了他的业余爱好。因为作曲，他结交了几个好同学，罗小平是其中之一，其实当时都还是“细路仔”（小孩子）。

哥哥写过多少曲，只有他自己知道。有一回我到广州，住在他的宿舍，时不时在桌上看到打印的剧本或几张纸，空白处写着“请杨泳南谱曲”字样，给我留下深刻印象，这就是他的活儿。但他生性疏懒散漫，也许从没想过要将自己的音乐作品收集整理一下，所以人走风吹，一切都化成了轻烟。又一回我在沙河顶一处地方同罗小平闲谈，这地方离广州音专附中很近。夜晚安静，不知如何就谈起儿童时代的事，我哼起了哥哥作的这首小曲。小平在桌上顺手拿了张纸，就着不亮的灯光很快记录下来，然后哼唱一遍，说这是小调。我外行，一时不明白这是什么意思。小平向我灌输音乐知识是后来的事情了。没想到那天晚上的记录，竟成了五线谱上这些快乐的蝌蚪，起伏在有点淡黄的纸张上。

这本《长笛重奏曲集》罗小平改编了63首曲子，多是中外名曲，有近一半是我熟悉的，如中国民歌《小河淌水》、《半个月亮爬上来》、《阿瓦日古丽》，如朝鲜的《小白船》、日本的《天空之城》、俄罗斯的《田野里静悄悄》，还有《加伏特舞曲》，等等，一些还是我童年时听哥哥练琴耳熟能详的，这些旋律时常像小精灵一样在耳畔起舞。《依依杨柳》一首在其间显得很另类。虽然如此，我仍觉得十分亲切温馨，谁都明白，血脉相连。打开这本16开的曲集，它的旋律不停地在纸上回旋反复，打着滚，流动着。我手指似乎都可以摸得到这些热乎乎的音符。小平在编这首曲时，会有这样的感觉吗？

一个音乐人，过早终结了一生，他一首少年时代的普普通通的作品被编入一本音乐书中，对他或许是一种安慰。谁演奏？传多广？传多久？已经顾及不到了，终究存在了一种可能。罗小平在曲目左上角通常表达作者要求的地方写着“逍遥地”，这太准确了。曲作者是一个过度自由的人，许多事都无所谓的人，有几个人能够逮住这种性格呢？如果他在天空深处听到飘荡的这首曲子，或许会惊讶地问：“边个（谁）写的呀？甘（这么）差。”当明白原来是自己的杰作时，会抬一下眼皮，无奈地摊开双手。罗小平将这首曲重新创作，编成两个声部，想代表生性不同的两兄弟，时而交会，时而分开，各有千秋。假如有一天我听到演奏，会有什么感受呢？

这本曲集的封皮软精装，近墨绿色，这颜色可以有多种象征，长青应当是其中一种。曲集叫《永远同在》，是不是巧合呢？我情愿认为不是。“小平同志，您好！”我脑子蹦出许多年前游行大军中舒展开来的那条脍炙人口的标语，此刻在我心中这标语当然没有任何政治色彩。永远同在，说出了你的也是我们的心声，因为曲集中这些美丽多姿、活泼单纯的蝌蚪般的音符，还因为音符里面那些悱恻的不绝如缕的故事。

涅瓦大街

晚上七八点了，天还很亮。尽管如此，有的小轿车车灯还是亮了起来，灯光显得柔和，从眼前移过，扫入心底。车似乎不太多，人也不太多，也许是大街宽敞的缘故。车站候车的地方人挤了一点，街道拐角处视线宽阔的地方有一些游客举着相机在寻找合适的景观。除了斯拉夫人种的高大，除了街道两旁欧式的建筑物，一切于我仿佛都是熟悉的，空气的湿润和微甜，街声的悦耳和微醺。我嗅了嗅。我竖起耳朵。我将目光投向街道的深处。

这里是涅瓦大街。许久以前我曾来过这里。都有几十年了。那时入迷于俄罗斯文学。有一个青年画家，叫庇斯卡辽夫，他生活在这里，追求在这里，做梦在这里，那梦是多么的纯净、多么的迷人，又是多么的令人绝望，他最后凄惨地死在这里，用一把剃刀割开自己的喉管。那幅美丽的理想画图在这条大街某处寓所的房间里被透不过气的刀子划得七零八落，淌出一摊血。还有一个浮浪浅薄的低级军官庇罗果夫，他在这条充斥花领结、络腮胡子、绅士淑女的大街里，如鱼得水，追逐有夫之妇，混迹宴席舞会，不停地舔着幸福。天才的作家果戈理在他的小说中，将这条俄罗斯最繁华的大街刻画得如此形象和深刻，辚辚马车轧过的尽是龌龊、肮脏和虚伪。这是一部短篇小说，篇名就是《涅瓦大街》。这四个字就这样深深留在我的脑海。

走在大街，有点迷惑。尽管斗转星移，时空转换，果戈理笔下的景象已杳无踪迹，舞台却还在，宽敞的街面从眼底向远处延伸，这是实在的涅瓦大街，只是有马夫在上头吆喝着的马车换成了轻捷的流线型的小轿车，行人身上黑色的斗篷和礼帽变成笔挺的西服或随意的格子衬衫。我想从面前走过的每一个陌生男人和陌生女人脸上捕捉一些小说《涅瓦大街》描述的信息，但是徒劳。

街道干净，空旷。路口对面有处广场，广场后是喀山大教堂。摄入眼里的首先是那排气势非凡的弧形柱廊，那些被称为科尼斯式半圆形的柱石高大挺拔，如同要擎住天空一般。柱廊后面的上方，是教堂圆筒形的顶楼，顶楼上安着头盔般的圆顶，有海浪般的颜色。弧形的柱廊环抱广场，让人感到教堂博大的襟怀。我信步走过去，默立在库图佐夫巍峨的塑像下，瞻仰他。我是从《战争与和平》中认识这位伟大的元帅，然后认识俄罗斯民族的坚毅和顽强的。我又信步从圆拱门走进教堂。我发现自己走入一处有亮度的时空隧道。

教堂里面高大明亮，装饰华美，如同宫殿一般。顶部是巨大的圆穹，有让人仰视的圣母像，像在天上，很遥远；又像在眼前，纹理清晰。周围是人物雕刻和水彩壁画，绚烂壮丽，圣母被簇拥着。圆穹底下，柱子切割的空间，许多人在虔诚地祈祷，这些凡间的人在默念什么？台上牧师在吟诵，有点低沉的声音穿透空间传入耳膜。我想到，那位青年画家濒临崩溃的时分，会来这里吗？应该会。不过他来是为了告别，他挣脱不了幻想被粉碎的打击，祈求神能原谅自己的懦弱。那位浮浪弟子会来吗？应该也会。不过他来是为了赦免，这个社会染缸色彩如此驳杂，自己怎能漂白？

在教堂，身处其间，不由有种种念头和想法如杂草丛生。俄国的地面，最惹人眼的就是教堂，无处不在，涅瓦大街也如此。教堂成为许多人精神寄托的地方。我走出喀山大教堂，回到当下，暮色初起，拂不掉的仍是这条大街的情结。

随着行人，步入过街的地下通道，这当然是果戈理的年代没有的。见到的俄国人多悠闲散淡，有点心不在焉，想必他们的从前和现在有某种一脉相承的东西。在步上街面的出口处，意外地看到一位俄罗斯年轻人，他坐在一张可叠折的小凳，依在淡黄的墙上。他戴着眼镜，上身是一件白的夹克衫，下面一条灰蓝的牛仔裤。脸胖，安详。吸引我的当然不是他的模样，而是他手中的手风琴。对，他正在拉手风琴。想都没想到，拉的是《山楂树》。这曲子熟得再不能熟，它曾以独具的告白方式和优美的旋律，打动过多少豆蔻年华的少女和心猿意马的少男。当这支曲子在这里，在俄罗斯本土飘荡，在涅瓦大街飘荡，在一处僻静的地面与地下交际的地方，由一个心无旁骛的俄国年轻人用美妙的手风琴奏响，此情此景，就特别动人心弦，特别有一番味道。我放慢脚步。

卖艺？脑子冒出的最初想法。不像。地上没有诸如帽子盘子之类的装钱币的东西。他一脸平静，一副自我陶醉的样子，抚按着琴键，舒展地牵引琴箱，镜片后面的眼睛没有意识地看着前面的某处。我注意到他身边有一个拉杆箱，这是装行李的，是一个有浪漫情调的旅行者？我不懂俄语，无法交流。但是这不妨碍没有国界的音乐牵动不同人种的无数的心。年轻人长着一头金黄的头发，脑袋一动不动，完全沉迷在琴声之中。我拍下几张照片，想留住他和这音乐。

走上街面，走出一二十米了，《山楂树》还在耳边回荡。

没想到一幕未落，一幕又起。在前面不远的街边人行道上，我看到三个少年，两男一女，看上去像是中学生。一个男孩站立，穿牛仔裤，上身一件蓝色短袖衬衣，敞着怀，里面是浅色的汗衫，正弹拨一把红色的吉他，唱着歌，前面是一个立着的麦克风，地上随意放着黑色的琴套。一个有披肩金色头发的女孩斜斜站在旁边，也唱，似乎是伴唱，她穿一双低帮球鞋，短裤，露出的腿随节奏抖动。她前面的地上，坐着一个拍打手鼓的男孩，一头长长的金色头发垂落遮住脸庞，显然进入了情景，专注地听着自己的鼓点，他跟前是一个躺着的拉杆箱。这个看似随意的音乐组合正与路人分享年轻人的快乐。人们走过，有报以微笑，有视而不见，都没有停步。年轻的歌者们看上去无所谓，仍然尽情地唱。我听不懂，但是这种情绪感染了我。或许他们刚放学，在回家的路上来这么一出街唱；或许他们也是到彼得堡的游人，在这里以这种方式表达对这个城市的热爱。总之，他们有感情要宣泄，不得不宣泄，他们以唱歌和弹奏的方式，将这些感情倾倒出来。这样，他们就舒服了。

熟悉又陌生的涅瓦大街这几个场景，留在我的脑子里。回到宾馆，过电影般地回味。涅瓦大街不止一处的街头献艺，可能早就是一道景观，多数人习以为常；喀山大教堂和街上流动的人车与凝固的建筑，也有人会觉得不过就如此罢了，但是于我，还是引发了一些遐想。这条大街，满溢着文学与艺术的气息，附近有普希金广场，街上有普希金奔赴决斗前最后品饮的咖啡馆，果戈理的小说作为一种文化铺垫让人感觉到大街非常的厚重。回国后，与一位去过彼得堡的搞音乐的朋友谈了自己的感想，朋友说，那些街头献艺者，可是有专业水准的啊。我“哦”了一声，表达了心里许多的感慨。

卓娅是谁

来到莫斯科，行程中没有新圣女公墓，心有不甘，以至焦虑。当我还属少年时，就曾梦想有朝一日如果能到莫斯科，新圣女公墓是一定要去的。不仅我，同行伙伴也有这个强烈的愿望。于是我们向领队提出了要求，得到的答复很磨叽。我不放弃，一路缠诉，终于应允。

我们一行 4 人，临时请了一个从中国内蒙古到莫斯科大学读书的留学生当导游和翻译。这是一个看上去才 20 出头的健壮小伙子，热情，有点羞涩。他叫了一部的士，感觉几分钟之后就到了新圣女公墓。公墓的围墙朱红色，庄重肃穆。这里仍处市区，有拜谒的团队刚从大巴下来，壮硕的男男女女，缓缓步入墓园。

我们购了票进园，对小伙子说，先看卓娅的墓。谁？小伙子问。我们又说了一遍。他一脸茫然，不过当他向守门人询问时，立刻被带到一个很大的导游牌前，守门人指着方位告诉了小伙子。他高兴地念叨着几排几号，领我们走进去。

新圣女公墓很大，有 7.5 公顷，纵横的路不少。在很干净的路两旁的绿树丛中，布满各种样式的墓碑。小伙子没来过这里，拐了几个弯，很快就晕了方向。他不时凑到墓碑前辨识，又失望地离开。我很早就从照片上知道卓娅墓碑的样子，只留神巡看。这里葬着 2 万多名逝者，一部分嵌入伟岸绵长的砖墙，一部分散布在这庞大的墓园中。这里的墓碑，林林总总，几乎都是精致的雕塑作品，让人无比深思和寻味，没有几天是看不过来的。我们要寻找的卓娅，她隐在何处？

园中游人不多，也许太大了，显得稀落。小伙子认真地打听，只要遇到俄国人，就问。我们完全听不懂，不过看得懂。他打听到的年轻人，耸一下肩，表示不明白这是什么人。后来问了一个上年纪的男子，他想了想，指了个方向。我们很高兴地朝那个方向走去，不过还是在墓碑的海洋里迷失了。

但是我们的寻找是坚定的。就在有点沮丧的时候，意外地发现了奥斯特洛夫斯基的墓碑，他的《钢铁是怎样炼成的》风靡了一代人，当年的卓娅就是他的粉丝。他也是我们要拜谒的作家。高大的长方形的碑石上半部分是作家的半身侧面浮雕像，他伸出的右手握成拳状，压着一沓稿子。碑石下半部分凸出的位置摆着他的骑兵头盔和一把马刀的雕塑。留影后，我暗暗祈愿他能指点迷津，帮助我们找到卓娅。

果然，离开后走了不远，我们就遇到了一个中国游客，中年人，步子很慢，一副沉思的样子，我们像遇到了救星。不料一问，他说：我也在找她，可惜找不到。我顿时泄了气。

我们仍在游走。找不到卓娅是不甘心的。

不知转了有多久，在碑林中，又遇到一个俄国老年妇人。小伙子上前问，老妇有点愕然地比画着，好像奇怪怎么会有这样的问题。小伙子满脸喜气走回来。原来就在附近。

他转身穿过一条小横路，来到一座雕像前。我们跟在后面。我一眼就看到了女神卓娅。

她踮着双脚站在半人高的方形碑座上，身子倾斜，两膝弯曲，仿佛要飞翔起来。外衣被风吹开，内衣被撕破，裸露一边胸脯。她仰着头，头发飘起。她眼睛闭着，有一丝痛苦，神态是安详的。她的脚下有鲜花，碑座台面上也有鲜花，花有枯萎的，有新鲜的，有竖着靠在碑身，有横着放在台面。我很激动，不知如何形容。

我崇拜地仰望她。又围着整座墓碑转了几圈。为什么要这样做，不知道。我只想表达自己的心情。这是个晴朗的天气，阳光从高大的树上繁茂的枝叶间筛落下来，铺在她身上，我觉得这是神女的圣光。

卓娅是谁？显然来自内蒙古的小伙子不知道，显然有许多年轻人不知道。我写过一篇《卓娅绝唱》的文章，引用一段如下：

“1941 年 11 月，希特勒的军队已压到莫斯科城下，望远镜已可清楚地看到克里姆林宫，柏林的所有报纸都预留版面要刊登纳粹胜利的消息。卓娅向莫斯科共青团市委请战，于是成为游击队员被派到敌后，其实就在距莫斯科几十公里外的地方。在潜入彼得里斜沃村执行任务时被德寇逮捕，两天后处绞刑。这两天中，她受尽折磨，受尽凌辱，被逼迫只穿衬衣光着脚在雪中不断行走。但是她坚不吐实。临刑前，她大义凛然地对刽子手说，你们无法绞死千千万万反抗的人。她号召村民要将入侵者赶出自己的家园。卓娅在雪地上被悬尸一个月。她牺牲两个月后，苏联红军解放彼得里斜沃村。

“我看了卓娅牺牲前后的几张照片，心中掀起风暴。一张是她被押向刑场。卓娅扭头用目光向周围的村民告别，她的姿势和步态有一种安详，这安详透出对生活的依恋，她才 18 岁，但是战争使她走上另外一条道路。一张是被套上绳索，她抬起下巴，似乎用最后的机会向人们说什么，也许是那场动人心魄的演讲的尾声。一张是刽子手正在使劲踹卓娅脚下的木架，歇斯底里中带点慌乱。一张是卓娅被悬在绞架上，她孑然一身，地上是茫茫白雪。一张是德寇溃退时匆忙掩埋卓娅前对她野蛮虐尸，这是一张只要是正常人看一眼就会对法西斯的野兽行径产生痛恨的照片。这组照片从一个被击毙的德军军官身上搜出来。这是残酷的战争风云被放大了的细部，它们给后人留下一份正义与邪恶、崇高与卑劣对决的鲜活教材。刑讯和处决卓娅的是德军 197 师，据说愤怒的斯大林下了命令：‘全歼 197 师，不要一个俘虏。’《真理报》报道了卓娅的事迹，

‘为卓娅报仇’的呼喊席卷在前线战斗的红军队伍中。”

卓娅的雕塑，就是依照她就义时的照片创作出来的。

小学时我读了《卓娅和舒拉的故事》，这是她母亲写的。这本书发行200多万册，家中一本是第27次印刷的。舒拉是她的弟弟，姐姐牺牲后，他也参军了，是一个坦克兵，牺牲在卫国战争胜利前夕。战后他们俩被授予“苏联英雄”称号。

我对身旁的小伙子说，她弟弟和母亲的墓地就在对面。小伙子走过去，弯下腰对一座墓碑碑身下的俄文字母出声拼读着，然后说，是他们。

我们从小被赋予理想主义和英雄情结，卓娅是一个被膜拜的对象。数十年后我们经历了许多，听到了许多，她依然在心中。因为她真实。

在新圣女公墓，我们还拜谒了不少人，有契诃夫、果戈理、乌兰诺娃、赫鲁晓夫、叶利钦、赖莎，等等，包括卓娅，他们都在茫茫历史中留下自己的印记。

离开墓园，小伙子带我们到了列宁山，现在称麻雀山。在观景台前眺望前方，远处是市区密密麻麻的建筑物，在阳光的照耀下，像浮着的许多船只，有高大峭立如山的巨轮，有平心静气如小舢板，这是和平年代才有的景象。近处是浓绿的林子，掩蔽得十分严实。站在这里，最容易联想到的就是脍炙人口流传至今的歌曲《莫斯科郊外的晚上》，“花园里四处静悄悄，只有风儿在轻轻唱”。还有那首《列宁山》，“亲爱的朋友我们都爱列宁山，让我们迎接黎明的曙光”。这似乎是很久以前的事情了。

我们身后横贯着一条大街，大街偏远的一侧，匍匐着一溜小车，有绿树遮挡着。小伙子说，这是俄国的年轻人准备晚上飙车。莫斯科大学那座主楼就在大街正前方，宏伟气派。大学校园是开放式的，主楼前的广场和两旁的林荫道流线型地伸延过来，非常开阔。我们沿林荫道走过去。前面停着一辆漂亮的轿车，一对打扮入时的年轻人在拍结婚照，摄影师看见我们，友善地打着招呼，幸福的人儿也在微笑着。我想起卓娅。她被纳粹侵略者绞死时，才18岁，芳华如花。她本来也有权利飙车，也有权利谈恋爱，然后结婚当母亲，只是她为了制止罪恶的战争献出了自己的生命。

内蒙古小伙子送我们回到宾馆。他说，偶尔当一下临时导游，赚点回国探亲的路费。告别时，我很想对他说，记住卓娅吧。但是我没有说出口。

你就是幸福

《你就是幸福》是一首墨西哥民歌，我少年时候听到的。20 世纪 60 年代初期，中央乐团不知什么缘故来到这座小城演出，在“侨乡”剧场。这是一座华侨捐资修建的剧场，以我当时小孩的眼光看来也不算大。就在这里，我幸运地看到了名副其实的音乐盛宴，而且看了两场，当然说聆听更准确。大概在这里我第一次接受顶级的音乐洗礼，有不少名曲从此烙印在心里，包括《你就是幸福》。我才小学四年级，单纯得很，基本不理解这首歌传递出的是什么，只是异域的曲调，优美的旋律，留在了脑子。记得是歌唱家刘淑芳唱的，她的歌声高亢，传情，穿心。她还唱了印度尼西亚的《宝贝》和藏歌《金瓶似的小山》，当时似乎流传得更广。但是，好歌是穿越时间和空间的。

10 年过去了，我成了一个在山里插队的知青。除了白天的劳作，还有其他的需求，音乐适时降临，填补了这个巨大的空白。一本《外国名歌 200 首》在我们中间传着，翻着，唱着。后来封底没了，封面也没了，但是歌曲还在。我在这本歌集中，又发现了《你就是幸福》。虽然情窦未开，大体还是明白歌中唱的是什么。当时知青中悄悄传闻某村姑喜欢上了某人，那是我们知青中的一员。我大为惊讶，完全不相信，在我眼中这个有着倾村之色的女子还是个小姑娘。于是好几回出工，我特别留意她。她的一言一行都成了目标。可惜什么都没看出来，她长睫毛下的那对黑眼珠深邃得很。但是这种观察，让我对《你就是幸福》中的歌词有了独到的理解，这歌词是“我要把这欢乐秘密地藏在心里”。这小村姑将欢乐藏得可深呢。

后来我有个机会去学吹笙，有17根竖起来的长短不一的竹节，称17苗园笙，每根竹节底端装着簧片，有17个音阶。我吹过一些练习曲，主要是芭蕾舞剧《红色娘子军》中的黎族舞笙独奏，也有《你就是幸福》，这是自己加上的。这把笙我带到村里，每天夜晚必练。山高皇帝远，我吹什么歌没人会管的。有一回收工回来的路上，正好与小村姑同行，她好奇地问，你晚上吹的什么歌啊，好听呢。我一本正经地回道，样板戏《红色娘子军》。我本想老实告诉她还吹了什么歌，又怕解释不清楚。祝福是谈不上的，我认为小村姑很可能是一厢情愿。

后来我上了大学，参加学生会的乐队，手中又有了一把笙。《你就是幸福》是保留的练习曲，它旋律虽然不复杂，却有脉脉含情的倾吐，也有跌宕起伏的期冀，一唱三回旋。乐队队长是个小音乐家，他听我吹这首曲，哈哈道，大洋彼岸的幸福也带来啦。我报以重新吹奏一遍。笙是典型的中国乐器，吹奏这外来的曲子却别有韵味，有时竟会无端搅起思绪的纷乱。校园中已有同学在抓紧时间谈恋爱，我吹奏时，这动听的旋律很容易让人感受到人生旅途的斑斓多彩。

毕业后，我听说小村姑已离开山里，那个知青调到工厂后，回村里将心仪的姑娘娶走。再后来，我联系到他们，将这动人的传奇写成了文字。村姑如今已当了奶奶。她会记得许多年前山村里曾飘荡过的《你就是幸福》吗？

让我重新掀起波澜的是西班牙和葡萄牙之旅。

这两个南欧国家有丰厚的文化积淀，移步可触。街头艺人也很多，有营业执照，水平可圈可点。在巴塞罗那的兰布拉大街、圣家族大教堂附近，在马德里王宫广场和封闭式的马约尔广场，在里斯本的街头，演奏大提琴和小提琴的，拉手风琴的，弹拨吉他的，有年轻人，有中老年人，有男的有女的。让人惊讶的是在这些演奏中，我反复听到了《你就是幸福》的旋律，这些看不见的飘飘小精灵，同连日目睹的南欧风情，感受到的人们没有拘束的热情和自由奔放，竟是这样的吻合，融为一体。

塞维利亚的西班牙广场是一处十分恢宏华美的地方，广场还有一道弯曲的小河让人们享受泛舟的快乐。在一座宫殿般建筑里宽敞的阶梯平台上，有一个年轻人依墙坐着，这片又高又宽的墙体有美丽的艺术花纹图案，地面铺着枣红色的砖，年轻人手抱一把吉他，身边是打开的琴盒，盒子里有摊开的红绸布，他弯曲腿脚，脚上是一双人字形拖鞋。他弹拨吉他，似乎完全沉醉其间，《你就是幸福》像小河一般冲流出来，放任不羁。这是一种青春奔涌的情感，让人陶醉沉浮。我驻足听着。吉他手弹了一遍又一遍，路经的旅行者他不瞅一眼，旁若无人地享受着音乐，在这西班牙广场瑰丽的建筑中。我后来对同行人说，小伙子在谈恋爱呢，看他一副神情迷离的模样，像歌中唱的“你的吻像烈火燃烧着我的心”。但是当时我同样受到感染，小伙子偶尔情不自禁地使劲拨响一个音阶，都会让人心怦然作响。

在里斯本通往商业广场的热闹的步行街头，我又一次受到感动。在这条街面有着一道一道弧形波浪图案的长街上，来自各国的旅行者在缓慢地流动，街心有供游人休息的咖啡吧，有不少艺人在表演。当时我从临近海边的商业广场通过高大的凯旋门有些匆忙地往回走，汇入步行街的人流，在一处很不起眼的商店门前，耳畔飘来了《你就是幸福》的旋律，音色很奇特，有点像我曾经学过的笙。抬眼望去，一个老妇人坐在街边一张活动靠背椅上，她一头白发，目光停滞，是个盲人。老人显胖，身穿黑色上衣，一条肥大的裙子。手中的乐器也奇特，她揿着竖起来的键盘上那些黑白琴键，嘴里含着从键盘上方伸出的管子一边吹气，声音就是这样发出来的。后来我请教搞音乐的朋友这乐器叫什么名堂，起初说是英国管，后来确认是一种音乐玩具。老人身上还吊着一个小木盒，盒子上有个让行人投放硬币的长形小孔。她失明的双目和这个木盒子，让人一下子感受到生活的负荷。我没有停下脚步。我觉得停下来似乎意味着对老人的特别关注，而这种关注透露某些不尊重，尽管她看不见。但是她吹奏出来的旋律绵绵不绝回响着，有些无奈和沉重，又有些倔强和执着。老人出来演奏，除却谋生的成分，还有其他的吗？一定是有的。她为什么选了这首曲子，只是动听吗？我想不全是。她年轻过，也会有自己的感情生活，多少年过去，如今老了，双目失明，但是生活在她心中仍然是光明的，仍然值得去追求。她在与她看不见的无数旅人分享自己的生命体验。我在《你就是幸福》的旋律中听到了这种从天上降临的声音。这首情歌在我心中陡然生出一种非常厚重的内容。

后来我了解到这首歌是墨西哥一个女作曲家在一次到医院探望病重的亲人时，有感而发创作出来的。曲调运用了西班牙流行的咏叹调，结构和写法是欧洲的。因此这首植根于南美的歌曲风行于南欧就一点也不奇怪了。实际上它哪有什么国界，它是各色人种共有的天籁。

旅行回来后，我曾一遍又一遍地听这首歌。

生活，我要大声对你说，你就是幸福。

第二辑

西行诗草

一　一个女讲解员

这是一个完全陌生的城市，地处高原，海拔 2200 米。为什么会来到这里，说不清楚。可能从地图上看，它距离南方那么遥远，有不少美丽的传说，诱人探寻。走入这座保存得十分完整的庞大的院落，我给自己又提出了这个问题。院落里所有的建筑物安顿得很有章法，造得十分结实，外观奢华，但有点土气。有一堵墙完全用玉石砌成，不过没有经过打磨，看上去有点粗糙。许多房间都按照主人原来居住时的样子陈设着，床摆在什么地方还是在什么地方，雕花椅摆在哪里还是在哪里。有一个房间还置放着一个笨重的保险柜，据说当年家族撤离时已搬上了飞机，因为太重，只得又搬回来。女讲解员打开保险柜铁门，拉开上层，空空如也，拉拉下层，纹丝不动。她用清甜的嗓子，不带任何感情，例行公事地说："现在还没人能打得开。"说完轻轻扣上。我疑惑地看着这个老旧的保险柜。她习以为常地往一旁走去，安静地站着，不置一眼。

一些房间按管理者的理解，分别展出了大幅或小幅的照片，还有条幅、实物，相关人物赫赫有名，当然都和房子的主人有关。

我仔细地走过每一个房间，浏览每一件物品。其中一个房间，墙壁上一幅长一米多的大幅照片使脚步迟疑片刻，照片上是密密的一排人，这排人当中有一个牵住我的目光。当我走完后花园，又在有些空旷的大庭院拍了几张照片，准备离开时，觉得还有什么放不下，脚步不由自主地朝那个房间走回。此时，我一下子明白了，为什么会来到这里，不就是那首歌吗？《花儿与少年》！是花儿。

我站在那幅照片前面。那排人中间有个腰身笔挺、脸露笑容的人，他的父亲就是这座庄园的主人，传说是《花儿与少年》的作者。然而吸引我的是他旁边的那个有长须的老者，叫王洛宾。

很久以前，我从一张皱巴巴的油印歌页上学会了《花儿与少年》，这首歌的旋律轻快动人，歌词很生活化。后来才知道这是宁夏民歌花儿的调式，花儿已成了一门学问，有人专门研究。我不是学者，却知道《花儿与少年》是许多人都会唱的，流传极广。这座已成为文物单位的庞大院落的主人曾贵为一方诸侯，一介武夫，威风八面。有一天我在一册薄薄的歌册上，看到《花儿与少年》的署名是他，不禁迷惑，觉得挨不到一起。此时，我看到了墙上的王洛宾，西部歌王。这是很奇怪的一桩事。我陷入沉思。这是王洛宾复出后应邀外访的照片，他身边的这位公子其实已年长，但神采四溢。

直到一声清甜的“先生，已到闭馆时间了。”我才觉察女讲解员站在身旁。

“对不起。”我转身对她表示歉意。准备离开时随口说，“过几天再来”。

“对这张照片感兴趣？”

“是的。”

“人吗？”我们就这样交谈起来。

我说明天准备到王洛宾遇见卓玛的草原看看。临走时，女讲解员得体地向我要了名片。

晚上有人请客，吃了尕面片，还有牦牛肉、骆驼筋、祁连山菇。指甲般大的尕面片特别对我胃口。

已近11月，天冷。但这没有影响冷水浴的习惯，当我在莲蓬头下狂乱兴奋地冲了几分钟冷水，开始将水温调高时，思维也开始恢复正常。我回想了下午的参观。是的，可能有什么事情会发生。

果然，我躲进被窝里准备睡觉时，女讲解员打来电话，说她明天可以带我一天。我毫不犹豫地答应了。还没仔细端详她呢，这个冷面女子。

这是在西宁的第一个夜晚，睡得很香。

二 倒淌河。传奇之一

早上，我们开着一部租来的广州本田小车出城。女讲解员开的车。自称姓马，说叫小马吧。一路上放的歌都是王洛宾的，显然她有心。

是大晴天，天蓝得要滴水。离开城区，极目一派平坦，视野非常开阔。已入秋，草原上的草开始呈黄色，时有一丛一丛的芨芨草掠过。草原里散落着牦牛群和羊群，斑斑点点，很好看。我到过西藏，见过长发披垂的牦牛，但高原的风光是百看不厌的。话题从羊群说起。小马说，现在牧羊人现代化了，都是骑摩托开汽车的。开车得小心。曾有旅行车撞死穿过公路的牛羊，片刻之后索赔者就来到跟前，他们在远处用望远镜瞄着呢。缠住了，还有撞死羊赔牛钱，撞死牛赔人钱一说。我们都笑了。

在这样的情景里聊天当然是很愉快的事。小马说自己已许久没出来透透气。她在庄院当讲解员已有几年。说来有渊源，小马的爷爷从前也在这里干活，而且是细活，就是文书什么的。只是这段经历已去世的爷爷从来不说，父亲和母亲也不说，是她从奶奶嘴里有一句没一句地听出来的。她认为这座曾经显赫的庄院同自己一家的命运有某种牵连。

车子在柏油路上奔驰，没有羁绊。经过日月山时，我们停了车。

小马说这个地方是一定要下来的。风极大，我穿着厚厚的羽绒服，还觉它像锥子一般往里钻。我们爬上山头的亭子，可以看到山腰的彩色经幡。这里海拔4000米，近处的山峰覆着白雪。日月山是一座有地标意义的山，山的东面，无边的田畴，绵延着农耕者的安详；山的西面，辽阔的草原，纵横着游牧人的豪放，两种社会生态的对比在这里变得如此浅显。我们要去的倒淌河，就发源于日月山西麓的察汗草原，这里还看不见。放眼望去，只有邈远的一线天际。

重新回到车里，才感到车厢的温暖。上路后，彼此想着自己的心事。半晌，我说，草原这地方，滋养人哪。小马笑了，我怎么就没感觉。王洛宾的旋律回响着，像在阐释，若隐若现。

草原上有时会出现长长的铁丝网圈围的大片土地，小马说那是禁牧的地方。我们又开始没有顾忌地交谈。

时速达100公里。不久，小车稳稳地停在路旁。几十米远的地方，立着一块大石头，上面三个大字——倒淌河。通常，江河的水都是自西向东流去，最后汇入大海，但是青海高原的这条河偏不，它从东边流向西边，蜿蜒40多公里，然后和青海湖融为一体。有什么超自然的力量吗？传说当年文成公主嫁给松赞干布，翻越日月山时，远眺长安不见，乡思情深，不禁泪流满面。但她仍毅然西行。不料泪如滂沱，竟化为小河向西流去。于是就出现这条倒淌河。这条世所罕见的河流散发出诗一般的迷人气息，不知吸引了多少旅人。

我走到小河前，略有失望。河水浅浅，细细，清清，但真是向西流去，不声不响。如果在南方的山地，同千百道清澈的溪流比，它相貌平平，没有丝毫出众的地方。但是在这地广人稀的草原，它叫倒淌河，就格外有神仙的意味了。从自然科学的角度看，当然是因为地势东高西低，但是为什么所有的水都向东流，偏偏就它在东高西低的地方的出现呢？真是文成公主，羽化成仙？泪水成河？

我看着柔弱的河水，担心它什么时候就会消失掉了。

小马站在身边，赞叹道："这是女人的河。"

"太准确了。"我说。这时才让人注意到，貌似平凡无奇的小马，其实也有动人的地方。小马说，自己很景仰倒淌河。

我流连着，不想很快离开。

小马开始喋喋不休地讲。你知道吗？那张大照片上王洛宾旁边的那个公子，年轻时多帅。当时大陆一个非常有影响力的人介绍他同上海一个也算门当户对的小姐相识，俩人一见钟情，堕入爱河。但是小姐的母亲根本就不答应，可能认为小伙子家庭草莽味太重，小姐可是留过洋的新女性。小伙子着急了，这个年轻的军人有股倔劲，也是为了表白对小姐的爱慕，他一不做二不休，来到了小姐家，在她母亲的门前扑通跪下。你知道跪了多久吗？整整 10 个小时。一个可以号令一干人马的军官，这样做要多大的勇气和毅力。这个丈母娘终于感动了。惊天动地吧。

是惊天动地，我承认。但是不明白这个故事同倒淌河有什么关系，小马怎么拨动了这根弦？

远远的地方有房子，也许是村庄。更远的地方有一道雪山，不很清晰，原野在阳光的照耀下浮着薄薄的雾气，倒淌河安详地蠕动，一个男子和一个女子站在河畔凝望，也许这是诗。

三　金银滩。传奇之二

中午在青海湖吃鳇鱼，据老板说这鱼就长在湖里，生长速度极慢。本来想去鸟岛，因入秋第一场雪，已经封路。鸟岛去不成，时间宽裕，我和小马慢慢品鱼。鱼肉鲜嫩，略咸。窗外是浩渺的湖面。

湖水接连到天边，颜色纯蓝，这种蓝人工无法调配，美极了。湖面有节奏地漾起波纹，一道一道划向岸边。如果每天都有潮起潮落，与海没两样。有首歌叫《金瓶似的小山》，歌中唱道：“明镜似的西海，海中虽然没有龙，美丽的海水已够我流连。”这西海就是青海湖。湖中有湖心岛，这里是看不到的。岛上有尼姑。每年冰封时节，岛上的人就出来采购，购足食品和生活用品。冰开以后，岛基本就与世隔离了，普通小船进去，要8个小时。我笑说，这可以演绎出多少故事。小马也笑了。

小马脸上挂着高原人通常有的红晕，只是不很明显，两眼神采洋溢，安静时有一丝难以察觉的忧郁。她说，回去我们走的不是原路，可以好好看看金银滩。

返程是我开的车。离开青海湖区时，看到一大群绵羊在湖边吃草，我们下车走过去。这群羊每一只的背部都有小块粉红的染色，显然是主人给做的标记。没看到牧羊人，也许如小马说的正在远远的什么地方用望远镜瞄着呢。这些羊坦然得很，心安理得享受自己的自由。走到它们旁边了，头也不抬一下，真是旁若无人。湖畔的草稀疏，羊们悠闲地啃，身上微卷的毛蓬松着，让人忍不住伸手摸一摸。此时，被摸的羊才不情愿地小跳几下离开。不远处是蓝色的湖水，白色的绵羊群和辽阔的湖构成一幅独特的图画。

高原地广人稀，也不是旅游季节，路况好。很快我们就如同驶在高速公路一般。平野一览无遗。许久，地面才轻柔地隆起，然后又渐渐平复，不知是不是大地母亲的呼吸。有时，草原深处出现一片建筑群，在西斜阳光的照耀下，映现出一派金黄，有强烈的现代生活感。更多的时候，是无边原野的空旷寂寥，让人陷入冥想。如果不是像黑绸带般的柏油路一直在眼前伸延，像离开凡尘。

草原像一幅宁静的油画没有尽头地展现时，小马一声“到了”让我从梦中回来。我们下车，走在草地上。夕阳收走银子般的光线，给西天的云朵镶上炫目的金边，一会儿就消失了，又燃出紫红的晚霞。远处一块石头上有“金银滩”三个字，仍然清楚。在天幕和草原之间，有银灰色的山峦起伏，线条清晰，舒展优美。在辽阔的原野上，这块石头显得孤单。

浅浅的草似乎有点湿润，不算密集，但一眼看上去还是有地毯般的质感。踏行其间，四周是一片静谧。冒出的第一个念头便是《在那遥远的地方》就孕育在这里？远远越过半个多世纪。打动了多少人的心。有一位叫卓玛的好姑娘，那张粉红的笑脸像红太阳，活泼动人的眼睛像晚上明媚的月亮，人们走过她的身旁都要回头留恋地张望。王洛宾挨了她轻轻的一鞭子，惊心动魄。美妙的旋律在草原上滚动，一直到天地之交，从落霞那里又荡回来。我想唱，喉头被噎住。此时，所有的毛孔都舒张开来了，承接着天籁。

这一片沐浴着落霞光泽的草原，一边生长金色的花朵，一边生长银色的花朵，所以叫金滩和银滩。现在不是花季，没有金花和银花，却有一种不事张扬的梦幻的沉静。

小马一直走在我身边。她说，王洛宾和卓玛才相处 3 天。只有 3 天，就各分东西。不少旅人都在打听她的情况。听说就生活在西海镇附近的一个村子，如在，也是老妪了。

我们在金银滩缓慢地兜圈子。小马在一旁絮絮叨叨。庄园那个公子爱好音乐。王洛宾被请来当过几年的音乐教师。公子的家族后来都迁往西亚一个国家，远离世事。除王洛宾外，这些故事的碎片同金银滩有关吗？

上车时，晚霞已经消失。我们在刚刚张开的暮色中离开金银滩草原。车里起初响起王洛宾的歌，后来出现《花儿与少年》，小马跟着哼唱。我控制着油门，不让车速过快，但有些难。

回到西宁，已是万家灯火。我感谢小马一天的陪伴。她扑闪眼睛，突然灿然地说：记者先生，以后你会写到我的。

可能开车专注，觉得疲倦。晚上睡了一个非常香甜的觉。

四　尾声。传奇之三

后来我另有他事，没有再去那座公馆。回到南方，我们偶尔用手机短信相互问好，然后改为“伊妹儿”邮箱。半年过去。又是几个月过去。我查了资料，《花儿与少年》的作者又有一说，另有他人。不过作者是谁已不重要，重要的是这歌许多人传唱。

初秋，我收到小马的邮件，她竟然到了麦加，一处圣地。一切都变得如此顺理成章。她联系上公馆的后人，到了西亚那个国家，也见到公子。说有一回我们的使馆举办招待宴会，公子应邀出席，席间流了眼泪。不久她透露了打算，准备留居在那里。

我在网上看到小马的照片。一袭宽松的长裙，绾了个高高的发髻，显得成熟些。

不幸被她言中了。我有股冲动，慢慢发酵着，只好写下这篇文章。想表达对小马的祝福？！

金色的白桦林

住进阿勒泰宾馆，已入夜。我觉得疲倦，正脱衣服想洗个澡，他叫住我。等等，你这个人，聊聊天。

他从箱子里取出一根皮鞭，抚摩着。话，如水般流出。

我忍不住，后来记下他说的。

记得吗，午后我们离开喀纳斯湖。这湖妖女一样迷人。山上白雪冒着寒气，山下的绿树林冒着暖气，车窗外的喀纳斯河那蓝色的水，一路陪着，哎，怎么形容好，蓝宝石、蓝缎子。过了月亮湾和卧龙湾，在白桦林那边都下车了。古丽和我进了林子，唉，这古丽。

那白桦林简直害苦了我。树身的线条修长秀气，一道一道优雅地割着蓝的天空，叉开的树枝这样柔顺地斜着，小鸟依人状。不是要勾人魂魄吗？我直直地看着，古丽都笑了。林间的草地落满桦树叶，一片一片，铜钱一样，金黄色的，就是金箔嘛，薄薄的，风轻轻吹，就要飘动。这道风景，走得开？都要瘫软了。那轻盈的桦叶像什么？等等，昨晚哈萨克女子的舞姿。

事情就是这样开始的。月亮悬在天上，这里昼夜温差20度，月娘也怕冻，柔弱无力的样子。我穿上羽绒服，都冷。幸好，篝火晚会除了演出外，还煽动观众群舞。群舞就是围着篝火兜圈子跑步御寒，带点节奏和简单的舞步。几圈下来，有人就寻伴或自己跳起来。这种迪斯科式的自我陶醉的舞我也会几下。当然，在这新疆的北端，一个美妙绝伦的湖泊边上清冷的月光下，这舞的味道就有些不同以往。我们认识古丽才多长时间，不到一天，这个小巧的向导。她看我忘乎所以，踩着节奏过来了。两人对舞，更火。哈萨克的舞姿有些别样。活泼，旷达，放肆。她两只手臂在甩动，又曲着在身前画圈。篝火燃出的光亮，映着她那张生动的脸，像涂着一层釉彩。最撩人的是一双微笑的眼对着你，身子微晃，两手向前随着音乐节奏用多肉的拇指和中指打着响指，这打响指的动作充满内容，令人回味无穷。

舞会结束时还不算晚。古丽说：我家离这里不远，去玩玩。我很好奇。

我是在一次大提琴独奏演出时感受哈萨克的。这原本是一首带民歌味道的哈萨克歌曲，被改为独奏曲。那琴弦拉出的是深厚，有时欢快热烈，有时又带点忧伤，其实就是游牧人之歌。这个游牧民族也是个谜。我没有犹豫地答应了。

古丽向同伴牵来两匹马。她扶我这个大男人上马。这段路有五六公里。我们走得慢，不如说我在学骑马。古丽基本上在我身边或者身后守护。

古丽的家，很简朴，墙上悬着一张狼皮，毛茸茸的。她爸爸妈妈非常好客。我们吃了烤羊肉，喝了白酒。古丽说她的酒量是从父亲身上遗传的。喝白酒没太大的感觉。她努出嘴唇先抿了抿，演示般地向喉咙倒入一杯酒。我惊得张开嘴。她爸爸普通话讲得不流利，有时用哈萨克语表达，古丽就得翻译。原来古丽从新疆大学毕业不久，在乌鲁木齐工作了几个月，现在在准备功课，要到哈萨克斯坦读研究生。

返程时，古丽送我。如果没人送，我准在山里迷路。这时，我的骑术已长进，遇到小沟坎，用手拍拍马屁股，还能一跃而过。古丽有时策马奔上一程，又缓慢地在前头等。我只好壮起胆，不停地吆喝马小跑一阵赶上。

这是个值得描述的夜晚。苍黄的月光下，山上的树木仿佛被冻住了，树影凝结着，山巅顶着昏朦的帽子，那是终年不化的积雪。天空的颜色有些幽蓝，使人想到喀纳斯湖蓝色的水面，亮晶晶的星星有的在抖着，有的却十分镇定。这寂静的山间路上，只有我们马蹄的得得声，格外清晰。

古丽说，够诗意的吧。我说，无可比拟。美丽的夜色多沉静，高原上只留下我的琴声，想给远方的姑娘写封信……我唱着，将歌中的草原改为高原。古丽嘿嘿地笑。当然，这个夜晚我是不会忘记的。

进喀纳斯山庄后，古丽扶我下马，我们约好第二天骑马到观鱼亭看喀纳斯湖。她牵着马向另一头走去。那里有几座哈萨克毡房，夜色浅浅罩着。

夜里非常冷。我到天亮，脚还没暖和过来。早晨起床，屋外的草地上，有水的地方都结上了冰。

天气真好，太阳已出来，山峰的雪白得耀眼。

观鱼亭在海拔 2000 米的一座山头，我们得顺山间小道蜿蜒攀上。起初我还担心马失蹄，人会掉下。古丽说，没事，老马识途，抓紧缰绳就可以。哈萨克人善骑，古丽曾牧过马，她的骑姿很洒脱。我也想这样，可还不行。但是骑马的感觉真好。在半山腰一片林子里，古丽拴上马，将一杆精致的小马鞭收进随身的腰包里。这里有台阶通往观鱼亭。

这是条山脊。台阶一边的山下，是绵延 24 公里长的喀纳斯湖；另一边是辽阔的山地草原、针叶与阔叶混交的树林，然后是远处腾起的山峰，峰顶布着皑皑白雪。居高临下，视野开阔，心胸也随着宽敞。

喀纳斯湖的主色调是宝石蓝，但湖畔两岸的山上尽是绿的、金的，绯红的树，还有白的冰雪，这些颜色被阳光席卷倾入湖中，湖水就隐约被调制出各种奇异的色彩。我惊叹着，一边拍照。

一路移步换景，千姿百态。我也给古丽摄了影。她肤色黑了点，脸庞还是挺漂亮的，笑起来细密的牙齿特别白，嘴边印出个小酒窝。有一张照她立在岩石上，特意掏出小马鞭捏着，哈萨克骑手的味道一下就出来了。

据说台阶有1000级，到了观鱼亭我还没什么感觉，这很奇怪。喀纳斯湖优美地弯出几道弯，在这里可清楚看见。湖中有“湖怪”，像尼斯湖的水怪一样。古丽说，她来过许多次，从未见过。又说这“湖怪”是一种大鱼，叫哲罗鲑。不过，这湖深有几十米，最深处近200米，真的隐藏着一些世人还不知道的秘密是完全可能的，就像它的容貌美得令人迷惑不解一样。

这里观不到鱼，但是极目远眺，可看见天边银光闪耀的雪峰，那是阿尔泰山脉的主峰友谊峰，已属俄罗斯境内。蓝色的喀纳斯湖水就是从那里的冰川融化流出来的。

下山后，从林子中牵出马。我很兴奋，一跃就蹬上马鞍。古丽都叫好。她递过那杆小马鞭，我朝后一抽，马一颠一颠地跑起来。它知道背上的是新骑手，跑得并不快，可我已够刺激。于是古丽在前面领路，我们穿过了好几片林子。浅浅的草地。零散的落叶，矫健的哈萨克女骑手，我穿行在一个新奇的世界。从林子出来，奔下一个平缓的山坡，到路上才慢慢行走。我们开心交谈。

这段路太短了，转眼就到了山庄。

下午临上车，古丽奇迹般地出现在车门，执意要送一程。

我们进了白桦林。迷人的景色目不暇接。地上铺着金色的桦树叶，一片叶子就是一句诗。叶子随风起舞时，那是流动着诗歌的旋律。

有一棵桦树折断了，横卧在林间，那姿态也很优美。在这棵显然是自然倾倒的桦树边，长出一棵2米多高的小白桦，繁茂的叶子抖出的金色，透出一腔热情。我受到感染，站在树前，让古丽拍了一张。

这时候，古丽掏出那杆小马鞭，说：给你，我自己编的，做个纪念。

我一时反应不过来。

走出桦树林，路旁有一匹马。古丽向我招招手说，再见。她骑上马，跑起来。我注意到她穿着白色的风衣，风一吹，背部鼓着。

在前头拐了个弯，古丽不见了。只有白桦树婷婷地立着。

以上是他的话。

后来我取过这根皮鞭欣赏。皮鞭编出的花纹很精细，已用了有一些时候了，表面都起毛。鞭子的柄镶着金属饰片，十分亮堂光滑。

这是怎么回事？他声调有些茫然。

你这小痞子，我说。

我旋开卫生间的水龙头，闭上眼，想让水冲走这个喀纳斯女神的模样。她叫古丽。

梅里往事

午后，我入住飞来寺附近的一家旅店，这家旅店是新建的，木头结构，很有点风情。我要了二楼一个房间，这里的房间一列并排着，房外是露天木头阳台，有楼梯通到下面。阳台上几张木桌，几只木凳，供客人观景。对面远处就是梅里雪山，现在云遮雾障，什么都看不清。

几天的旅程，很累人，我拉上窗帘，衣服也不脱，躺在床上。心里有些乱。这家旅店的店名什么不好叫，就叫“梅里往事”，知道我要来住似的。迷糊了几分钟，还是爬起来，房间很干净，床单和被子一色雪白，但我来这里不是为了睡觉。

走到楼下，一楼是酒吧，布置典雅。吧台前有一块留言板，上面贴着各种留言纸片，我凑上前。纸片上有写给出行的旅伴，说自己将于某日到达某地，再一起会合，共续旅程云云。这偏远的高原，不是什么地方手机信号都能覆盖，用这种方式联系，别有一番感觉。留言板上更多的纸片是描述对梅里雪山的赞叹和感谓。酒吧一分为二,一大半是提供给品饮的客人，另一小半用矮木栏隔开，那里摆着几张藤沙发，书架上有旅行指南一类的杂志，有音响，可以自己选择想听的曲目，有人在那里的茶几上摆弄手提电脑。

我点了一杯咖啡，打扮得很清爽的老板娘亲自送来。我们聊起天。原来这家旅店春天才开张，不到一年，客人没断流，有不少老外。但是没有过单身女人，因此她对我觉得有些疑惑。我笑笑，问自己想去的地方在哪里，她指指门外说，就在山坡下，很近，现在被小树掩着。还说一般客人来了都会去看看的。我是一般客人吗？眼望门外，突然很想对他说些什么，可是他在很远的对面，中间横着一道大峡谷，对面很多云在拥挤着，还是什么都看不清楚。门外一片五颜六色的风马旗，正在风中啪啪响动。这响动撞得我很难受。

我穿过不安分又通达情理的风马旗，走向坡下的一条小路。小路快要被树丛掩没了，时时得用手去拨开，但枝条很快又弹回来，扯着羽绒衣，拂着脸，很亲热的样子，莫不是以这种方式迎接远方的客人？小路拐了几个弯，将我引到一个花岗石砌成的小平台，台上有个石碑。看到石碑上的字，我明白就是这里了。

这地方和想象的不太一样，我曾想应当在山头上，碑身突出，远远就可以看见。眼前的这个平台，四周有低矮的石栏围着，中央的长方形石碑也低低的，碑身中间镶着一块铜板，铜板上刻着一行名字，又一行名字，他的名字赫然显现。我有些晕眩。

已经 15 年了，但是那天早上的情景我还是记得很清楚。本来前一天夜里已话别，电话里他的声音同平时一样，兴奋坚定，略带点无所谓。这种出发大概已属家常便饭，数月之后，无不凯旋。我曾问过其间经历，他总说美极了，一辈子忘不了，似乎在轻松地游历山川。早晨起床，冒出个念头，到机场送送吧。在机场看到我时，他有些惊讶，但非常高兴。你怎么来啦，他说。不是说那座山没人登过吗，预先祝福一下，我说。他的同伴们羡慕地站在一旁，目光熠熠，我们只客气地握了握手。后来我是多么痛恨我的拘谨。经过安检门后，他还回过头，轻松又漂亮地向我扬扬手臂。

这座碑台的周围蔓生着小树，高高地越出台面，实际上整座碑台被绿色的枝叶围拥着，在山坡上的观景点是看不到的。当年，很多报纸都发了这支中日联合登山队在梅里雪山遇难的消息。我是后来才断断续续了解经过。1991 年元月 3 日 22 时，他同大本营通了最后一次电话，后来发生了面积达 25 万平方米的特大雪崩，他们在睡袋里，瞬间被吞没，17 名队员无一幸免，据说中方队员都是登山界的精英。他一辈子与大自然亲密交往，人们为了怀念他们修建的这座碑台，也在高原山间的树丛里。他真是同流云飞雪，同格桑花儿相依相伴了。我注意到台面石栏有几条披着或绕着的白色哈达，不知是哪些有心人献上的，我俯下身，将嘴唇贴在他的名字上，一阵电流传向全身。

我回到“梅里往事”，在房间前宽敞的阳台上，同所有来这里的旅客一样，守候梅里雪山。我坐在木椅上，我比其他人多了一重虔诚。梅里如少女，梅里雪山是不轻易露出容貌的。隔着一道大峡谷的梅里雪山，依然藏在云的后面，云好像从峡谷的底部生出来，不停地漫起，非常缓慢地移动，只能从云层撕开的裂缝处看到局部山体。有时云被扯得十分稀薄，可以看到白色的冰川，这冰川的白色是一种淡白，与雪山炫目的白是不同的，容易同云混淆。眼前的冰川是有名的明永冰川，像一大片白布幔悬垂着，看久了也像一片有光泽的铠甲。由于海拔低，冰川会移动，这些年几次发现过他们的遗物甚至遗体被挟裹下来，是梅里多情或是其他什么缘由。但都没有他的消息。那时他们的营地在海拔 5000 多米的地方，现在完全被云挡住了。

人们眼巴巴地期盼云能够散开。时常是一片厚厚的云升高后向右边移走，眼看山峰就要露出，却又让左边不声不响涌起的云悄悄续上，让人失望。阳台上有几个摄影的旅人支着三脚架，等了几个小时，有时上前瞄瞄，始终没有按下快门。此时，暮色已经起来。我胸口被堵着。

晚餐后，女老板过来同我聊天，谈得投缘。她说，你从那么远的北京来这里，就住一个晚上，有的人来了 7 回，还不知道梅里雪山的模样。我说，看到了，是缘分，看不到，就留点希望给以后。话虽这么说，果真抱憾离开，不知我会如何地不甘心。

晚上，已经很迟了还睡不着。我想起在学校时有一次我们一起去爬“鬼见愁”。在京郊“鬼见愁”这座山算是险峻的了，我们离开了通常的爬山道，抄小路攀登顶峰。这小路其实不算路，时常有巨石挡道。每逢此时，他就像猴子般地从旁边登上，再想办法将我拉上去。他力气足，常常轻轻一提，我就起身了。当然我也是灵巧的，他说是身轻如燕。有时我只是借一下力，蹬两下脚便攀上。山坡上的落叶和野草，像散落的音符，老在眼前浮动，脚步踩在上面，有沙沙声音，有时泥石被蹭落，就有哗啦的响动，这些声响像一段美妙的旋律。我们气吁吁，汗涔涔，心头有凉风吹过，甜丝丝的。在峰顶，有几棵造型奇异的松树，他很喜欢，我为他在树前拍了张照片，背景的松枝展开，像能承载很多重量的翅膀。他说登山这玩意儿能让人痴迷。那时曾想过日后真的就干上这一行吗？这“鬼见愁”的名字不知是怎么叫出来的，他攀过了一些雪峰后，闲聊时我曾问过，他戏道，“鬼见愁”啊，像泥丸。泥丸可以一脚跨过，雪峰最后却将他挽留住了。

我牵挂着明天早晨的天气，起身到阳台，漆黑的天空有星光闪烁，但一会儿就被吞没，于是有些沮丧地回房间。

天还黑着，就被手机叫醒。无论如何，还是要守候，我怀着希望出门。阳台上和下面的空地，已有不少企盼一睹梅里容貌的旅人。夜色一点点褪去，晨光一丝丝融入，人群里起了骚动，出现阵阵喧哗。云雾正在散去，我寻觅发生什么事情，意外地看到，这是一个晴朗的清晨。

我不知如何形容我的心情，没想到会是这么壮美的一幅图景。大峡谷对面的座座雪峰，像被水洗过一般，在蔚蓝色的天幕下极为清晰地呈现出来，主峰卡瓦博格的尖顶攫住我的目光，同时也攫走我的魂魄。在它白皑皑的下面，在明永冰川的上端，就是在那里他倏然消失。雪将一切都覆盖住，茫茫一片。我曾踏过厚厚的积雪，积雪下面绿色生命可是在等着来年春天雪水的滋润，我不知道他在雪底下如何孕育来年，我当然不相信他从此从我生活中离去。

在主峰卡瓦博格边上，叠连着一座又一座雪峰，这就是吸引着无数人的梅里十三峰。它给人的感觉像是浮在天边，他当初不知如何就给迷住了。至今，还没有哪一个人登上过梅里主峰，尽管它仅海拔6740米。梅里如少女，多么熨帖。

梅里十三峰在清晨的静寂中安详地与人们对视，它要倾诉什么或者我想倾诉什么呢？彼此沉默地交流。这时，人们一阵惊呼。眼前的雪峰突然被染上金红的颜色，通体瞬间金光闪耀。冰雪的矜持与太阳的纵情相撞，梅里展开另一种容貌，这是无可比拟的华美。这是不是神光？我问自己。是。我自己这样回答。他此刻被神光罩着，正迎接我呢！没想到我们是这样相见。我痴痴地望着明永冰川和冰川的上头，你这美丽动人又揪人心肺的梅里。我在细细地描摹他的模样时，金色的光芒消失了。眼前只是银光辉耀的雪峰。

云雾从峡谷中浮起，像棉絮一样一缕接着一缕地升腾，然后成片地涌出，不一会儿工夫，卡瓦博格峰又被遮蔽住。

告别“梅里往事”时，女老板羡慕地对我说，你有心，梅里有情。汽车启动后，我从窗口望去，风马旗仍在呼呼飘动，藏在云后的梅里转眼就不见了。

一个有凉意的初秋夜晚，在“梅里往事”的酒吧，我听了上面的故事，于是用心记下。

桃金娘

有一天到开发区一家公司采访，接待的是办公室主任，叫半荔，口齿伶俐，对业务很熟悉，后来知道她还兼着报关员。这个年轻的女孩身板健颀，圆圆的脸，圆圆的眼，睫毛有点长，交谈中觉得她这副样子眼熟，随着话题撒开，发现她竟然是多妮的女儿。多妮是我当年插队的小山村的村姑。有许多年没有回去村里了，我同半荔约好一起回去看看。现在就走在山间的路上。

山村的农舍散落在长长的山谷间，远远看去像缀着的一块块小积木。多妮的家在这道山谷尽头一条拐了个弯延伸出去的山仑，在山仑顶端一座小土圆楼里。我们走了一个多小时，没有遇到一个人，在山谷的豁口歇息时，闲聊着。我问半荔，为什么起了这个名字，她说：当时家里种了一些荔枝，不想水土不适，长大后都不生荔枝，正好我出生，就叫了这个名字。

我说，村里的人好像比以前更少。

她说，年轻人多数外出打工了。田里种上了甘蔗，已经很少人种水稻，费不了多少工，山上都种上了桉树杉树，谁种归谁，也有专门养猪的。你认识的老人都不在了。

不在就是去世的意思。我没有再打听张二李四。环顾周围，是郁闭的林子，无论桉树还是杉树，挺直挺直，已不是当年的荒山野岭。也有成材了被放倒路边，堆成堆，准备运出去。偏西的秋阳透过林子，落在山间，依然带着热力。我想起附近有个龙潭，就在半荔家的山仑底下，说去看看吧。半荔想了想，然后说好。

路上，半荔才告诉我，龙潭已没什么水。我们离开村里后不知哪一年，龙潭上面的风景林被砍掉修什么工程，水就慢慢干涸了。半荔还没出世，是听妈妈讲那过去的事情才知道的。

我心里惋惜，没说出口。因为半荔不知道，那是我们同她妈妈认识的地方。

可能很少人走这条路，草掩没了石阶，深一脚浅一脚走到山下，顺着一道几乎没有水的河沟往上走，来到龙潭前。

龙潭长满芦苇，底部汪着浅浅的水，形成一小块湿地。原先从高高的崖壁上跌下来的水不见了踪影，石壁缝隙中生出几丛树。一只鹧鸪受惊动，扑腾几下，突然从苇丛中飞起来，冲向崖壁的树上。我想起当年的情景。

龙潭的水聚成一条小河，流向北溪。这里离村里很远，从田里收工后，我们就在潭边支起锅做饭。这是插队的第一年，我们还很有热情。初秋，午后暑热仍逼人，龙潭的水荡漾着，作出诱惑的姿态，午饭后知青们一个个抗拒不了，下水游开了。水不很深，但足以没顶，虽然游几下就得转身，我们还是神采飞扬。村民十分惊讶，他们不会水，也从没想过下水。一个大眼睛的姑娘一直在注视着，她觉得这是一件新鲜的事。我们起身后，她凑过来聊天。听说城里人到游泳池游泳，男女混在一起，女的穿的是露胳膊露腿的衣物，她惊讶得眼睛睁得大大的，又抿嘴笑。

为了同我们多聊聊，她跑到龙潭边的山坡上，从一片矮的灌木林中采来了一堆野果。这片灌木林就是桃金娘。桃金娘的果实像手指头那么大，酱紫色，果汁甜甜酸酸的，我第一次尝到。这果实本地话叫“多妮”，后来“多妮”成了我们给姑娘起的绰号。多妮自信地说：如果我在城里生活，游泳也会。

在干涸的龙潭边，我想到半荔妈妈的这句话，不知她日后有没有学会游泳。

我对半荔说，那时你妈妈说龙潭是处古迹，崖壁上有古人写的字，还带我们去找过，但是没有找到。她胆子很大，爬到石壁的一棵树上去寻找辨认，身手可敏捷。底下是哗啦啦的潭水，掉下去就没命，让人心都提起来。

半荔笑着说：我妈妈有时像个男人。想再找找古字吗？我点点头。对我来讲，这地方就是历史，也是古迹。我们一起向前走去。

山坡上长着桃金娘，一大片，密密的，还是当年的那片吗？桃金娘的小叶片比较厚，有点光泽，叶片底下雾状，其实是短短的茸毛。又是到了结果实的季节，矮矮的枝条上悬着一颗颗紫红的东西，很是可爱。半荔随手摘了几颗给我。

桃金娘本是山里普通的灌木丛，它的果实也不起眼，村民不会太留意。只是过去读过的一些诗中，诗人将桃金娘写进诗里，于是在我的心底，这暗绿的灌木丛和紫红的果实就有了另一种色彩。在这远离都市的深山，它年复一年地生存着，描摹着生活。尤其我们认识了活泼开朗的多妮后，桃金娘就有了实在的内容。日月轮回，我们渐渐发现多妮对我们当中一个高个头、体魄强健的伙伴特别有好感，但谁都明白，这只是一幕没有结局的喜剧。有时开玩笑，多妮也会说，你们是“凤凰”牌，我们是“永久”牌。这是当年两种名牌自行车。

我和半荔当然没能找到龙潭的古字。那只鹧鸪因我们的行走再次受惊，冷不防地从树上又飞起，腾空翻过石崖，不见了。我们穿过桃金娘林子，离开龙潭。沿着一条攀升的小路转，走到了山仑顶。这时，龙潭已在眼底下，远远的一簇浅绿。

在山仑顶的平地上，有一座小巧的土圆楼，大门被一把大锁锁着。半荔掏出钥匙打开门。楼中小石埕生出几丛小草，因为没有家畜，显得干净。显然，楼中已有一些日子没人居住了。这里我不陌生，很久以前曾在楼中留过宿，一伙年轻人闹了一个晚上。那是个月白风清的夜晚，高个头、体魄强健的伙伴会弹吉他，他一边拨动琴弦一边唱着一首在知青中流行的印度尼西亚歌曲，叫《莎里楠蒂》，“莎里楠蒂亲爱的姑娘，你为什么两眼泪汪汪……”多妮也唱起山歌，拖着“哎——”的尾声，让人感到意味深长。一切恍如昨日。

土楼有两层，半荔带我上二楼，打开一间房间，墙上有相框。我凑上前看，都是多妮的。有一张彩照，多妮穿泳装，刚从游泳池里起来，胖了一些，当然已不年轻。半荔说：我哥哥在深圳很多年，她也去帮忙，她一直记得你们从前在龙潭的游泳。我惊讶得张开口，样子可能有点傻。

半荔同我返村后，回到城里的公司不久，也辞职去了深圳。她大学毕业才一年多，学外语的，以后路子还长着。

多妮和半荔，都有了自己新的生活。

寻找“U-2”飞行员李南屏的归宿地

20世纪中叶某年某日，我到郊外一处同学上班的地方玩。这地方叫琥珀岭，老百姓也叫虎爬岭，其实就是一片小小的扭动的山坡。我们这里属九龙江平原，南岸距江边不远的地方隆起矮矮的丘陵，琥珀岭就在其中。同学的宿舍是一溜平房的一间，户外的坡地圈养着一头头花纹黑白相间的乳牛，这是本地一座有点规模的罐头厂的原料基地乳牛场。聊天中同学无意中说，知道吗，被我们打下来的U-2侦察机驾驶员就埋在附近。我初听吃了一惊。他说，真的啦。我眼睛一亮。那时年纪小，不懂什么，但本能感觉这么高级的飞机驾驶员可是个人物啊。当时漳州打下这架飞机是许多人都知道的事，报纸也大张旗鼓宣传过，只是不提漳州罢了。我有个邻居小伙伴的哥哥在机场，悄悄留下了寻得的U-2飞机残留的小物件，给弟弟玩，我转手得到一个小小的螺丝帽，珍惜地收在抽屉里。于是我立刻提出，走，看看去。

乳牛场被高高的花岗岩条石围着，我们走出围墙，走进挨着的荔枝园中。那时，这里的山坡到处长着矮矮的枝干舒展的荔枝树，在安安静静的荔枝园中穿行，是很惬意的一件事。但是这回我有点激动。踏着稀疏的草丛，很快同学带我来到一株荔枝树下，树前有一座不起眼的土坟堆。同学说，你看，就是这里。我小心停下，生怕惊扰到谁，没其他的，就是一种本能。我仔细看，这座坟墓太普通，一小土堆，没有修缮，坟上长出青草。坟前竖着墓碑，墓碑显粗糙，碑上用黑字写着：“U-2飞机驾驶员之墓”字样。我记得没有墓主的名字。周围似乎空荡，只有这一座新坟。怎么会埋在这里？我问。也不知道是问谁。同学说，谁知道。

我们在坟前待了片刻。不知道是什么感觉。这应该是一个温暖的季节。没有蝉的鸣叫，没有鸟的啁啾，一片寂静。这架飞机是 1964 年 7 月 7 日被导弹击落的，我还是个小学生，看到这座坟墓应是在这之后的四五年间。以当时的年纪和受到的教育，我在 U-2 驾驶员的坟墓前有一丝的疑惑和惊讶，他葬在这里？他真的葬在这里。可能还有一丝的悲悯。当时两岸严重对峙，有过交手，打仗总要死人，这架高空侦察机的驾驶员如今就躺在这土堆的下面。总之，那时的心情不会像四周那样平静，有过波动，哪怕是小小的。

后来，我才知道这个飞行员叫李南屏，是国民党空军头号王牌，有“空中之虎”之称，曾 12 次驾驶 U-2 飞机飞临大陆侦察，4 次受到蒋介石召见。一度这种飞行高度达 2 万米以上的高空侦察机在高空如入无人之境。他被击落后，解放军空军司令员刘亚楼专程到漳州召开祝捷大会。

意外看到李南屏坟墓这个事情，很快就这样过去了。我以为不会再被翻起。

日子飞速流逝着。若干年后，两岸解冻。李南屏的儿子长大了，以学者身份到大陆交流学术，向同行表达了想寻找父亲葬身处的念头。同行很快将消息发到网上。引起媒体和有关部门关注，但是似乎没有突破性的结果。努力仍在继续，几年了，有关部门甚至找到了当年埋葬李南屏的雇员家属，也知道这位飞行员大致的葬身范围，但还不清楚准确地点。我偶然得知情况。荔枝树下那座小土堆和那块墓碑从记忆深处慢慢浮出，那个曾在乳牛场的同学带路情景也一会儿清晰一会儿模糊地映现。儿子寻找父亲的归宿地，通达人心人情。我能做点什么呢？

我打通同学的电话。他听了叙述后，没有多想，说，只要那些旧建筑物没有完全拆掉，应该可以找到。

一个太阳西斜的夏日。我们一起与有关人士驱车来到琥珀岭。已经半个世纪过去，世事沧桑，物事也沧桑。当年僻静的地方，已是大路畅通，车水马龙。同学恰巧旧地遇到当年的同事，站着聊起来，有了一段共同回忆的话题。我们还仔细走访周围的人，有在路边开汽车修理厂的老板，有在小路延伸进去的小树林中饲养斗鸡的女主人，有从城里来这里购地盖房居住的房东。我们跟着同学四处走动，他认真地辨认，一边嘴里不停叨叨着只有他才明白的意思。所幸乳牛厂的主体建筑依然矗立着，花岗岩条石围墙虽然被砖墙取代，墙体没有大移动，这些成为地标，成为同学判断埋葬着飞行员荔枝林位置的参照物。

离马路不远有一座建造得很有模样的小楼，楼前有一个院落，院中有荔枝树，其中一株靠院门。这座小楼与当年乳牛场的围墙隔着一条两三米宽的路。主人刚好回家，同我们搭上了话。知道我们的来意，他说，盖房子时也听说过有国民党的飞行员埋在这里。清理地基时，也发现疑似的坟墓。当然那片木的坟牌已不知去向。这位房主人手指院子外紧靠墙边的地方，一边说，大概就是这里。同学听了以后，打量了这地方与原乳牛场围墙的距离，基本肯定地说，看地形，很可能就是这里了。我们注意到，这地方现在矗立着一根高高的水泥电线杆。我喜形于色，畅快地对同行者们说，哎呀，这下好了，总算可以有个交代。爽快的房主人接上话头，表示日后假如飞行员的后人来了，需要的话，他们会配合的。这话让我有些感动。

人呀，在和平日子的时候，想到战事时，想到那些飞机呀大炮呀，是那样的不测。李南屏驾的这架U–2侦察机被击落在漳州郊外的田里，他断了一只胳膊，生命已不复存在。身上没有任何证件。但是，手上一枚金戒指刻着妻子的名字“叶秋英”三个字，最终让人们得以认定他的身份。我从网上的照片看到他魁梧的模样，如果不是战事，依他的身体，现在应当还生活在世上。他的儿子李仁捷何时能来琥珀岭走一趟呢？

卡达凯斯小镇的年轻人

这座卡达凯斯小镇不是西班牙的那座。那座，在崖上俯瞰地中海的辽阔，被橄榄树簇拥。这座，平视太平洋的浩渺，有茵绿的草地和柔美的海岸线。

2014 年的秋天，注定是这对年轻人生活的一个拐点。那天，他们来到美丽的鼓浪屿，入住一座很有些年份的别墅，不幸清晨被喧扰的市声吵醒。在网上他们寻到这座小镇。邻近。于是乘船渡过一湾海水上岸入住。一夜安谧，天亮了，有小鸟空灵的啼唱来到梦中。哦，久违了！

几天流连。深深迷恋上这座优雅的小镇。这不正是我们向往的生活状态？这对年轻的夫妻经过掂量，做出了一个重大决定。在这里开家小店，融入小镇，当然要有西班牙的异域情调。

一个月后，他们双双辞掉北京的工作，南下卡达凯斯小镇。几个月后，2015 年 2 月 18 日，这家称为“巴埃亚”的餐厅开张。有如旋风般的节奏。这一天是大年初一。

我坐在小店的木桌旁，品尝他们调制的俄式红茶，这茶加入了牛奶和方糖，有别样的浓香和微甜。小夫妻坐在对面，我们朋友般坦诚地交谈，有时也交换着同样坦诚的笑容和目光。我们是两代人，他们比我孩子还年轻。我心中有根弦被弹动，有旋律缓慢流出，带着绵长的感情色彩。

店里的布置温馨，明朗，别致。廊柱上一处告示式的“感谢”二字吸引了我，下面是分成几个不等的浅蓝方块，上头有人的名字，数十个。我问，顾客？不是，是支持我们的朋友，店里有的东西就是他们订购的。友情还是要记住，就昭示在这里了。

墙上有个书架，架上的书有文学的、艺术的、医药的、食品的。有《莎士比亚传》、渡边淳一的《红花》、冯友兰的《中国哲学简史》、李时珍的《本草纲目》，还有《艺用人体解剖》、《土豆你个马铃薯》，等等，透露主人的兴趣爱好。

窗台上种着小辣椒、薄荷叶。还摆着一些小玩物，据说，这可是女主人小时候的所爱，搬到了这里。这意味什么？移情他乡？！

让人意外的是另一面墙上，悬着两人的结婚照，男的深色西服，女的一袭白色婚纱，两人的笑容太阳光了。这帧照片给小店带来家的感觉，有格外的暖意。

小夫妻属福相型，心广体胖。我发现，笑意总是漾在他们脸上。现在有“吃货”这个词，他们就是因为这个爱好而相识，而相好，最后走到一起的，开这家餐厅当然有这个因素。他们说，开这店不求大，希望能互动，能传递自己的热爱，能开得久，甚至成为百年老店。创业型？生活型？都有。

其实他们在北京已经有一份不错的工作。小伙子家在乌鲁木齐，穿越大西北到天津求学，在天津商业大学遇上了她，这个来自东北双鸭山的姑娘美丽又大方。他学建筑环境，后来公派到韩国留学，她学酒店管理，得心应手。2009 年姑娘毕业后，到北京进入一家外资大公司谋生。2012 年小伙子留学归来，没有悬念地来到首都。他们牵手，各自打出了自己的天地。正是顺风顺水的时候，有了这个转折。

他们南下，姑娘的妈妈也来了，店里忙时就成了帮手。她站在店后面的吧台里，朝我们笑。毫无疑问，南方的气候和小镇的环境，要比北方好。小伙子说：日后如果顺当，我们的父母是都要来到这里度晚年的。他说这些时，我不知为何想到小说《廊桥遗梦》倾吐的蚕丝般的眷想，似乎风马牛不相及，但它们表达出来的缠绵情愫，让人感到是一脉相承的。

桌面上红茶旁边，小盘里有一块色泽诱人的蛋糕，四周一圈焦黄，当中是晶莹的嫩黄，嵌着一些深色的粒子，应当是果仁。尝一口，美味之极。临近圣诞节，小伙子说，这是特制的节日版胡萝卜蛋糕。还讲了一些配料，很专业，我没能记住。年轻的大厨说，店里的招牌是海鲜饭。我们的店名叫巴埃亚，就是西班牙语海鲜饭的音译。他指着旁边的姑娘：她在北京那家知名的外国公司上班，认识不少外国朋友，从他们那里，我学了许多西式的餐点，有心人嘛。什么披萨、意面、法式咸蛋糕、埃及烤鸡，没想全部派上用场。曾有外国朋友来这里看望我们，被临时顶班，十分乐意地当了一回厨师。

来了一年时间，两个年轻人都谈到了小镇的人。人们给予的温暖，通过各种方式传递，他们感受到了。这一缕一缕的温暖长久留在心头，成了一种引力。

小伙子叫范志磊，姑娘叫王肖。他们的笑容随和、寻常的背后，有着不是一般人所有的决断和执行的定力，这定力无形地屹立着。餐厅来的客人有当地的，有游客；有常客，也有隔段时间来一回的回头客。餐厅也散发出诱人的引力。

小镇属地漳州招银开发区。对岸是厦门市区，可以清晰看见那里的环岛路。店里的不少食材，就是到那边的麦德龙超市购买的。

离开小镇后，我还不时想起这对年轻人。

元旦的新年音乐会，维也纳的金色大厅演奏了一首《西班牙圆舞曲》，音乐表达出来的对生活的热望、憧憬与追求，使我立时想到巴埃亚餐厅。将近 11 点，打了个电话过去，是小范接的。他说还没有打烊，节日嘛，生意不错。声音清爽嘹亮。

在卡达凯斯小镇，这家餐厅成了一张名片，是时常被提起的，小范和小王这对小夫妻也挂在人们的嘴上。餐厅数十米外就是绿茵茵的草地，草地延伸出去就是大海。这是一个非常幽美的地方。在这对小夫妻看来，生活可以很浪漫，但也十分实在。对我们这样喜欢上这个小镇的人来说，他们的未来，非常让人期待。

冬日，一个女婴降临

冬日，少有的寒冷。南方的山区下起雪，成为奇观，微信上的雪景纷纷扬扬。上午，电话铃响起，一个熟悉的声音：“生了。”喜悦和兴奋。我立时明白是怎么回事。7斤多，女婴。我们看着长大的女孩，当了母亲。早过了预产期，大家都焦虑。是剖腹取出的女婴。姥姥看到女儿和孙女都健康，高兴地报喜。

次日，我到医院看刚出世的女婴。户外下着小雨，飘到脸上，生冷生冷，手冻着。推开走廊的门，再推开内房的门，顿感温暖。但心中仍想，这么冷，一个新的生命来到人间，意味什么？婴儿躺在小床里，裹得严严，闭着小眼，两小腮胖嘟嘟。可能感觉到凝视的目光，不适应，突然哭了，清脆悦耳，无比动人。她哭着，没有停止的意思，姥姥小心翼翼地抱起，哼着没有旋律的小调，直到哭声歇了。正在和探望女伴说话的年轻母亲挪动了一下，目光不离地投向孩子。我看到婴儿披着一头的黑发，煞是可爱，禁不住伸手抚摸，这毛发极细极柔软，真是个小天使。年轻的母亲要妈妈将女儿抱过来，于是婴儿躺在母亲身边，安安静静，眼睛闭着，睡了。母亲垂下眼睑注视着，无限温情。一幅幸福的图像。我的思绪穿越时空。

年轻母亲的童年。有一天，妈妈用自行车载着女儿，还有一台小电子琴。途经家门口，同我们打招呼。原来要带女儿学琴。女儿四五岁，坐在自行车横杆上的小椅子里，耷拉着嘴角，一副苦相。不知道为什么，今天不愿意去上课。妈妈说。我逗着女孩。她爱理不理，睫毛动都没有动一下，依然愁眉苦脸的样子。这模样同平时阳光灿烂的笑容完全不同，显出另一种纯朴和天真可爱。当然，妈妈并没有因为女儿的不乐意而宽容她一回，同我们谈了几句，匆匆骑上车子，载着女儿上课去了。但是这个胖胖的女娃憋着脸面的模样，给我留下一幅定格了的图像，二十多年，没有褪去。在医院，母女的床前，我想，再过几年，她也会载着女儿去学琴吗？

年轻母亲又开始同女伴小声地聊天。谈到要早点下床行走，避免粘肠；谈到才出生的婴儿天生懂得觅食，在怀中钻动。时有幸福的浅笑。这初为人母的笑容让房间有暖流浮漾。

冬日，有一个女婴来到这个世界，在偌大的地球村一个普普通通的角落——这个房间，安静地躺在床上，仿佛是再自然不过的事情。漫长的人类生生息息的旅途中，多了一双小脚印，可能很多人没有看见，但是肯定有人会牢牢记住。一代又一代，有人在旅途中学着步歪歪扭扭走来，有人便从容着深深浅浅地远去。生活和历史交织在一起。

有一部小说里有一段话中的一句这么比喻，在人类连绵不断的棉线上，女人是无数细小的纱。让人觉得非常形象准确。小说作者是苏联著名作家鲍·瓦西里耶夫，小说是许多人熟悉的《这里的黎明静悄悄》，描写苏联卫国战争的一场小遭遇战，5个红军女战士在战斗中被夺去生命。作者借书中主人红军准尉华斯珂夫的口在这段话中说，在这场纳粹发起的战争中，德国鬼子正在将这繁衍人类的纱一根根地挑断。那场杀戮了无数人的战争已离开我们半个多世纪，那些纱们在和平的日子里舒展着、纺织着、衍生着。在这温暖的房间里，有明亮的灯光笼罩，新生的女婴安详地睡着，没有疑问，她也是这无数细纱中的一根，她也将责无旁贷地编织属于自己的同时也属于后人的生活。

当我在这个寒冷的冬日，在这间涌动着生命的房间里想到这些时，不禁感慨。后来，年轻妈妈的女伴走了，女婴年轻的爸爸来了，带来吃的，有条不紊地忙碌，幸福又满足的样子。后来，女婴的姥姥和爸爸微笑着送我出门。

仍然下着冷雨。我走在湿漉漉的路上，心想，什么时候山里罕见的雪也来城里下一场，年轻的妈妈日后便可以给孩子讲关于雪花的童话了。

电影剪辑家蓝为洁

我习惯地翻看手机中当天的易信新闻，看到了一条使人吃惊的消息，“蓝为洁因病离世”。春节前，朋友同我数次商量，想抽空到上海拜访她，也就便沟通一些关于家乡筹建汤晓丹艺术馆的事情。两年前汤晓丹去世，我曾受邀参加他的追思会，因故未能前往，觉得很遗憾，心想如果有机会再同蓝老师见面，可能会稍许得到一点安慰，现在这种可能再也不会有了。

我是25年前采访汤晓丹从演60周年纪念活动时认识蓝为洁老师的，之后一直保持联系。她在上海淮海中路的旧居我曾去过好几次，几年前她同画家儿子汤沐黎回华安县时，我们见了面，我还与家乡人一同陪他们重走了新圩渡口，还有仙字潭。当时，她仍充满活力，话语多，虽已80岁出头，行动也方便。在我心中，她似乎理所当然会一直这样生活下去，如同汤晓丹老师一样长寿。

同蓝老师的交往、聊天和一起活动的那些时光，都是值得回忆的。现在想起来，印象最深的还是最初见面的那次活动。那次活动，同来的有孙道临、徐桑楚、秦怡等如雷贯耳的名人，我们的报纸想得到一份上海客人们的签名作为相关新闻的配发稿件，那时我入道不久，担心求不来这些艺术家的笔迹，于是就找了蓝为洁老师求援。在华安县招待所三楼走廊灯光略显暗淡的地方，她听了我的请求后，笑着大声爽快地说：“就这事，没问题，包在我身上了，晚上睡觉前就可以交给你。我是漳州的媳妇嘛。”我非常高兴，但心里还是有些微打鼓，就这么简单？但是果然就这么简单，晚上已经很迟了，我在宿舍同朋友谈话，蓝老师在门外高声叫着我的名字，我连忙起身走出去将她接入室。她手里拿着一张白纸，递过来给我，笑着说：“完成任务了。”上头龙飞凤舞地留着艺术家们的名字。那一刻，我觉得蓝老师的笑容洋溢着年轻人一样的热力，你能觉得她已60多岁了吗？我仔细地看了一遍那张纸，没看到她的名字，就说：“您的名字漏了。”她立刻回道：“对对，都忘了。我的也要吗？”“当然。”我应道。于是她便补上。蓝老师是电影剪辑师，在业界有“南方第一剪”的美誉。人们知道的多是银幕上光鲜的演员，她应当是属于幕后英雄。让艺术家们签名，在她看来是举手之劳，但对当时的我来说，却是救急，是雪中送炭。

蓝老师才思敏捷，笔下功夫也了得，后来她写了不少关于电影圈里的文章，出了《台前幕后的明星们》一书。她显然对自己丈夫和儿子的成就非常满意，写了《大导演汤晓丹》、《汤沐海的音乐人生》、《我的画家儿子汤沐黎》等好几本书。我看过她写的一篇文章，说自己心直口快，嘴巴没有遮拦，说出来就拉倒，又说“汤爷爷”（指汤晓丹）修养好，宰相肚里能撑船，自己学不了。我看了这些文字，曾会心一笑。她是个川妹子，在初次见面的那次活动中，我看见过一幕，让我领略到她的辣劲。由于活动的安排，我们要在漳州、华安和驻军“济南二团”往返转场，有不少时间在车上挨过。在活动临结束的一次乘车中，我同蓝老师和上海文艺部门的几个人同乘一车，在车上不知为什么似乎讲到了这次活动在上海的开幕情况，讲到了内部的一些不同意见，忘了是讲些什么，蓝老师忍不住，扯开嗓子嚷起来，明显是冲着同车那几个同志说的。车上我属外人，听了后，觉得她讲得不合时宜，至少应该避开我才好。可是她就是这么嚷出来了。那几个同志默不作声。我偷偷瞅了汤晓丹老师一眼，只见他眼朝窗外，似乎什么都没有听到，什么表示也没有。这个场景给我留下了很深的印象。蓝老师可能就是这样，眼里容不得沙子。在后来的交往中，我们在交谈时，我听到了许多我认为都是新闻的事情。包括汤晓丹生病住院，按当时的规定，企业的退休人员能报销的数额很少，而电影制片厂就是企业，有关部门听了蓝为洁的激情反映，上海市政府才为一批文化名人的医疗问题作了专门的研究解决。

蓝老师是一个热情外露的人，爽朗健谈，那次活动几天下来，我们已经成为很熟悉的朋友了。闭幕式是在驻军“济南二团”举行的，汤晓丹导演过的大多是军事题材的影片，部队指战员为他和其他大牌艺术家的到来，做了非常有声势的军事表演。那天傍晚分手时，我向蓝老师告别，她毫不做作，声情并茂地说：“哎呀，非常舍不得啊。来，我们拥抱一下。”说完，上前两步紧紧抱了我一下，我当时显然很拘谨，有点不知所措。那是 20 世纪 80 年代末的事，现在想起来，我虽然是个记者，但是很土。

如今蓝为洁老师已驾鹤远行，她剪辑过的影片有 300 多部，其中如《城南旧事》《巴山夜雨》，等等，因为艺术上的瑰丽而成为经典。人们并不会因为她在幕后而忘记她。

徐桑楚来过漳州

盛夏时分，徐桑楚以96岁的高龄，告别了这个他热爱的世界，告别了他热爱的电影事业。

徐桑楚是什么人？他是上海电影制片厂的厂长，一生当过200多部电影的制片人，这里有打动过无数人心的《林则徐》、《老兵新传》、《城南旧事》、《高山下的花环》，还有我们这一代人烙在童年心间的《鸡毛信》。

1989年秋天，我认识了徐桑楚。他是为参加汤晓丹从影60周年活动来到漳州的。说来惭愧，我从福州赶回来采访这次活动，吸引注意力的一开始是汤晓丹，还有孙道临和秦怡，名单上的徐桑楚只是名字很熟悉，不清楚这个名字的分量。很快我就觉察到了孤陋寡闻的失误。在厦门机场的大厅里，当等候的记者蜂拥向银幕上光彩夺目的明星时，秦怡和孙道临同时让开，孙道临恭敬地扶出年已70多岁的徐桑楚，连声说："这是我们的徐厂长。"这种情形后来多次出现，在汤晓丹的家乡华安县，在漳州影剧院，在驻军"济南二团"等地的各种欢迎礼仪上，徐桑楚一定是和汤晓丹一起被让在前头。我站在一旁，脑海浮出两个字"大佬"。

徐桑楚布着皱纹的脸上满是慈祥的笑容，身板自然挺直，步履稳健，精神矍铄。这种状态一直保持在近一个星期的活动中，这哪像年逾古稀的老人？在简短的几次交谈中，我知道他正在筹划拍《三国演义》电视剧，大纲小目都有了。孙道临也证实这件事，说自己要亲自导演第一集《董卓之乱》。不知为何后来就没有听到风声。许多年以后的今天，才知道这成了徐桑楚心中最遗憾的事情，据说都已经筹到了 2.5 亿元。

在华安一中走访的时候，我们寻到了同徐桑楚合影的机会。当时他笑眯眯地站在一旁的林荫路上，看着忙活的明星们，我同一起随团的市外宣部门的人员相互招呼了一声，站到他身边，美女自然地挽起老厂长的胳膊。

徐桑楚是这样一个人。他以巨大的魄力在“左”的阴霾犹存时，推出了《天云山传奇》、《牧马人》、《芙蓉镇》等影片，引起深得人心又经久不息的反响。他以伯乐的卓识发掘出吴贻弓、黄蜀芹、张瑜、陈冲、刘晓庆、姜文等电影人。张瑜说，《庐山恋》影中恋人那轻轻一吻，被称为“中国银幕第一吻”，被称为“改革开放之吻”，如果不是老厂长，那是拍不成的。他极敬业和严厉，在审片时，周围的人大气不敢出一声；在生活中，对同人又慈爱似父亲。他被称誉“为中国电影事业建立了不朽的功勋”。

如今，这张照片成了我们缅怀徐桑楚厂长的珍贵影像。他慈祥的笑貌永存我心底。

清明时节寄苏予

我最后一次见苏予老师是2010年9月。当时外出公干途经北京，与在京读书的侄儿一起到了她家。她住在顺义太阳城，这里环境幽雅，有明湖、琴湖，有杨树林。担心我们难找，她的爱人张宛老师到车站迎接，结果我们却先到了。他们的寓所在一楼，门前有个小花园，很是温馨。中午，请我们在附近一家餐馆吃饭，餐后，张老师用自己一台高尔夫球车改成的袖珍型观光车，载着我们和苏老师在小区中游览。我对这台车很感兴趣，也开着玩了一把。她精神很好，一路谈笑风生。她多次谈到这里离机场近，以后到北京，可以住在这里。我们在秋日西斜的阳光中愉快地分手。

哪能想到这竟是与苏老师的最后一别。这时，她从住了几年的福建漳州回到北京也两三年了。她去世数日，《光明日报》发了追忆文章，对她在我国新时期文学领域的贡献给予极高评价。

大概是20世纪初的某一天，有个当过运动员的朋友介绍我们认识，说你们是同行，肯定有共同语言。我非常高兴，因为她是《十月》的第一任主编，而这本文学杂志在20世纪80年代，风靡大陆，发行量曾高达80万，影响了多少人，也包括我。苏予老师有哮喘病，显瘦弱，他们在南方宜居的小城漳州购买了一套房子，住下养病。刚好这个地方距我工作的报社不远，我们就这样开始了交往。

这个地方曾是机关干部的公寓小区，很安静，他们住在一楼，我们通常在布置得很舒适的小客厅的藤沙发上，就着一杯清茶，漫无边际地聊天。她说：真是奇怪，我的哮喘来到这里就不犯，在北京就不行。我不无自豪地微笑说，这里空气清新，好像没有冬天，气候好。她点头称是。我们谈话的内容，几乎都是与文学有关的。有一回，我们谈到《十月》。

当年，我所在的单位也订了这份杂志，我每期都看。有一年，一个同学的哥哥考上大学，中午到我宿舍坐，看到桌上有本《十月》，翻开，这期刚好发表了靳凡的中篇小说《公开的情书》，他很快读进去，两三个小时，一动不动。我被晾在一旁，无奈地倚在被子上，睡去了。一觉起身后，只听他情不自禁非常感动地对我说，太好了，太好了。他是老高二的，“文革”后恢复高考的第二年，考上了。他的经历与小说中的主人们有相似处，充满理想，经过岁月的磨难，仍对生活有强烈的热望。我说了这件事。苏老师“哦哦”两声，缓慢谈起这篇小说的发稿经过。我才知道这曾是“文革”中“地下文学”的一种，以手抄本的形式广泛流传过。许多期发表了轰动一时的小说的《十月》，仍被我收藏着。记得我回家后，找出这本《十月》，重看了一遍这篇小说，掩卷之余，叹服苏予老师伯乐的眼光和过人的胆识。她知道偏远的省份有一个原本素不相识的读者仍保存着浸透她无数心血的杂志，脸上浮出的欣慰笑容。

如今，活跃在中国文坛的大腕们，不少人当年都曾蒙受《十月》的润泽，有了坚实的起步，包括发表了《没有钮扣的红衬衫》的铁凝，而靳凡后来的成就是在社科领域。我曾多次向她提到，写一些关于编辑《十月》的回忆文章，那将是一份非常宝贵的当代文学史的研究文字。

随着日渐熟悉，有关文学的话题更广泛。她认识的人很多，我意外地知道她同我父亲一个好朋友的妹妹也是朋友。父亲的好朋友叫凌璧如，是个翻译家，他妹妹叫凌琯如，是我国话剧界著名的表演艺术家和导演，我和他们有书信等往来。可能因为这层关系，谈话便少了许多拘泥。当时出版社刚出版了我写的父亲杨骚的传记，她认真读后，多次谈起这本书。有一次，她不经意地指出书中有一处细节描写失实，使我看到了她学识的渊博和学养的厚实。正好本地一所高校要出一辑关于这本传记的文章，我冒昧问她能不能写一篇读后感，其实心中不存太大希望，因为她在养病。但是，她没有犹豫就一口应承下来。后来我读了好几遍这篇洋洋洒洒近2万字的文章，心里充满感动。苏予老师以散文随笔的形式，以一个女性作家内心的细致和绵密，起伏生动地写出了自己的感想。她得花费多少心思，她得耗去多少时间，这是一个体弱病缠、手术多次的老人。这篇文章后来收入了《杨骚的文学创作道路》（续编）。不知道这是不是老人晚年写的少见的长文章，它呈现一个老编辑家为人的认真、审慎、坦率和正直。我倍觉一种说不出的荣幸。临回北京前，苏予老师赠给我一套北京出版社出的“现代书话丛书”，其中有孙犁等我喜欢的文学大家关于书的言说，我将它视为老师对我文学生涯上的叮嘱。

还有一件老人在漳州发生的事情，我觉得应当记下来。她和老伴两人偶有外出散步，有一回在中山公园行走，没想到不知何处闯出一只狗，从她腿间窜过，瞬间将老人蹭倒在地。牵狗人家也吓着了。送到漳州市医院检查，老人腿骨骨折，先后做了两次手术。我去探望，得知肇事者一直没有露脸，觉得不对。苏予老师很宽容地说：这人看上去也是个普通人家，算了，我的医疗费用也是可以报销的。我顿时感到一个历练了人生起伏的老者的仁厚胸怀。在医院做的第二次手术是因为院方的一个小失误，院长亲自上门道歉，后来亲自主刀。这让老人十分感动，多次对我谈起漳州虽小，却充满人情味，这又让我感到她格外的淳朴和通情达理。

我们的聊天也有家常的。我得知她被胡风案件累及，但谈起此事她真是轻描淡写；得知她老伴张宛老师曾是《中国青年报》的副刊编辑，后来成了中国社科院新闻所研究员，是个体育爱好者，也喜欢游泳。我是个多年的冬泳者。俩老人回北京后，我偶有打电话问好。

又一年春天来到，我在江中游动，仰望蓝色的天空，双臂划着水的时候，奇怪地多次想到远方顺义太阳城那座公寓前充满温馨的小花园，老人还好吗？一天回家晚饭后，我打了电话过去，她孙女接的，说奶奶去世了，就几天前。张宛老师对我说，她在医院，凌晨时分安详离去。我虽不相信感应一说，心还是往下沉了。我在网上看到了八宝山的告别仪式。人终是要离开这个世界，内心因纯净而强大的苏予老师在中国当代文坛留下的影响，会让许多人时常怀念她。

是落雨纷纷的清明时节。我想起这位 90 岁的睿智老者，写下以上文字。她，能看到吗？

张惟片段

确知张惟去世，很震惊。他不是看上去十分健康的吗？已是耄耋老人了，一点都不像。2014年6月，我到龙岩参加闽西文学院第七届年会暨张胜友《百年潮中国梦》政论片研讨会，他真是精神矍铄，会议的主持，午餐时饭桌间的穿行招呼，无不显得条理清晰、行动敏捷。他还到我的桌边，拿了一篇文章的稿费给我，见我有些不知所措的样子，说："这是公事嘛。"手一挥，又到别处去。几个月后，在厦门召开的第十五届"红土地·蓝海洋"笔会的开幕式上，我们又见面了，他依然如故，只是似乎有点倦容，我以为是头天晚上没睡好，没介意。后来才知道此时他已有症状了。又是半年过去。2015年5月，有天晚上，我在文友间的博客游弋，偶然捕捉到似乎是关于他不好的消息，为了证实，很快我上了龙岩作协副秘书长郭鹰的博客，几次那里的文学活动她都是忙里忙外的工作人员。果然，看到了张惟出殡仪式的照片。心沉了下去。尽管过了零点，我还是打了电话给郭鹰，想尽早知道情况。没接。第二天早上，她回了电话。我终于了解张惟发病的过程。他得的是不治之症，最初瞒着他，后来才告知。这一切不到一年。这时，我才感受到，老张毕竟是85岁高龄的人了。

想不起我是哪一年认识张惟的。应是20世纪末。在春池组织的一次知青活动中，我早早从漳州出发，提前抵达会场。在开幕式散场后，著名作家高云览的女儿高仁婉向我介绍同她一起往外走的老人，说，这是张惟先生。老张站立，有点笔挺，老军人的范儿，满脸笑容。

我们似乎就是这样认识的。

以后，我们多次在一些活动中有过交往，那时他是龙岩作协主席、闽西文学院院长，龙岩文化研究会会长。有一回，他在厦门赠送我一本新著《爱国者王源兴》，这是一部长达25万字的人物传记，资料非常翔实丰富。他在扉页上写着："杨西北先生正之。这本书中有令尊杨骚先生在南洋的面影。"王源兴是龙岩人，一代侨领，新中国成立后曾任全国侨联副主席，北京市政协副主席兼侨联主席。我对这本书很感兴趣，认真拜读后，在写到父亲的地方，都用纸条夹上。书中有一段写道："不久（1945年初），翁雪花（王源兴太太）的堂弟翁钧鸿从恒丰楠榜公司跑来朱鹿镇看望新诞生的小外甥，他告诉姐夫王源兴，漳州籍作家杨骚隐蔽在米德洛开办小皂坊维生，娶了楠榜'娘惹'陈仁娘，'我遵嘱代表你去喝喜酒，代致50盾为贺。'王源兴知道，杨骚这位比自己大10岁的作家老乡，自从1933年在上海与才女白薇分手后，孤身漂泊南洋，在这逃难当中，终于与当地侨生'娘惹'结合，对于他的坎坷人生也是一种温馨和慰藉吧。"王源兴少年时曾在漳州当过多年学徒，后来到南洋。我听妈妈说过，20世纪50年代初，父亲在雅加达做胃切除手术，王源兴曾给予经济上的帮助。

其实王源兴对海外华人的文化事业资助是极大的。在抗日战争时期，祖国大陆有一批文化人南行至新加坡和印度尼西亚开展抗日救亡工作，多与他有过交往。后来我遇到张惟，对他说过一个想法，希望他牵线，促成南行文化人活动的研究，因为他写《爱国者王源兴》这本书时，采访过许多南行文化人及亲属。可能有难度或其他原因，此事没有进展。一直到2013年印度尼西亚原华侨民主报纸《生活报》编辑和报人亲属联手发起一次颇具规模的研讨会，机缘所至，我们决定在研讨会期间召开南行文化人后代座谈会。许多后代欣然赴会，其中有南行文化人的领袖胡愈之、作家郁达夫、王任叔（巴人）、高云览、汪金丁、郑楚云、杨骚等的后人。座谈会在厦门华侨饭店举行。会后我将这个消息告诉了张惟，他很高兴地笑了。

张惟主编龙岩《龙》杂志。去年春节，我侄儿结婚，侄媳妇是新疆建设兵团第三代人，他们是大学同学，都留在北京工作，我在婚礼上做了一回证婚人，发表了简短的证婚讲话，谈到了九龙江、伊犁河和金水河，新人的亲友说这讲话几使他们落泪。这段证婚词发在我的博客上，老张看到了，觉得有意思，留言说要发在《龙》上，我当然愿意。这证婚词登在杂志上，他还写了一段附言。我感到了老张胸膛里依然跳动着年轻人的心。

这个年轻人一样的老作家，有着如此青春的活力。他谈起闽西文学院的规划，娓娓道来。他以近八旬的高龄，创作出“带有补充空白意义的悲壮史诗”——长篇历史小说《血色黎明》。

闽西的文友谈起他，出现了“掌门人”、“泰斗”、“旗手”“恩师”等誉词，好像这是再正常不过的事。他的去世，对闽西文坛，肯定是一个重大的损失。于我，则是失去一个可亲可敬的忘年交。

我还能说些什么呢。谨以此短文，寄托自己对张惟先生离去的痛惜和深切的哀思。

不了情

一个寒冷的夜晚，我收到一条短信，是这么两行字：“我恐不久人世，很想再见见几位大哥。丰丰代笔。”短信是王文径嘱儿子丰丰发的。我不相信，生怕看走眼，又仔细看了几遍，心缩了起来。数月前，我曾在报社附近一家商务宾馆看望他，因为治疗的方便，他已经在这里住了一段时间。除行走不便外，他几乎与常人无异，谈笑风生，病情似乎没有在心里留下多少阴影。后来他回到县里去了，我们还曾通过电话，他声音清晰洪亮，我还认为一切都在朝好的方向发展。

看了短信，我同友人通消息时，不禁潸然泪下，几度语塞。我同文径相识已近30年，那时多么年轻。20世纪80年代初，我和他一起参加省作协和福建师大办的一个长达半年的文学进修班，住同一间宿舍，我上铺，他下铺，又是同一个地区的，交往也多。当时这个班的同学多是夜猫子，白天上课，晚上窝在一间供我们使用的教室里吭哧吭哧地开写，王文径便是其中之一，记得他热衷于一度时兴的意识流小说。文径是一个不拘小节、不修边幅的人，生活上邋邋遢遢，但是对同学们非常热情。他会篆刻，不知从哪一天开始中，几乎班里每个人都买来寿山石让他刻印章，这是十分耗时间的一件事，可是他从不拒绝，有求必应。终于我也有了两枚印章，一枚是姓名，另一枚是藏书。这两枚寿山石印章伴了我几十年，藏书章用得更多一些。他还告诉过我，印章上有的地方是特意留下的记号，让人难以模仿。说着，就用手指头指给我看，发现不妥，又用笔尖准确地标出来。不是行中人，真是难以识别。他是当地一家农场的赤脚医生，可是几个月中，我看到他买的书全部都是文学的，每逢外出，他带回来的时常就是一摞的书。在宿舍里，他会炫耀地展示说：看，我又买到什么好书。

王文径是一个很聪明的人，只要他钻得进去，可能没有学不会的东西。不知什么时候起，他迷上了考古，我知道的时候，他已在顶尖的学术刊物上发表了若干的论文，如《文物》杂志，让人刮目。有一回他到我家，我顺便让他看看摆设的几件瓷器，他漫不经心地瞟几眼，说摆在显眼处的都不值钱，书柜上的这只花瓶还不错，有雪花纹路，是漳窑，只是有缺损，瓶口可能被修整过。我将信将疑地取下仔细察看，果然，不禁大为佩服。接着他还告诉我如何判别。成为文物专家的他也成了博物馆的馆长，有一回我到县里，他慷慨地让我欣赏了几件镇馆之宝，是紫砂壶和别致的小算盘，在我这个外行人看来很不起眼。他说起自己是如何在古墓穴中用手扒拉着找出它们的，又激情飞扬地介绍它们的来历和价值。他以我熟悉的炫耀的口气说，如今这顶级的文物要外出展览，途中得军人荷枪实弹保护，比你我都有派头。

他家里人说，文径常年熬夜，桌面上满是烟蒂烙下的痕迹。这不良的生活习惯可能是他得病的诱因之一。不久前回家养病时，还让儿子用摩托车载他去上班，是还有什么事放心不下吗？我和友人到文径家中看他时，他已没有力气说话，原本瘦削的脸更凹陷了，脸色黄黑。床前挂着打点滴的药瓶。他睁着眼看着每一个走到跟前的人，只能用握手的形式以剩余的温热传递出对生活的渴望。他还有一本关于紫砂壶的专著尚未杀青。

文径兄没能抗得住病魔的打击，农历正月初八那天走了。神马不都是浮云。我想，只要我翻开家中藏书，扉页上那红色的藏书印章，是会让我记起他的。

一个人一本书

夏天的夜晚，仲鹏托巧梅的姐姐送来了黄巧梅的诗文集《当你歌唱》，我一下子想起去年初夏的一个深夜，眼睛不禁湿润。那天正在报社上夜班，看报纸大样时，巧梅的讣告跳入眼帘，不禁失声叫出，惹得编辑们都凑上前来，以为出了什么问题。让人难以相信的是一个充满活力的人就这样离去。我同她姐姐谈了许久。当晚我翻阅了《当你歌唱》，无法入眠。

这本书收入了黄巧梅创作的小说、诗歌、散文和政论文章。还有诗人蔡其矫和舒婷写给她的诗。书的名字《当你歌唱》就是蔡其矫那首诗的题目。她的爱人郑仲鹏饱蘸感情的《代序》叙述了巧梅不算长的一生。她如此坚韧不拔，如此色彩斑斓，如此荡气回肠。

忘了是如何同黄巧梅认识的，大概是在20世纪70年代末80年代初漳州举办的文学活动中，算来已有30年。那似乎是一个文学独步天下的年代。同不少文学青年一样，她是以诗歌创作步入文坛的，有一段时间，漳州那时的文学杂志《水仙花》不时出现她写的诗歌，星星般引人注目。后来又开始写小说，还有其他文章。《当你歌唱》收入的作品，非常清晰地打上了她的人生印记和心路历程。如收入《百年厦门新诗选》的《断电》，如诗歌《理解》、《夜读》、《六月里》，富有想象力地抒发了一个年轻人对生活的热望和追求。如果从纯文学的角度欣赏，她发表在《福建文学》的《距离》，已经达到了一个高度。她这样写道：“你是春

日晨曦 / 我是残冬露滴 / 你是园中鲜花 / 我是墙外野菊 / 你是峰顶岩石 / 我是崖下小溪 / 唉，距离。只要你退一步 / 只要你探出竹篱 / 只要你滚落 / 可你不肯 / 啊，距离……”诗句所展开的空间很大，可以是个人的，也可以是哲理的，意象优美，回味无限。

后来，巧梅成了福建的巾帼人物，成了一个女银行家，她仍没有忘记心爱的文学。她写的小说《使命》、《召唤明天》、《职责在肩》、《匿名信》、《闯过险滩》，充满写实意味，从中可以看到金融界改革的阵痛和艰难，可以感受到她是如何从一个普通的基层金融干部，一步一个坚实的脚印成长起来，这个成长过程经历多少磨难。她写的诸多小说中，发表在《厦门文学》的《珊妹》别有一种感情色彩，行文流丽，真实动人，小说引用了她写的《距离》这首诗，委婉溢出作者内心溪流般的丰沛和细腻。

书中最让我感动的是散文《知我者母亲也》中一段描述。文中写了巧梅还是个小姑娘时，同妈妈一起踩着自行车到 20 公里外的龙海县城推销自制的鸡毛圈，这是扎在自行车轮圈上清扫灰尘用的。那时她个小，只能坐在自行车的三脚架上，只能踩踏半圈。令人无比失望的是鸡毛圈一个都没卖出去。返程时，又饿又渴，她竭力抵挡路边“豆干面粉”的诱惑。母亲身上没有一分钱，巧梅掏出平时节省下来的 5 分硬币，花了两分买了一杯茶水，一人喝半杯，母亲又将 3 分钱塞回巧梅的口袋。这让我想到了许许多多。想到作家莫言童年的饥饿，还让我想到巧梅在领导位置上仍特别体恤民情的缘由。

其实，巧梅的一生，不就是一本厚重的书吗？

有一年，我们到厦门参加一个文学活动，巧梅热情地请我们在海滨的一家饭店吃了一餐饭。此时，她竞选上厦门农村信用联社的掌门人已 2 年，经过努力，将一个资不抵债达 4 亿元的金融机构带出绝境，已盈利 5000 多万元。席间，她谈笑风生，充满自信。大家海阔天空甚至是肆无忌惮地聊着。我想，文学圈里也许少了一个女作家，经济圈里却多了一个女企业家。后来，她获得了“中国杰出女银行家”等称号。尽管有了许多光环，但是在我们眼中，她仍然是一个与普通人有许多共同语言的女性。

她是例行体检时发现有恙，据说当时还能在游泳池里游1000米。她很想坚持到自己亲手筹建的厦门农村商业银行成立，终于没能。真是天妒英才。出殡前的那天晚上，我在一个新闻同行的陪同下，到她家向她告别。站在安静的有淡黄光晕的客厅中，我不敢相信眼前的黄巧梅就这么离开了她非常热爱的这个世界。不会的。仲鹏在《代序》中写道：“入夜后，她高悬于天空，熠熠青光从天宇倾泻而下，远山圣洁脱俗，河水遍体流银……”

又是一个夏季过去，秋天悄无声息地来临。一个人走了一年，还时常让人念想，一定是有她人格高尚的地方。我这样以为。

我用蔡其矫老师写给她的诗结束这篇文章。“风活在你体内 / 使青青的草地飞过笑语 / 泥土的芬芳飘越桔树高枝 / 在天上写出一行行的文字 / 那些文字就是你 / 那些文字濡湿青春愁绪 / 裹着希望灿烂的红衣 / 有梦的温情脉脉 / 直到乐韵消失 / 那凝视仍恒久不灭。”

许地山、花生及其他

一

初夏之夜，有同行造访，谈起文化栏目的事，具体谈到介绍地方文化人许地山先生的事。许地山的父亲同我祖父有交谊，许地山曾在漳州丹霞书院教过书，我父亲在这个学校读过书，虽未亲聆他的授课，但对他的和蔼可亲和朴素留下印象，还记得同学们给他起的“道学先生”的绰号，后来又同在文坛里做事。于是谈起来便没有拘束，有问就答。茶几上放着小小的录音机。为了不影响录音效果，还将客厅边上鱼缸的流水声停了。

前辈的交往多是文学圈中的事。1941 年皖南事变后父亲从重庆赴新加坡，途经香港，向在香港大学教书的许地山约稿。他谈吐悠闲，时有笑容，给人的印象“第一是健康，第二是健康，第三还是健康”，但天有不测风云，几个月后，许地山先生突然去世。父亲杨骚刚在新加坡创办一份叫《民潮》的杂志，以这家杂志社的名义送了一副挽联，“讲学立言纯是书生本色，缨冠攘臂活现豪杰心肠”，正是抗日战争时期，挽联勾勒出许地山文人和战士的两重身份。

许地山以著名作家和学者行世，他的作品已有很多人研究，一直延续到今日。但是他为许多普通人所熟悉，某种程度上是因为他的名篇《落花生》。这篇散文曾经进入小学生的课本，我还记得当年按老师的要求将这篇课文背诵下来的情景，有多少人就是从这里知道他的。背诵下来，印象就深。这是一篇浅显易懂的文章。我说，在许地山众多作品中，《落花生》属通俗唱法。这个比喻不知得当不得当。相比而言，他的另一些作品和他与一些著名作家组织的“文学研究会”应属美声唱法了，文学研究会还在中国现代文学史里留下重要的位置。许地山出生在台湾，后落籍漳州。同行有心，以现在的闽台文化交流形势，漳州人作这样的文章，是可以出彩的。

同行离去后，我找出《许地山选集》，翻出《落花生》，重读，想印证自己“通俗唱法”一说。这篇散文不足千字，平实道来，没有任何花哨的东西。它如此结尾：“我们谈到夜阑才散，所有花生的食品虽然没有了，然而父亲的话现在还印在我心上。”父亲说了什么话呢？他说：“你们要像花生，因为它是有用的，不是伟大、好看的东西。”

夜里睡不着，我想起了一件与花生有关的事。

二

当知青的时候。北溪上游的深山里。生产队将一片原先不知种什么后来抛荒的山坡重新垦殖出来。一天，个头矮矮的生产队长带着社员们（当时的称呼）出发，说要在这片很陡的山坡上种上花生，他阴沉着脸说，大家互相看着点，不要一边下种一边动嘴巴。我不明白这是什么意思，心里疑惑着。扛锄头上山后，大家分开，先松土，然后到地头的大布袋里掏花生种子。这种子就是花生仁，裹着粉红的皮，饱满着脸，团在手中很可爱。一个知青说，这玩意儿很好吃哩。我回应，不是有个谜语吗，上开花，下结籽，大人孩子馋到死。他狡黠地笑笑，一甩手，一颗花生种子到了他的嘴里，然后津津有味地嚼起来。我惊讶地瞪大眼，这东西不是得炒吗？得煮吗？这样子生吃，行吗？他朝我抬一下手说，你呀，城里的孩子，还没有被贫下中农教育好。我向地里瞄去，干活的人们，男的女的老的少的，一边说笑一边没忘了向嘴巴里扔花生。只是不见了生产队长。可见生吃花生对许多人来说根本不是什么新鲜的事，可能在山里这是一种再普通不过的吃法，就像城里人刷牙要挤牙膏一样。果真就这么有味道？我怀着尝尝的心态，也小心翼翼地嚼了一颗。仔细在牙齿间磨着，品着，真是的，清甜的嫩滑的浆汁，香味充满口腔，对我来说这是一次全新的体验。怎么以前在城里没见过这等吃法呢，长见识了。

尽管味道好，我还是不敢多吃，这毕竟是种子，是集体的种子，而且是生的，听过生喝花生油的吗？没有。我担心吃多了会拉肚子。

后来这片花生长得也不怎么样，我就在种花生时上去过这陡峭的山上一回。收获时节，队里有人上去看看，说恐怕收回来的花生不够开工分，于是就放弃了。但是后来还是有老人上去刨挖拾遗。我曾几次出工时朝那片高高的山坡望去，回味吃花生种子的滋味。

许地山在《落花生》里写道，花生是“有用的，不是伟大、好看的东西”。它的作用首先就是一种食材，而且好吃，以致那天晚上许地山他们将花生全吃光了,《落花生》里这样说。此外，还有其他的用处吗？还有。

三

当代作家贾大山讲过一个关于花生的故事，和我的略有不同。贾大山是河北正定县人，正定不仅出作家，也孕育过当代政治人物，这是大家都知道的。大山在 20 世纪 80 年代，一篇短篇小说《取经》获全国首届优秀短篇小说奖，当代文坛有“各领风骚数十天”的说法，如此说来他引领的就远不止数十天了。

贾大山的故事是这样的。他当知青时，社员们也在播种时偷吃花生种子，那时花生油是罕见的东西，人们以这种方式来补充身体中油脂的极端不足。这不知是哪个生产队，这个生产队长恪守职责，在干活时巡察于社员当中，意在阻止偷吃花生的行为。不幸的是，他发现自己 8 岁的女儿嘴巴也在蠕动，气急败坏，一巴掌扇过去，结果花生正好卡在女儿的气管中，女儿被憋死了。这是一出悲剧。当地有一个奇怪的风俗，女儿下葬时，脸被涂得炭一样黑，还被砍了一斧子，说是如此做后，下了阴间，小鬼会被吓着，不敢来缠身。这出悲剧添加了另一种沉重。这个故事说者或许无意，听者却惊心动魄，难以平静。贾大山后来写了关于农村的《梦庄记事》等系列小说。这个女儿原版的故事有没有就这样结束？没有。它荡出的涟漪一圈又一圈。

贾大山 1997 年病逝，中国作协主席铁凝后来在一篇《天籁之声，隐于大山》的纪念贾大山的文章中讲到了这件事。她说听了这个故事后，“很长一段时间里我读贾大山小说的时候，眼前总有一张被抹了黑又被砍了一斧子的女孩子的脸”。

此时，我想到了许地山的《落花生》。花生不仅是食材，它还可以包含多么深刻丰富的社会内容。

杨骚与林语堂及其家人

一个偶然的机会，我看到了林语堂先生一封亲笔函的翻拍件，信里的主要内容是有关给出版商翻译外国书籍的，其中写道“敝友杨维铨”愿译某短篇小说选，“舍侄林疑今”愿译某集子等。杨维铨即杨骚的本名。信末时间写着“二月二十四日”，没有年份。我推断，这应该是20世纪20年代末30年代初写的。这封信读后，勾起我几许思绪。

许多年以前，我刚从南京一所学校毕业不久，有一回公干到广州。广州是我童年生活过的地方，也是父亲杨骚生前工作过的地方，于我有一种温馨和亲切。一天晚上，到市中心最繁华的地段北京路闲逛，从灯火的河流和人的河流中，走进新华书店。我无意识地走动，在一架书柜最上层的角落，看到了上下册的《鲁迅日记》，请服务员取下来一看，还是精装本的，没怎么犹豫，就买下了，尽管价格不菲。因为，父亲杨骚与鲁迅曾有过交往，或许里面有什么记载，如果没有也无碍，看看伟人的日记也是一件有趣的事。后来的情况说明还真买对了。

回到流花宾馆，躺在床上翻开《日记》，很快找到有关父亲的记录，远不止一处。《日记》里出现文坛赫赫有名的郁达夫、柔石等，还有林语堂。说来不好意思，我还不很清楚林语堂是个什么样的人，没见过他的书，只是片断地看到过一些贬斥他的文字，给人的印象是一个远离政治、专事闲适小品文的文人。此时“文革”刚刚结束，想来应有不少人同我一样，对林语堂不甚了然。有一个名字那天晚上我是记住了，叫林和清。

在 1928 年 1 月 25 日那一天的日记里，我看到鲁迅这样写道："二十五日雨，下午晴。寿山来。林和清及杨君来。"《日记》后面的人名索引表明"杨君"就是杨骚。这则简短的日记里一个"及"字，表明林和清同父亲是一起到鲁迅家中的。这个林和清是什么人呢？脑子里出现一个盘旋不去的问号。

"文革"结束后，断断续续出现了一些回忆和研究杨骚的文章，只要我发现，都会收集起来。忘了在哪一篇文章或何处提到了林和清，说他带杨骚认识了鲁迅。还提到了林疑今，说他们都是林语堂的亲戚，林疑今还是厦门大学外文系主任。于是我到了厦门，这座美丽的小城离漳州很近。在一个夜幕降临不久的时分，我来到厦门大学西村一座楼房的二楼，同林疑今先生做了一番时间不是太长的交谈。这是个和蔼的老人，在黄色的灯光下，他凝神看着我，让人有点犯嘀咕。谈话中才知道，他认识父亲，很熟悉。20 世纪 30 年代他同父母都在上海，有几次半夜时分，杨骚来敲门，原来同白薇吵嘴，跑来消气，消完气后就在客厅的沙发上凑合一宿。在林疑今先生的帮助下，我终于解开了那个问号。

原来林和清是林语堂的三哥，原是一名西医，却非常喜欢文学，同鲁迅认识较早，给鲁迅主编的杂志《奔流》写稿时用的笔名叫林憾。林语堂当时创办了《宇宙风》杂志，后来离开上海到美国，林和清接替弟弟主编这份杂志，此时名字改成了林憾庐。他倾尽全力于这本杂志，实际上是累死在这个位置上的，时为 1943 年 2 月。巴金写了《纪念憾翁》的文章，通篇哀思绵绵，说他在"朋友中间发射着光彩"。正是他引领杨骚认识鲁迅，使杨骚从新加坡回国才几个月，便得到鲁迅的赏识和提携，在比较短的时间里以自己一批作品获得文坛的认可。林疑今先生是林语堂二哥林玉霖的儿子，著名的翻译家和学者，如今也已远去，但是他翻译的海明威名著《永别了，武器》，自 30 年代起至今，一版再版，长盛不衰。1932年2月杨骚回漳州，途中给白薇写的信中有这样一段话：“在船中碰到疑今的弟弟们，听说语堂太太也回来了，坐二等舱，我没有看到她。疑今和他的父母仍在上海，三义坊20号。疑今的父亲今早到船上来见送他的儿子，临别时拿十块钱交给我，请我代他送给他的老母，听说他的老母已经七八十了，他言时竟眼泪流了起来，很是感伤的样子，一个上四五十岁的人，还会因念起老母来而落泪，这回我算是初次见到。”林玉霖拿钱托杨骚带给漳州家中的老母，想来关系很好。

因为共同的志趣，又因为都是福建漳州人氏，同在海上文坛的老乡，杨骚与林语堂及他的几个兄弟和侄儿，都同鲁迅过往甚从。鲁迅在1928年9月27日的日记里记载：“晚玉堂、和清、若狂、维铨同来，和清赠罐头水果四事，红茶一合。夜邀请诸人至中有天晚餐，并邀柔石、方仁、三弟、广平。”玉堂即林语堂。若狂即林惠元，是林语堂大哥林孟温的长子，也是个文学青年。4个乡亲一起到鲁迅家做客，又由鲁迅做东一起到饭馆吃饭，乐乐融融，这景象也会让文坛不少人羡慕吧。

但是文坛不是一泓清水，不知道有多少是是非非的事情在不停地搅和。杨骚同林语堂有这一层的同乡关系，后来让人想不到竟会成为杨骚同鲁迅疏离的一个缘由。

这是1929年的一件事情。有一天，鲁迅、郁达夫、林语堂夫妇、杨骚等好些人在上海南云楼一起吃饭，席间，鲁迅同林语堂发生激烈的争执，大家不欢而散。离席后，鲁迅满腹火气还没有消，他拉杨骚要到自己家里，再叙谈叙谈，正好杨骚那天拉肚子，不舒服，没有同鲁迅一道回去。鲁迅大概认为杨骚偏袒自己的老乡，心里有了疙瘩。

有的现代文学研究者称这件事情为“南云楼风波”。鲁迅在当天的日记里也记下了此事。《鲁迅日记》1929年8月28日这么写着：“小峰来，并送来纸版，由达夫、矛尘做证，计算收回费用五百四十八元五角，同赴南云楼晚餐，席上又有杨骚、语堂及其夫人、衣萍、曙天。席将终，林语堂语含讥讽，直斥之，彼亦争持，鄙相悉现。”

我对这件“南云楼风波”的事颇为在意，耐心查阅了一些资料。因为从1930年起，《鲁迅日记》中杨骚的踪迹突然消失了，但他仍在上海，让人不解。在这之前的1928年和1929年两年中，《日记》中有关他的记载有69次之多，在当时文学青年同鲁迅的交往中是少见的。晚年杨骚同侄儿杨荣谈起同鲁迅误解的几件事中，“南云楼风波”是其中的一件。

这件已过去有80年之久的事情，缘起和经过大致是这样的。上海北新书局的李小峰拖欠鲁迅大笔版税，鲁迅提出诉讼，李小峰请来郁达夫调解，谈妥了将欠鲁迅的2万元版税分10个月付清。这天他们一起去南云楼吃饭，与此事没有瓜葛的林语堂酒后言多，讲到了张友松。张友松是原北新书局编辑，春野书店创办人。鲁迅认为林语堂提起张友松是讥讽他提出诉讼与张友松有关，因为张友松也想办书局。鲁迅亦有几分酒意，他脸色发青，拍案而起，连连说：“我要声明，我要声明。”林语堂也不相让。

郁达夫在《回忆鲁迅》（刊《回忆鲁迅及其他》，1940年7月宇宙风社出版）一文中，详尽地叙述了这件事情的来龙去脉，林语堂在《忆鲁迅》一文中则说此事是“他是多心，我是无猜，两人对视一对雄鸡一样，对了足足一两分钟，幸亏郁达夫作和事佬……这样，一场小风波也就安然度过了。”实际上，这件事情导致鲁迅同林语堂两三年没有来往。

“南云楼风波”鲁迅同林语堂的冲突是许多人都知道的，但是有几人知道杨骚因此事与鲁迅也生出了隔阂？这种误解他大约无法对鲁迅多做解释。

尽管出现过“南云楼风波”这样的事，短时间也无法抹去它的阴影，但他们终有过密切的交往，在大的事情面前，在对待恶势力的残暴，他们依然是非分明，站在同一条战壕里。

前面提到的林语堂的侄子林惠元，曾是漳州进步学生组织“震中学社”和“非基大同盟”的骨干，“四·一二”后，为躲避迫害，远走新加坡，之后回乡又转到上海，同杨骚成为好朋友，他有时住在父亲林孟温家中，有时就同杨骚住在一起，也是鲁迅家里的常客。1929 年，他回漳州组织进步团体“群学社”，同进步青年胡大机主编《爝火》月刊。3 年后又接办《回风报》。后来《回风报》准备迁往厦门，杨骚也回漳州住了一段时间，要同林惠元一起办这份报纸，因为经费不足，此事最终没有结果。

1933 年 5 月初，任福建省龙溪县抗敌后援会主任委员的林惠元，没收了一大宗走私的日货。不料这起走私与十九路军的参谋长黄强有关，黄强企图用巨款收买林惠元，要求归还日货，想不到被林惠元拒绝。他恼怒之下，便指使手下诱捕林惠元，并立即枪杀。林惠元被押上车后大声喊冤，又被匆忙拖回，用短竹子将他的嘴撑开，不让他呼叫。当时有许多人看到这个场景，林惠元被押赴刑场时，在车上挣扎着要讲什么的样子，但是嘴被竹子顶着无法出声。如今尚存的老人还有记得此事的，提起仍充满惋惜之情。

林惠元被残忍地报复杀害的消息传到上海。当时漳州的文艺青年蔡大燮（新中国成立后任福建省文化厅副厅长）登门找到林语堂陈述这件事。林语堂和杨骚立刻行动起来，奔走联络了一批文化界的知名人士，一道签署了《为林惠元惨案呼冤宣言》，署名的有柳亚子、鲁迅、郁达夫、傅斯年、叶圣陶、林语堂、杨骚等 20 人。这份《宣言》于当年 6 月 2 日和 6 月 3 日先后在上海《大美晚报》和《申报》发表，产生了极为广泛的社会影响，宋庆龄和蔡元培也分别向有关当局发了电文要求惩治凶犯。但是由于复杂的政治历史背景，林惠元的冤案还是石沉大海。对林语堂来说，林惠元是侄子，对杨骚来说，林惠元是好朋友，但这场抗争却不是私人恩仇，这是正义同邪恶的斗争，当正义被绞杀了，他们能沉默无语吗？在邪恶的面前，当年他们曾同是正义的卫道者，一起发出了呐喊的强音。

岁月茫茫，往事如烟。杨骚比林语堂迟4年多才来到这个人世间，却比他早了近20年离开。20年，不知能在这个人世间走多远的路。林语堂出生在福建平和县的坂仔村，平和一家瓷厂烧了一种摆设的瓷盘，上头印着林语堂的头像，他手里拿着烟斗，似乎祥和着。旁边有两行字，是现在人们所熟悉的林语堂语录：“两脚踏中西文化，一心评宇宙文章。”这许多年前的话也同样适合表达如今开放社会的慈爱、包容和务实。

林语堂的祖籍在漳州近郊的天宝镇五里沙村，这里仍埋葬着他的父亲和母亲。由于种种原因，他后来再没有回过家乡，没有在父母的墓前为身为牧师和基督徒的父亲母亲做做祈祷。幸好，假如有过遗憾，女儿替他抹平了。2002年4月，林语堂的女儿林太乙和林相如回到五里沙村。在座谈会上，我见到了她们。她们姐妹中，只有林太乙接过了林语堂的衣钵，写过小说，是闻名于世的《读者文摘》中文版总编辑。她显得很疲惫，步履蹒跚，说话语音不亮。她在自己写的《林家次女》一书中，曾引用美国作家沃尔夫的话“故乡是不能再回去的”，因为人事景物已经全非。但是她还是回来了。某种意义上说，她回来，也代表了林语堂回来。2011年10月，我在林语堂出生地平和县的一次文学活动中同林相如又相遇。我谈起一些往事，但她对文坛的事似乎很生疏。

我到过台北林语堂故居，他的坟墓就在这里。参观时，我心里冒出一个想法，如果林语堂仍在，他会回家乡吗？也许，会的。

未尽乡曲

1953 年 3 月 24 日，杨骚回到久别的家乡漳州。这时，他举家从海外回国刚半年，已落户广州，在华南文联工作。

华南文联电影创作组为了拍摄一部反映侨乡生活的电影纪录片，组织了一个创作小组，深入福建和广东两省的侨乡采访，杨骚参加了这个组。他们 2 月下旬抵达福州，南下沿途采访，一个月后，来到厦门。

这一天是星期二，天空晴朗。他们一行人下午一时多在厦门坐上小火轮，两个多小时后来到浮宫，在浮宫换上用木炭作动力的汽车，五时半到达漳州。“沿途经海汀、石码、水头（尽是瓦窑），乡村建筑物古旧破碎，不及泉州多，但土地平坦宽阔，水田很多，比泉州则好多了。”这是杨骚在日记里写到漳州的最初几行字。

他们在华侨服务社吃了晚饭，然后入住老城区市仔头的大众旅社。此时响起防空警报，灯火熄灭。他们在昏暗的月光照着的狭小的街边楼下走着。这是杨骚非常熟悉的骑楼。杨骚心中漾起十分复杂的感情。

他 18 岁离家到日本读书以后，连同这次总共回来过 4 趟。第一次是 1925 年初春，待在家里的时间最长，有三四个月，此时他已在上海的《民国日报》副刊发表了几首新诗，写出了打着自己感情烙印的唯美诗剧《心曲》。第二次是 1929 年元月底，从上海返回，想安心翻译和写作，此时他在鲁迅先生的提携下已在文坛崭露头角，有 4 部作品问世，却因感情所累，不足一月便匆匆返沪。第三次是 1932 年 2 月下旬至 4 月中旬，准备同林惠元一起办《回风报》，终因不成又回上海。此次公干在身，也只有区区数日。杨骚洗了个温泉澡，仍无法入睡。多少往事，争先涌入。有上海的，也有漳州的。

十几年前海上文坛风云际会。杨骚成了“左联”最早的成员，成了中国诗歌会发起人之一。他还参与发起上海文化界反帝抗日联盟、中国著作者协会、中国文艺家协会，等等。他曾在上海民众反日救国联合会举行的大规模示威游行中，与楼适夷打着横幅走在队伍前面，半个世纪后丁玲对此事仍记忆犹新。他曾同周扬一起到过学校演讲；曾为周立波救急，在周回家奔丧时，替他翻译肖洛霍夫的长篇小说《被开垦的处女地》；曾为草明的被捕筹款奔走；曾与欧阳山办过杂志和出版社。他同沙汀、艾芜、巴人等成了好朋友，时而把酒抒怀。值得写上一笔的是他写出了有漳州背景的长篇叙事诗《乡曲》，唐弢主编的《中国现代文学史》是这么写的：“长篇叙事诗《乡曲》，描写了在地主、兵匪、捐税、灾荒等天灾人祸煎熬下农民的痛苦不堪的生活，表现了他们要‘打碎这乌黑的天地’的愿望和信心。”他与漳州有着千丝万缕的联系。林语堂的侄子林惠元任龙溪县抗敌后援会主任委员时，没收了大宗的走私日货，被残忍处决，他与柳亚子、鲁迅、郁达夫、林语堂、傅斯年、叶圣陶等 20 人一道签署了《为林惠元惨案呼冤宣言》。他介绍漳州文艺青年蔡大燮和胡大机从上海带回了左联的关系，成立了左联漳州支部，后来这个左联支部和漳州芗潮剧社合为一体，成为一个非常活跃的话剧团体。

在市仔头大众旅社的这个晚上，杨骚失眠了。窗外灯光昏黄，夜深时分，木屐的“托托”声如一曲有地方特色的夜歌，清脆美妙地传来。

这次回乡，杨骚住了一个星期，创作组的日程从早到晚几乎排得满满的，其中有一天还住到乡下。有个下午是安排看布袋戏，杨骚请了假，回南市老家。进老家有三个门，正门临街面，两个边门都开在小巷子里。这条南北走向（即现在的香港路）的街面用粗糙的花岗石铺成，像一条狭窄的胡同。由于离南门溪很近，喜欢喝溪水的市民又多，说是溪水比井水甜，于是出现了以挑溪水为生的人，于是南市街几乎终日水渍斑斑。今日这种情景丝毫没变。

杨家的正门坐东朝西。两个边门，一个朝东北，位于杨家宅院的最东边，在一条通向龙眼营——一条僻静的小街的小巷底部，这个边门用得少，通常总是关着；另一个朝北，在一条通向香港路的小巷里，这个边门就经常出入人。

细算起来，杨骚已经有 21 年没有回家了。这天下午，杨骚在亲戚陪同下，从临街的正门回到这个既熟悉又陌生的家。漳州不少老房屋被人称为“竹竿厝”，就是从街面走进去，像竹竿一样的长长直直地通到底。杨家正门进去也属这类房屋，而这类房屋的底层一般光线都很差。杨骚进门后的第一个感觉就是潮湿灰暗，许多地面砖都已纹裂脱离，墙壁也剥落。这房子和这家族一样，已经老了。

房子的第二落有一个小天井，天井上去是个厅堂，厅堂比较深，采光就是靠天井，所以显得黑森。厅堂里墙的上方悬着一个匾，上面镂着“拔元”两字。这是杨骚的父亲上京朝考所得，曾是杨家的荣耀。当年杨家还为此打卤面请南市街所有人家热闹。匾的下面是一条案桌，案上有香炉和供具，原来这里也是杨家祭祖的地方。大概多年的香火熏燎，楼顶是黑乎乎的，牌匾成为一种酱色，“拔元”这两个写得还算有分量的字显得含糊起来，两边墙壁的色泽很暧昧，说不上像什么。但是看得出这里刚刚清洗过不久，收拾得还算干净。

杨骚在这里站了一会儿，沉默不语。也许他想起几十年前父亲的调教，少年时候没有少来这里上香祭拜，但自己走上了与封建礼教完全相反的一条路；也许这里实在晦暗，令人有一种说不出的窒闷。他静静地看看，然后静静地从边廊向前走去。

他来到屋后的大院子，这是一个大石埕，此刻阳光铺满院内，一棵高大的龙眼树枝叶茂盛，这棵龙眼树也很有些年纪了，当年杨骚还能很轻易地爬上去采龙眼，如今树身变得那样粗，自己手脚也早已不灵便。院子的东南角新长出两株黄皮果，出落得挺秀气的模样。院子东北角那间被称为“棉仔间”的房子仅剩几堵断墙，这是以前做棉纱生意时的作坊间。这里开阔，有自由的空间，能顺畅地呼吸。这里旧的在废去，新的在冒起。杨骚心情也觉轻快起来。他在这里流连着，和亲戚们交谈着，回忆着旧时顽皮的事情。

他还到住过的房子走了一遭，然后在挨着北边门的另一个院子里与长辈、同辈和晚辈数十人一起留了影。他们背后的院墙上，从砖缝里生出几丛凤尾草，这是繁殖能力很强的草。

临离开漳州的前一天中午，杨骚同亲戚们吃了一餐饭。

这一天晚上，他心绪不宁。他在日记中写：“终夜不好睡，思想杂乱。”他一定触动了什么，想到了什么，不仅仅是离情别绪。

杨骚后来曾计划以自己的家族变迁为蓝本写系列长篇小说，最初念头的萌动也许就是在这个晚上。

两天后，他在云霄常山华侨农场给养女红豆和她妹妹小珍写了封信。

他在信中说：“我这一次因工作关系得回久别的家乡，时间虽然短促，不能够和你们多多思想见面，但从实地观察，多少总比未见面时互相理解了一些，是不是？我和你们会面，心情是愉快的。我抱着一颗愉快的心离开你们，希望你们也和我一样。以后常常通信，大家更加努力学习、工作，在思想、政治、文化水平方面提高自己，这是我对你们同时也是对我自己的企望。”信的文字是明朗的，但弥散着掩饰不住的淡淡怅惘。

杨骚进入广东，在潮汕一带采访，“五一”劳动节那天，他又给红豆写了信。信中说：“学校功课想来一定很忙，再三两个月你就毕业了，毕业后分配到什么地方工作，要写信通知我。你妹妹雪琛（即小珍）在努力学习文化没有？希望她赶快征服半文盲。”杨骚在感受着新的生活，他认识到自己这一代要参与创造新的生活，但新的生活更需要年青一代来创造。他惦念着后人的成长。

1953 年 5 月 15 日，创作组回到广州。次日，杨骚到文联，同欧阳山等人会面，几个月没见，大家都很亲热。就在这次会面中，杨骚同欧阳山谈起自己准备写小说的计划。会不会是与他家族有关的这一部呢？已很难考究。遗憾的是，杨骚的创作计划后来没有实现。

这次近 3 个月的下乡采访，杨骚很认真投入，他整整记了几大本的采访笔记和日记，摄了许多的照片。他的采访日记多是材料和基本情况，也时有一些生动的记录。

故乡之行，让杨骚有许多新的体验和新的感受，他在一篇未见发表的文章《带毛炒鸡》中写道：“一个在海外居留了十几年的像我这样的人，突然回到伟大的祖国来，接触了许多事物，觉得样样都是新气象，样样都令人兴奋，样样都是真理真实。在祖国住惯的人，或许不这样觉得吧？但在我，总觉得每件事实都值得用诗，用小说，用戏曲来表现它，描写它。”

他写道，高尔基曾经说过，事实还不是全部真理，它仅是原料。应当从这原料里提炼出、抽出真正的艺术的真理。不能带毛炒鸡。必须学会拔掉非本质的事实羽毛，必须善于从事实抽出思想。“但有什么办法呢？一切的事实，在我看来，是这样的光辉，这样的灿烂！我晓得，我大概是没有办法拔掉事实的羽毛，因为即使是羽毛，在我看来，也都是这样令人感动，令人赞叹！我晓得，不管我用诗，用小说，用戏曲，把我所看到的事实表现出来，结果都将难免是带毛炒鸡。我的艺术修养既这么拙劣，我的思想水平又这样不够，而祖国又如此伟大、丰富、天翻地覆，光辉灿烂得令人目眩，我怎有能力从它们里头塑造出典型，表现出本质呢？然而我急切于要表现它们，描写它们。就是带毛炒鸡也好，不是总比什么都不炒好吗？”

但是他病倒了。缠绵数年，离开了这块他无比热爱的土地。

现在，漳州芝山公园北门的文化墙，立着杨骚的浮雕铜像，他手中拿着的就是诗集《乡曲》。他凝望家乡，流出无限期望。

《为了幸福的明天》

《为了幸福的明天》是一本中篇小说，20世纪50年代初由人民文学出版社出版。我是小时候在家里的书柜中认识它的。这本书有一片白色的封皮，四周是一道灰色的装饰花纹框框，挨在边上又有一道金黄色的线条框，封面的上方就是书名《为了幸福的明天》，也是金黄的颜色。不知什么时候，这本书就让我囫囵吞枣地看了一遍，有一个叫邵玉梅的女工让我记住了，一开始她就被炸伤，掉了一只胳膊，有悬念。因为字是竖排的，读起来有些别扭。尽管如此，仍让我在字里行间感受到邵玉梅向上的精神，感受到新生活中女性的美丽与朝气。

其实，让我感兴趣的还有作者的名字，就印在书名的上端：白朗著。这个名让人好记，也漂亮。可惜一直过了许久，我再没看到白朗写的其他的书。多年后，我在寻找一些现代文学史资料，才知道原来这是一个女作家，抗战后期写过一本叫《我们十四个》的纪实散文，记述了14个作家组成战地访问团，在1939年下半年从重庆出发，到抗战前线的中条山、太行山采访了半年的情况，这里有白朗和她的丈夫罗烽，也有我父亲。

家中这本书让我有些感情上的牵连，是因为它有父亲的签名。书的扉页上写着购书的日期：1953.2.21，写着购书的地点，然后是他飘逸的名字“杨骚”。书是在广州买的，从时间上推算，他刚从海外回来还不到半年。当年他们14个作家从前线回来一年后，因为皖南事变，依组织的安排，各奔西东，白朗和罗烽到了延安，父亲漂洋过海，到了新加坡和印度尼西亚，这一待就是十多年。回国后，他下了很大的决心要重操创作之笔。此时，祖国一派欣欣向荣的景象。离开曾经熟悉的文坛那么长时间，可能有些陌生，他急于了解情况，阅读自己的朋友新中国成立后写的书，应是一条很好的渠道。白朗的《为了幸福的明天》就是在这种情况下从羊城的书店来到了父亲的案头。

白朗是东北作家群的代表作家之一，《为了幸福的明天》成为她的代表作，重印了十多次，发行几十万本，还翻译成外文。父亲买的这本是第六版。他应该从中感受到了新中国文学界充满活力的搏动。白朗数度赴抗美援朝前线，参加过板门店停战签字仪式，曾受托代表周恩来、邓颖超、蔡畅出席国际性的多种会议。这位活跃的文学家和社会活动家却在 1958 年被打成右派，“文革”后九死一生复出，2004 年病逝。当然后来这些情况早逝的父亲是不知道的。

父亲去世后我们搬回家乡，在这趟长距离的迁徙中，带回来的书籍很少，《为了幸福的明天》是其中的一本。家中的书柜不大，有些空落，经过不断的添置，几年以后好不容易才摆满书。有一回在外地读书的哥哥回来，清理藏书，统一编号，这本书给编为“0006”，因此扉页上也多了这一行数字。后来，又盖上我的藏书章。就这样，父亲走了半个多世纪，这本书也在家中安静地待了半个多世纪。

我絮絮叨叨地写下这些文字，是因为这本书将离开家中的书柜，到另外一个地方。这个地方称海峡作家文库。在那里，这本书将同其他许许多多的书，一起汇成书的海洋。作为这海洋里的一滴水，或许它能焕发出当年的活力。

为了幸福的明天，别了，《为了幸福的明天》。

恋母

我5岁多的时候失去父亲，我母亲38岁的时候失去丈夫，那时我弟弟还在襁褓之中。38岁，当时对我来说是个遥远的、不可企及的年龄。如今已过不惑之年，才明白38岁是什么意思。这是生命正当成熟，对生活抱着热切期待，身心如日中天的年华。这时父亲的突然离去，无疑对母亲是个极大的打击，我还记得她掩脸哭泣的样子。哥哥才11岁，这3个孩子如何拉扯大？未来的日子会是多么艰难而漫长。我们是从印度尼西亚回来的，外祖父和外祖母都还在印度尼西亚，于是母亲想出去，据说必要的手续也办了，有关方面出于诸多考虑，劝我们留下，于是我们一家就留下了。后来我不止一次想过，假如当时出去了，不知会是什么模样。

生活是很实在的。我们住的是广州郊外一处叫白鹤洞的地方，几栋小楼，周围有浅浅的相思林，楼前是小叶黄杨夹出的甬道，楼后是草坪，这是作协给作家们提供的休养和写作的地方。父亲生前就在这里的一栋楼里养病，家中有个保姆，母亲是个很单纯的女子，平时就照看小孩和料理一些家务。父亲去世后，我们还在楼里住了不短的一段时间，后来似乎是楼房易了主，要给附近钢铁厂的职工住，我们终于搬走，搬到附近一栋小楼的地下室。我尚年幼，觉得兴奋和新鲜，每当看到窗外晃过一截截腿脚，就好像自己是游击队员，在伏击敌人。母亲尽管单纯，也明白生活的艰辛已经开始。

不久，我们搬回福建漳州老家。父亲去世后，广东作协、中国作协和父亲的朋友为我们筹集了一笔抚恤金，人民文学出版社计划出《杨骚选集》，我们可以得到一笔稿酬（后来书没出成），大概十几年中生活不会有什么问题，可还是要节俭过日子。回老家，生活费能省不少，遇到问题还有亲人可商量。漳州老家在一条窄窄的小街上，没有电灯，没有自来水，抽水马桶更是天方夜谭。这对许多已经习惯了的人来说不是问题，可对母亲来说，反差大了一些。但是，她似乎没有过多久也就适应了。

大概过不到一年，那场席卷全国的大饥馑也波及了我们家。定量的粮食不够吃，配给的蕃番后来都吃怕了。有一天哥哥对我说，他找到了一种吃番薯不害怕的办法，“将番薯蘸满辣椒酱，往嘴里一塞，什么番薯味也没有”。说着一边示范给我看。又有一天哥哥对我说，他找到了一种吃饭耐饿的办法，“吃饭不要嚼烂，喝粥不要嚼，赶快往肚里吞，消化的时间越长就越耐饿”。说着也是一边示范给我看。这当然都是一试就灵，但却以我们的健康作为代价。日后我们双双得了胃病，这种迅速吞食法很可能就是病因之一，而我的胃病至今未愈。但不管如何，我们三餐都有的吃，晚上偶尔还可以到附近的黑市场买些不知是什么野果野菜捣制成的代食品。那时又叫“瓜菜代”，用瓜和菜顶替粮食，只是这个“代”都叫母亲包了，我总看到她端着盘子在往嘴里扒菜。许多年以后，粮食不那么紧张了，有天晚饭后，我同母亲闲聊，谈到困难时期，母亲笑笑说：“那时我早上都没吃饭，一天就是两餐。”我一时愕然。我小时候上学，早晨都是早早吃完饭就走了，母亲通常忙完家务才用餐，怎会想到她为了让我们多吃几口饭省下了自己的早餐，而我们一直都没有发觉。母亲全然不当成一回事，多少年之后才这样不经意地告诉我们。那天晚上我默然了许久。

后来哥哥又回到广州读书，“文革”期间分配在广州工作。不久我到山里插队，当农民去了。第二年，供给我们做生活费的那笔抚恤金用完了。这时，全中国仍处在乱哄哄之中，作家协会早被砸烂，所有的作家情况都不太好，没有任何地方和谁人能解决我们的问题。我们陷入困窘中。是亲人接济使我们渡过几年难关。我在穷山沟里，无法养活自己，母亲没忘记抠下一元两元托进山的知青带给我，我接过这蘸满母爱的毛票，每每羞愧难当。

这时，弟弟虚报年龄到工厂当上学徒（其实是童工），当时这是一份很令人羡慕的工作，至少能养活自己，而且就在城里家中。我也难免偶尔眼热。有次回城，老听弟弟嚷嚷肚子饿，这时他已是半大不小的小伙子了，正是长身体的时候。一天夜晚他外出回家，又说肚子饿，炒了剩饭吃。我在一旁哼道："你还没尝过肚子饿的味道呢。"我在远离村庄的山田里劳动，是尝够了饥肠辘辘的滋味。不想在一旁的母亲勃然生怒，朝我嚷道："你想怎么样，让他跟你一样吗？"我们三兄弟，数弟弟的童年是残缺的，至少失去父爱，小时候从楼梯摔下过几次，有一次还昏了过去，是母亲慌里慌张地抱他到医院去。母亲不愿意看到我们受苦。

就这么一年一年，我们长大了，都有了一份工作。我开始留意收集父亲的资料和遗著。后来出了《杨骚选集》。只是母亲没有太多的兴奋。她拿了一本去看，几天后对我说："哎呀，里头有错别字。"仅此而已。我又开始筹办父亲的学术讨论会。后来召开了，新华社发了通稿，许多大报都登了消息。母亲知道后，宽慰地笑笑，还是没有太多的兴奋。名利场对她来说是很陌生的东西。她似乎认定生活在这个世上的责任就是要把我们带大。

我记不得她有过什么奢望。后来终于想起她曾说过10年后要回广州看看，住到华侨新村，她当姑娘家时很要好的、后来也回国的小姐妹家里，当然主要是她的丈夫、我的父亲的坟墓就在广州。她说的时候漾满笑容，而且很自信。转眼间10年就过去了，我已是小伙子，母亲也不见苍老，可惜那场史无前例的“革命”搅黄了母亲的愿望，经济上不允许，我们也没心思回广州。

以后，母亲没有提起过去广州的事，她的女朋友也出国去了。一直到有一回我出差到广州去，父亲的朋友们问起母亲，要我有机会带她来走走，我转达了这个问候之后，她显出兴奋的样子，点点头说：“要得。”这时已是改革开放，气象万千的年代了。

母亲已显出老态，身子佝偻着，步子开始沉缓，视力极差。她桌头摆着放大的父亲坟墓的彩色照片。

这是一个春风沉醉的晚上。晚饭后，母亲很高兴地谈着家事。她心情看起来很好，絮絮叨叨地讲起我们小时候的事。说我读小学时每次上学，总要叫“妈妈”一声，等她应了才愿意离开家，有一次她故意不应，我就站在门口一直叫，叫得她不由得笑起来，应了，我才气呼呼地走了。说我弟弟有一回不知为何总歪着脖子，吓得她半死，后来抱到医院照光治疗，去了好几次，才慢慢好了，说他两三岁时从楼梯上摔下来几次，一定影响了智力。还数落我哥哥这么大年纪了，还不想成家。这时我哥哥已在深圳，母亲说今年一定要到深圳，顺便也到广州。我屈指一数，我们从广州搬回家乡已有30多年。于是我们筹划着什么时候去、谁带她去比较合适。母亲心情非常舒畅，在金黄的灯光照映下，她的脸色竟然有些酡红。

第二天晚饭后，她正在收拾桌子，大概一阵晕眩，昏倒在桌下，额头和鼻梁磕碰到桌子，正好家中没人，20分钟后才被家人发现。这时恐怕已经不行了，但还是送往医院急诊室。我知道消息赶到医院，看到她躺在铺着白布的木床上，两眼闭着。

母亲就这么利索地远行了，带着未了的心愿和我们悔之不及的感情。

我将她抱在怀中回家时，她鼻中淌出血，血滴在我的衣襟上。

母亲曾说过，她死的时候要穿结婚时穿的婚纱，我们在衣柜里找出这件乳白色的婚纱，披覆在她身上。母亲是个基督教徒，我们按基督教的方式送她走向天国。

这一年母亲 74 岁。

寻白薇

我粗通文字时，喜欢胡乱翻看家中的书籍、杂志，母亲告诉我，父亲从前有一个女朋友，写得一手漂亮的文章，叫白薇，听说住在北京。

父亲1957年1月辞世以前，一直在广东省作协工作，是我心中一个偶像。母亲说父亲曾有过一个女友，还说文章写得很漂亮，我看着影集中父亲瘦削衰老的脸庞，很想问问他这是真的吗。父亲只是默默地看着我，那双充满诗人幻想的眼睛很平静很平静。

有一天，我在箱子里翻到一本纸张已微呈黄色的书，打开一看，原来是父亲和白薇编的。扉页是一张照片，照片里，父亲年轻潇洒，白薇一副娴静的姑娘模样，两人都带着一副现在早已绝迹的老式近视镜，两人神态都很安详。

后来我上了中学，在盛大的节日里，总在报纸中一长串的人名里看到“白薇”两个字。我并不觉得惊奇，仿佛她依然生活在人们中间，是很自然的。我没有想过，她曾如何搏斗在那漫长的黑暗年代。她的名字，悄悄印在我心里了。

“文化大革命”中，我随着乱哄哄的人流涌向北京。我怀着一种童稚的愿望寻找她，善良的人们疑惑地打量我，摇摇头，派出所的人则唬起眼问：找她干什么？你是她什么人？我转身走开了。

是啊，我是她什么人？我怅怅地走在宽阔的长安街。

父亲是皖南事变后到海外的，曾在雅加达主编过名叫《生活报》

的华侨报纸，他撰写的大量文章中，有不少用了“素”这个名，这是白薇原名中的一个字。当时白薇正在祖国的某个角落里，或许，已经不在人世了，谁知道？

1952年，我们举家回国，父亲曾数次到北京，然而，一直到父亲告别人世，他们都没有见过面。我还是个情窦未开的毛孩子，没有探寻过是什么原因使父亲和白薇相互回避，但是我曾听一些叔叔们谈起他们的事，父亲的形象在我脑中蓦地升华了，同白薇见面的念头变得强烈起来。

离开北京时，我用手指抓住列车的窗沿，竟然涌起一阵负疚的感情。

若干年以后，我长大了，知道父亲和白薇都是左联的成员，父亲还同一些左联的诗人发起并组织了中国诗歌会，白薇是当年蜚声文坛的女作家。这时，她的名字又在报纸中一长串的人名里出现了，我也获得机会编撰父亲的年谱，免不了要提到她，心里总想，她身体还好吧。

1983年夏天，我到北京，一位叔叔告知她的地址，我决定去寻找她。暑热的日子，周身的血整天奔涌得厉害。

一天，太阳刚偏西，我走向和平里的一座公寓，楼前一排高大的杨树，叶子哗哗地动，在阳光里绿晃晃地闪着。我走进楼房，登着楼阶时，心跳得很快。一个自己少年时代就知道的人，一个和自己的亲人感情笃深的人，一个有着传奇色彩的人，就住在这座楼里，马上要见到她了，自己真像传奇小说中的又一个人物。走到三楼，我又一阵局促，事先没有联系，冒昧登门，好吗？可是脚步不由自主地迈动，眼睛留神地巡看房号。那间房间出现了。

房门开着，一位老太太埋在矮矮的藤椅里，一只手软软垂落，地上有一本杂志，藤椅几乎将门道塞住了。我一下就断定，她就是白薇。虽然同我看过的她年轻时的照片相比，已判若两人，但是，那安详的、思索问题的模样却太像了。

她耳有点背，我提高声音问了两三次，她才欠起身体，我立刻发现她行动不便，请她不要动，自己侧着身体走进房，她指指房中的凳子，说："请坐。"

我的神经松弛了，紧张感已经消失。我将凳子搬到离她至多一米远的地方坐下。我们开始了交谈。

"你是哪里来的？"

"福建。"

"福建什么地方？福州吗？"

"不，漳州。"

她点点头，又问："有什么事吗？"

"看看您。"

"哦，谢谢。"

她是不相信我只是来看看她的，谈了一阵子，于是又问我有什么事，我又重复说了一遍只是来看望她，她感慨地露出笑容，双手合掌作揖状，连声道谢。她已在文坛寂寞了多少年，平日除了朋友和采访者，绝少有人打扰，她似乎被世人遗忘了。可是，有心人会记住她的，现代文学史上，清晰地留下了《打出幽灵塔》的印痕。

我们随和地谈着。

她叙家常地说，她从前的爱人是漳州人，又马上补充，她就这一个爱人。

尽管我已知道她再没有成家，除了保姆外，就茕然一人，心里还是一震。

她已 89 岁，脸上生出许多褐色的老人斑，可是遮掩不住那白净的皮肤。她的嘴唇依然浮着健康的血色。她的眼睛没有熠熠闪光，依然有许多热情在涌着。她的手指很纤长，抚摩着干净的衣襟。去年她摔了一跤，从此就不能行走了。可是，她的心还在跳动。

她娓娓叙说，父亲有一副好嗓子，唱歌得很动人，喜欢喝酒，对朋友非常好。间隙时，我不再犹豫了。我决断地说出自己是什么人。只见她双手下意识地缩拢，在藤椅的扶手上猛然一拍，失声叫：“哎呀，你是杨骚的儿子呀！”便顿时语塞。

我歉疚地笑笑，没有做其他的解释。

她端详着我，问了许多我们家的情况，谈到父亲时，只是简洁的一句两句，就收住了，几乎不谈自己。偶尔也静默片刻，这种时候，她的手自然垂落在藤椅的扶手外，也许，她在追忆着往事。

毕竟是上了年纪的人，我想，该让她休息了。我克制着自己，与她告别。我表示，改日再来吧。她点点头，但是没有办法站起来。

我沿着大街走着，正值下班的时候，大街上非常热闹，公共汽车塞着满满的人，一辆咬着一辆，自行车像泛滥的河水。我只觉得像在旷野里行走，眼前一片广漠，视线可以落得很远很远。刚才和白薇的见面，我听到了50多年前的故事，她的充满感情的话语，如今仍萦绕在我的耳畔。

几天后，我又跨入和平里的这座公寓大楼，轻快地踩着楼梯，还小声哼着歌。走到三楼，来到白薇的房门前，我愕然了。房门紧闭，上面悬着一把铜锁。我挨了无形的一击，胸口像被堵着似的。敲敲邻居的门，想打听一下她的下落，都没人，四周静悄悄的。我拖着沉重的步子，一级一级往下走。

我脑中曾闪过不祥的念头，但它稍现即逝。不会发生什么不幸的事情的，饱经生活磨难的白薇，已显示出她多么坚韧的生命力。

但是，她房门上的铜锁，却像一个抹不掉的问号一直缠着我。这么说，她避开我了？在友人家，在宾馆中，在茫茫的北京城里，她隐没了。那几天，当我乘车时，吃饭时，睡觉前，她房门的铜锁，总在我眼前出现。

我已长大成人，我没有再去寻问白薇离家的原因。

我回到了南方，每次在书中看到“白薇”两个字，就清晰地浮现出她埋坐在藤椅中的身影。我时常在夜深人静时，遥望北方的夜空，默默祈愿白薇能安然无恙地度过自己的余年。

绿色日记

——纪念“左联”80周年活动片段

2010年3月1日至6日，我应邀往上海参加“左联”成立80周年纪念活动，其中包括“左联”成员子女寻访前辈足迹的活动。在活动结束前一天一场随意的座谈会上，周扬的儿子周艾若有一席话，讲到我们要有“绿色思维”，这个提法很新鲜。绿色思维，让人想到生命、活力、春天，想到希望、坚韧、延续，甚至想到时尚、街舞、微博。

于是，我将以下日记称为“绿色日记”。

3月1日　上海

下午二时多，从厦门高崎机场起飞，三时多抵达上海虹口机场。上机前，漳州的气温近二十九度，如初夏。下机时，机场气温十二度，有明显的寒意。左联纪念馆工作人员接机。此行我与厦门高迅莹大姐同机，我们早已认识，她是长篇小说《小城春秋》作者高云览的女儿。上了机场外接机的旅行车，发现车上几乎满员，多是老者。途中，他们不停地聊天，从谈话中听出都是北京来的。

入住四川北路2131号城市之家酒店，这里距鲁迅纪念馆和左联纪念馆都不远。

与沈旦华同住一个房间，他是夏衍的儿子，我们从机场同车到酒店。他率性、健谈，原来是大学教师，已退休，现热衷炒股，似乎颇有斩获，是杭州夏衍中学的名誉校长。20 世纪 90 年代初，我到北京，为了解父亲杨骚的事情，曾拜访过夏衍，回来后还写了一篇文章，发表在《福建日报》副刊上。我们很自然地交谈，他对漳州水仙花赞不绝口，说每年都要买一些送人。

晚饭后，与会者参观左联纪念馆。天冷，人们心里恐怕都是热的。我们在夜色中鱼贯走进多伦路 201 弄深处的一幢小洋楼，这里是“左联”成立的地方，纪念馆的领导何瑛在门口向虹口区委领导介绍每位来者及父辈。纪念馆不大，馆里通过文字、照片、实物，较全面地介绍了中国左翼作家联盟的情况，我看到了在玻璃柜里陈列的“左联”编辑出版的众多杂志，心里有些不平静，这里有《奔流》《北斗》《文学界》，等等，就是这些杂志，孕育出包括父亲在内众多的左翼作家。馆里结束部分的设计有创意，天花板上是深邃的星空，熠熠生辉的星星就是一个个作家的签名手迹。人人抬头仰望。

后来，不少人会聚在“左联”成立的会议室听讲解，不知是谁提议“合张影吧”，立刻得到响应，人们有站有坐，跟随的众多新闻记者手脚麻利地抢拍，闪光灯此落彼起。约有 20 来人合影，这里头有冯雪峰、周扬、丁玲、田汉、胡风、郭沫若、夏衍、冯乃超的后人。“左联”在这里诞生，80 年斗转星移，后人历经风风雨雨，重新在这里集结。熟悉中国现代文学史的人都明白，这是多么的不容易。它的意义怎样估量恐怕也不会过分。

夜晚房间有空调，所以不觉得冷。

3月2日　上海

早上到鲁迅纪念馆参加“左联”成立 80 周年纪念大会。在纪念馆门口摄影时，遇到王克平，他是巴人的儿子。抗战期间，一群文化人在南洋群岛流亡时，父亲同巴人曾以亲戚相称，在一处偏僻的山芭隐藏了4个月。抗战胜利后，他们在照相馆拍了一张照片，巴人蓄着一把大胡子，非常飘逸。小时候我看了就留下深刻印象。这张照片后来被不少出版物用过。巴人在新中国成立后曾任我国驻印度尼西亚首任大使和人民文学出版社总编辑。

会前，王克平、汪雅梅、高迅莹和我在会场合了张影，沈旦华拍的。汪雅梅是汪金丁的女儿，我也曾在北京拜访过金丁老人。我们四个人的父亲在日本侵略者横行时，都在南洋群岛渡过很长一段危险的日子。

纪念大会开得很隆重。中共上海市委常委、副市长讲了话，郭沫若的女儿郭平英代表“左联”后人发言，讲话的还有上海有关部门的领导。学者陈漱渝和鲁迅纪念馆领导王锡荣做主题报告。

午饭时，与卢荣辉见面，她是任钧的女儿，我们的父辈同蒲风、穆木天等当年发起组织了“左联”所属的中国诗歌会，研究者们大抵认为这是现代新诗的一个流派。

午饭后，又往左联纪念馆拍照，主要是外景，因昨晚天黑。天冷，双手冻得通红。

下午到鲁迅纪念馆参加座谈会。可能主持人没有估计到这么多人到会，会场满满当当，我们进场时已没有位置，后来从外面搬来了椅子。我和王克平坐在周艾若后面，他曾是北京鲁迅文学院的教育长，很客气地同我们打了招呼。我同他谈起20世纪30年代父亲曾与周扬一起到上海泉漳中学演讲。郭平英稍后才到，挤坐在我旁边，她是个历史学家，也是郭沫若纪念馆馆长。

参加座谈会的除了“左联”亲属外，还有研究者，显得热闹非凡。周艾若先发言，缓慢平和。接下来是冯雪峰的女儿冯雪明，她是在座唯一见过鲁迅的人。接着，邵荃麟的女儿邵济安掏出讲稿，她是代表自己和冯雪峰的儿子冯夏熊发言的，显然做了比较充分的准备，是所有发言中最具实质内容的。她回顾历史，分析新中国成立以来历经政治运动后，“左联”成员全部覆没，最后又全部平反的原因。邵济安是北京大学的博导，虽然头发花白，嗓子却清亮，几乎是一个字一个字地念，铿锵有力。通篇发言思维缜密，逻辑性极强。会场静寂，只听见她的声音。中间沈旦华插了简短的话，说至今他还找不到夏衍有片言只语的文字反对鲁迅。

之后先后发言的还有胡风的女儿张晓风、沈旦华、冯乃超的女儿冯真、田汉安娥的儿子田大畏、丁玲的女儿蒋祖慧、肖三的儿子肖立昂，还有汪雅梅。

王克平对主持人说我有建议。我最后一个发言。因为时间原因，讲得简短。主要两个建议，一是成立“左联”后人联谊会，推动对“左联”的研究；一是编一份专门研究“左联”的杂志。这建议会前我曾向左联纪念馆提出过。第一个建议显然说出不少人的想法，我一说完，就有坐在边上的人说早该成立，孔另镜的女儿孔海珠同我交谈了几句。但是我知道，这不是一件容易的事情，最好由鲁迅纪念馆和左联纪念馆牵头。第二个建议主持人当场答复，已经在考虑中。周艾若转过身对我笑着说，就你来编。沈旦华在桌子对面帮腔。当然这都是开玩笑的。

会间休息时，备有咖啡等热饮和小点心，同时邀请“左联”子女在准备好了的白纸上签名纪念，大家很高兴地挥毫落墨。遇见传记作家丁言昭，她是丁景唐的女儿。座谈会中，蒋锡金的女儿蒋於绯时时走动录像。

整场座谈会开得紧凑热烈，让人觉得时间太短了，主持人间或不得不提醒长话者。这是“左联”成立 80 年后，下一代人第一次成规模的聚会，前辈尚在时，这类会的讲坛当然是他们主宰，而且我觉得那场景要么可能沉闷要么可能有火药味。如今，时光的流水似乎冲刷了过去的种种事情，今天的一切让人感到有些欣慰。我突然想到被杀害的“左联”五烈士，他们为信仰付出了生命的代价。在信仰的旗帜下，曾有的分歧相形之下是那样的苍白和微不足道。果真有在天之灵，五烈士也会有这样的欣慰吧。

3月3日　常州

今天开始纪念活动的第二阶段，即寻访前人的足迹。早上八时半离开上海前往常州，那里是瞿秋白的家乡。途中尚在上海市区时，田大畏的夫人身体不适，他们俩临时离团上医院。参加寻访活动的有“左联”后人及家属29人，不少已到耄耋之年，为了活动顺利进行，随团的工作人员多达10人，包括医生和护士，每个行动不便者都有人照看。我们乘坐旅行大巴，后面跟着一辆机动小轿车。可见承办单位鲁迅纪念馆和左联纪念馆是多么尽心尽力。

车上传看昨天的《新民晚报》和《东方早报》，均登载了左联子女在左联纪念馆的合影，称之为“全家福”，很有人情味。

这张极有意义的合影《新民晚报》排在文化新闻的头条，很显眼。我询问了随行的《新民晚报》记者朱光，文字新闻就是她写的。这是个年轻的女记者，显然是夜里赶稿，她途中一路都在睡觉。我问这张照片是不是事先策划的，因为是新闻同行，我对这个感兴趣。她说，原先想过，但是怕操作不了。那天晚上，这个机会出现了，顺理成章地拍下来。我听了后，觉得这是水到渠成的事，冥冥之中。我对朱光说，这张照片和新闻侧记，可能会评为好新闻。

这是“左联”后人第一次成规模的聚会，会有第二次吗？

十二时半抵达常州。下雨。午饭后参观瞿秋白纪念馆和故居。“左联”成立80周年期间，这里举办了“左联”知识竞赛，下午就在纪念馆中举行颁奖仪式。我们参加了这个仪式。主办方别出心裁地设计了一个议程，让现场的“左联”子女每人上场讲一句话。轮到我上场时，我说的是：“左联的火把永远在我心头燃烧！”这句话此时最能表达心中的感受。想抹掉“左联”在中国现代文学史上的影响，怕是做不到的。周伯勋的儿子周治平讲完后，又主动请缨，很适宜地朗诵了臧克家的诗《有的人》，声情并茂，博得人们热情的掌声。

瞿秋白从容就义于福建长汀，是个有学问的儒雅的领导者。我曾采访过他十分疼爱的女儿、记者同行瞿独伊大姐。沈旦华说他最崇拜的就是瞿秋白，说了好几遍，我同他在一幅秋白的画像前合了影。

参观瞿秋白故居时，同样被邀签名留墨。

又参观张太雷故居。

晚餐在一家叫“塘桥老哥”的风味店。同冯夏熊邻座，他给人的印象是一个和蔼的老人，曾出任过《人民文学》主编。

3月4日　绍兴

八时离开常州，十二时到绍兴。先午餐，有茴香豆和黄酒。

入住老台门客栈，是老式房子，据说是周作人的住宅，被改装成各式客房，别有风情，我们中不少人饶有兴趣地在院子和屋前留影。

下午参观鲁迅故居。这是一处很有规模的住宅群落，周家曾是大户人家。里面介绍了鲁迅的家族历史。对我们来讲，更亲切的还是百草园和三味书屋。明知这是供瞻仰和凭吊的地方，但我还是很乐意在这里徘徊。一百多年前，有一个孩子在这里戏耍，充满童趣，后来成了一代文学宗师，这里是不是地气很好，风水很好，我相信很多人来到这里，都是想汲取点地气的。

三味书屋门前有小桥流水，水上有乌篷船，景致宜人。城中多处可见这种流水景象。街上有师爷饭店，这里历史上盛产师爷，专门当乱世英雄的幕僚，是绍兴独有的文化现象。

晚饭在咸亨饭店，店前有孔乙己塑像。鲁迅创造出来的文学典型，成了商业社会有心人挣钱的品牌。与冯乃超的女儿冯真同桌。她是个画家，“文革”期间曾到漳州搞有关《龙江颂》题材的美术创作，住了半个多月，还下乡体验生活。她兴奋地谈起这段经历和漳州本土画家，上了年纪的人了，仍时有激情翻动。

今天同胡风女儿张晓风谈。说起她母亲梅志长得好看，被称为“冰激凌”的逸事。同舒群儿子李霄明谈。说起东北作家群白朗写的长篇日记《我们十四个》，写的是1939年“作家战地访问团”到抗战前线采访的事情，当年父辈是这个访问团的成员。李霄明现在《民族文学》任职。

夜冷，空调坏，用暖气机提高室温。

3月5日　义乌

昨晚半夜响春雷，雨声淅沥。天亮后仍下着雨。

早上离开绍兴时，全体下车到鲁迅雕像前合影。十时多到义乌。雨止。

前往赤岸镇神坛村参观冯雪峰故居，又往后山祭扫他的坟墓。前后约两个小时，这段时间让我想了很多。

冯雪峰的故居在神坛村北头村尾。村口一家农舍的墙上，画着几乎同人一样大的冯雪峰站立的图像，下面写着“雪峰的诗”四个字，这幅质朴的、很原生态的画像立在村口，亲切地迎接来客。这幅画像给我以震撼，他最初不就是以“湖畔诗人”的身份为世人所知的吗？冯雪峰是活在老百姓中间的。

故居是一座当地称为“十间房”的明清风格四合院，中间是个天井。二楼的地面是木板铺成，房间也是木板隔开，十分陈旧，光线并不好，甚至有些暗淡，这反而让人感到真实。故居给我留下深刻印象的有两处，都在大门口。左侧松柏底下矗着一块青石碑，碑上镌刻着四个字“回忆雪峰”，让人肃然起敬。能回忆的事情不是太多了吗？这回忆的内容太丰富了。不少人都在这青石碑前留照，我也没有例外。在大门左边的白墙壁上嵌着一块大理石，大理石上也有四个字——雪峰故居，是丁玲的题词。熟悉现代文学史的人都知道，丁玲同冯雪峰的关系也是一本书。因此，这个题词就远不同于一般意义上的题词，这四个秀气又冷峻的字就格外耐人寻味。我目光在上面停留了许久。这个“峰”字她写成了“峯”字，将山写在顶上，不知道是什么意思，是不是这样显得更峻拔一些？故居的中堂有丁玲和陈明两人献上的挽联，写着“生当人杰捍卫党的旗帜，死作鬼雄笔扫尘世妖狐”。这副挽联恐怕还没有完全表达出丁玲的心迹。

参观故居时，我看到冯夏熊小心又热情地拉着周艾若的手一起同步上台阶，走入楼中。他们都已 80 岁了。

冯雪峰的坟墓在后山上。人们手执鲜艳的黄色的菊花，顺着蜿蜒的步行道来到他的墓前。墓地其实就是翠绿的罗汉松和球柏簇拥着几块石头，准确地说是三块石头，简陋得很。一块石头平躺在在草地上，两块立着，比较高的一块上写着“冯雪峰之墓”，是朱镕基题的。这块普普通通的墓碑背面刻着这样的话：“为冯雪峰题写墓碑，实因书法拙劣，难胜其任，知其不逮而为之，聊表敬师之情耳。只可藏之深山，不足为外人道也。”这是朱镕基写给冯夏熊信中的一段话。我尚未闻朱镕基给谁写过字。

人们默哀后，鱼贯前行，在冯雪峰的墓碑下献上菊花。周艾若走在后面，当他慢慢弯下腰，仔细摆好菊花，又慢慢直起身时，那一刻，站在人群外围的我目不转睛。20 世纪 50 年代，冯雪峰被划为右派，那时周扬是文化部的领导，“文革”中双双落难。今天见到这一幕，我感动了。高天卷云，飘洒细雨。人间久远的，还是真情。

下午参观闻名海内外的义乌商贸市场。与田大畏夫妇同行，他们是出院后昨天从上海赶来的。同行的还有王克平、汪雅梅。

晚上，义乌市政府请吃饭。席间气氛活跃，冯真提议大家合唱《革命人永远是年轻》，周治平站出来指挥，唱了《毕业歌》，这是抗战年代的老歌，唤起在座许多老人隐伏已久的热情。

饭后，在冯夏熊儿子的倡议下，人们到四楼会议室座谈，比较随意地。周艾若谈了自己关于绿色思维的思考。邵济安讲到我们这一代比父辈经历得更多，看得会更远。张晓风说他们（指到会的北京左联后人）每年都会聚一次，说这才是正常的人生。冯真则回忆父辈曾经的友谊。汪雅梅也谈了父辈的流亡经历和后人的天然友情，还表演雄鸡啼叫的口技。楼适夷的女儿楼遂也参加了活动，只是一路至今，没听她说过什么话。

此行原本还安排瞻仰陈望道故居，因雨天山路难行而取消。

3月6日　义乌

早上一直下雨。前往杭州萧山机场。

在诸暨市用午餐。与丁玲女儿蒋祖慧、儿子蒋祖林同桌。这几天的活动，他们都寡言少语，高个子的蒋祖林是搞潜艇研究的，似乎更沉默，行动也更缓慢。餐中有大毛蟹，人们谈论如剔除蟹黄膏中的内脏时，蒋祖慧略有兴趣，有笑容，比画着要如何识别。她更像是一个普通的老人，不认识的人是不会想到这是个著名的芭蕾舞编导，鲁迅的同名小说改编的芭蕾舞剧《祝福》就是她搞的，经典的芭蕾舞剧《红色娘子军》她也是主要的编导之一。

因气候原因，航班推迟一个小时。下午四时半回到厦门。结束 6 天的纪念活动。

这 6 天将会被我长久记住的。

第三辑

苦难中人性的诗意与悲怆

——读巴人散文《任生及其周围的一群》

《任生及其周围的一群》是巴人的散文回忆录，记叙了他与先父杨骚在 1942 年 3 月底到 7 月底在印度尼西亚一个荒僻的小岛上的流亡生活。这篇将近 5 万字的文章，是巴人 1947 年 10 月在香港花了一个星期的时间写出来的，极真实地展现了最底层的华侨苦难的生活图景，极生动地传递出作为文学家的巴人细腻丰富的情感。许多年前我读它的时候，不止一遍地从心底里发出赞叹，为不少章节中自然流溢出来的诗意，为不少段落中平实然而是精当的评述。巴人诞辰 100 周年之时，我重读这篇有浓郁文学色彩的回忆录，再次悸动，当年的印象重新腾现，漫过心头。

一

巴人和杨骚住的山芭（即小村庄）叫“松芽生比”，位于小镇亚里附近一道河湾的尽头。亚里距萨拉班让市区有 4 个钟头的舢板路程，萨拉班让所在的小岛属苏门答腊省辽州。松芽生比在地图上是找不到的，他们在一个繁星满天的夜晚，乘坐舢板离开原居住地萨拉班让，天亮后才来到这个小村子。他们住在树胶林间一所白木板屋，同房东一家人在一起，房东叫任生，来自广西的客家人。巴人此时的身份是书店的小伙计，上海人；杨骚成了在新加坡开小店的生意人，同行的还有巴人的爱人刘岩（雷德容），她成了杨骚的妹妹，因为日本人攻占了新加坡，他们一家逃难到此。杨骚会讲闽南话，不易引起怀疑，有很多方便的地方。

住屋四周的树胶林由橡胶园和槟榔园组成，有小溪流穿过，水是血红色的（为何这般颜色，文中没有说明，可能是我在当知青时在深山烂泥田里见过的铁锈水），简陋的冲凉房搭在溪流上，水直接从底下舀起，冲到身体上，又流入小溪里，无比爽快。就是这样的水，巴人和杨骚还是认为，比住在萨拉班让从井中打取黄色的咸水冲凉不知舒服多少了。

本来战乱中这些抗日分子为避免屠杀躲到这热带的丛林中，心绪应是惶惶然，可是偏不。附近河湾的高坡上，有一座废弃的硕莪（即西谷米）厂遗迹，有一架破残的绞硕莪的机器。他们竟然爱上了这个地方，这里似乎堆积着诗人般的灵感。每天傍晚，他们总要来这里坐坐。

“这土墩，自有它的诗情，前临潮水涨落的河湾，碇泊着任生的舢板和舴艇，而血红的溪流又从这里曾经有过水闸的高处奔泻而下。我们坐在那里，既可听溪水铿锵的流声，还可远望一片晚霞，照映苍黄的荒原。霞光是那样锦绣夺目，变幻无穷。荒原是那样迎风战栗，凄切哀歌。如果这一晚，我们大家喝了点酒，那么东北流亡曲的歌声，又在败草丛中，槟榔树顶飞扬了。这真是无聊的感伤，多余的生命出现在像蚯蚓似的生活着的任生的土地上啊！而在任生听来，是否会说，我们是在为他那衰败的家庭，而唱出了招魂之曲呢？”

我完整地录下这段文字，是因为两次阅读到这些方块字，就沉浸在他们所感受的境地，弥漫出流落异国他乡的游子的怅惘，诅咒挑起战争的日本侵略者。

这样的日子实际上过得是不安稳的。杨骚同任生的叔父同一个房间，这个 40 多岁的阿叔过早衰老，脸如蟾蜍，皱纹密布，因疲惫而夜夜鼾声，杨骚则是因文人思维的活跃而在睡梦中时有呓语。巴人这样写道:“我们对房而睡，中隔前厅，常常可以听到他（阿叔）的鼾声如雷。它和老Y（杨骚）演说似的梦话，仿佛要赛个你高我低。我想，这怕是这两人生活的反映。一个是垂老的劳动农民的倦怠，一个是身体衰弱的诗人幻想的奔放，这就织成大鼾声与长梦话交奏的夜曲了。”在这逃亡生活中的漫漫长夜里，人的生理性的夜声在他耳中成了可供欣赏的交响曲了。

在动荡的日子中，这几个不安分的文人仍想尽自己的一点责任。刘岩利用时间，教附近几个女孩子识字。来读书的女孩中有一个叫阿莲的，才17岁，“已显出成熟的征候”，“到了一切女孩神情恍惚，做事没耐心，爱串门子，像寻找什么失落的东西似的年龄”。杨骚单身一人，引起妇人们的注意。任生嫂想做媒，对杨骚说，这女子价格不太高，她母亲只要200叻币便可放手，年纪大些没关系。巴人夫妇也开玩笑说，阿莲来得这么勤，可都是为了你呀。打趣归打趣，巴人实际上这样认为:“老Y是诗人，灵魂的境界是深密的。一个缺少知识的女孩，怕不容易理解他。固然也有一些有特殊嗜好的诗人，即使家有好酒，却总爱在下雨天，踏进下等酒寮，对着脸搽得像猴子屁股的女堂倌，细斟缓酌，感到别有诗情与风味。而老Y不是那样诗人。”这样的记叙，让人感到哪怕在隐姓埋名的苦难中，生活的热望仍匍匐心中，这是否算别样诗意呢?

他们曾想过要开荒种菜，但是锄头使不到一个时辰，便抱怨这家伙太重，杨骚更是手上冒出了两个血泡，只好作罢。

但文人却有自己的风雅。杨骚在直落岛的小杂货店里买了两把德国斧头，“看来像是纯钢的，不大，打铸得极为灵便。斧口较阔而不厚，像黑煤似的发光”。有一天，杨骚炫耀般地请来任生和阿叔，取出让他们欣赏，两人赞叹不已。任生委婉地表达想买的意思，杨骚一听这话，

“立刻从两人手中拿回斧头。依然各别用纸包好，合扎在一起，像母亲放孩子到摇篮里去似的，放回箱子去。关上箱子后，老 Y 不说一句话，静静地望着窗外的树梢和天空。看来在那斧头上有他的世界和天国。他非常之满足了”。

有意思的是这件事并没有这样了结。4 个月后，巴人和杨骚要搬离松芽生比，任生正式向杨骚提出要买下这两把斧头，杨骚说：“早给朋友拿去了。”杨骚先离去，后来捎信给任生，让他将自己一口箱子带到亚里小镇。任生搬送这口箱子时，箱子没上锁，箱里也没多少东西，两把斧头在箱子里滚动，发出声响，这让任生是多么的失望。巴人写道：“4 个多月来任生没有向我们要求过什么，这是为了他工作上的需要，对这市上难以买到的斧头有了热爱。但农人的爱和诗人的爱，现实的爱和幻想的爱，是像月亮和太阳，永不能会面的。”这样的描写不是充满着诗意吗？多年以后，杨骚病逝，巴人在《记杨骚》一文中重提此事，可见印象之深。

二

任生及其周围的一群人，都来自唐山，有湖南、广西、广东、福建等地，他们的艰苦悲惨的耕耘生息，不同程度地在巴人的笔下得到展示。

有一对叫阿鲁和阿鲁嫂的夫妇，自广东海丰到这里有 10 多年，对生活心灰意懒，对家乡的感情已淡漠。阿鲁嫂先后生下了 11 个孩子，除了留下一个 7 岁大的，都卖掉了。这一家是以出卖自己亲生孩子为主要谋生手段的。巴人他们来不久以后，阿鲁又以 140 元的价格卖掉了一个刚出生的婴儿。任生说：“这在我们种田的，实在算是一种最好、最稳当的出产品。每年一个，拉平均，130 元算，这对穷人家，也很可以了。一年的欠缺，就得填补过去。”初听到阿鲁这一种生活方式的秘密时，巴人的心“像受谁的铁锥的敲击，几乎碎裂”。后来又以一种十分矛盾的心态写道：“我常常为阿鲁祝福：世界大战一时是不会结束的，阿鲁的日子，也将越来越困难：‘我祝福你们夫妇俩，在这苦难的年头里，年年养下一个孩子来吧，救活你们自己啊！’”如果不是流亡到松芽生比，作家或诗人们会有这样痛心的感受和违心的呼吁吗？这是南洋底层华人多么悲惨的生活状态。

任生周围的一群人，生活在几近与世隔绝的山芭中，他们艰辛地劳动着，维持着最低的几近原始人的生活标准。但他们又是活生生的人，有人的本能欲求，于是就出现了奇怪的人。任生家中有一个帮工叫阿龙，曾当过海员，是广东台山人。他每月给任生家砍运 7 船的柴火，便没有其他的事了，管吃住，但没工钱。阿龙每个月总有三四天处在癫狂的发病状态，有时不起床也不吃饭，认为不干活就不能白吃，有时脸色发青，看人就像要“咬断你的喉管似的”，呈现“原始人性欲冲动的可怕形象”。巴人他们月尾送几元给他，算是柴钱，他立刻高兴地唱着歌，穿过林子，四五天不回来。任生嫂说，他是找马来婆去了。说他可以同马来婆又唱又跳，从黑夜到天亮，又接着下去，疯子一样地发泄。巴人说：“这里，支配着男女关系的不是社会的道德律，而是生理的自然律。”因此，这一群人的关系也就产生了文中诸多的邻里故事，繁衍开来都会是一篇篇内容饱满的小说，仅现有勾勒出来的片段，仍会让人叹息不已。

文中任生的弟弟在砍柴时不慎自伤，失救至死。他的媳妇随任生的父亲分家另辟新村，杨骚曾去探访，回来时带回她的一句问话：“我们房里那张铁床，现在是不是有人睡着呢？”引起这些流亡文人的感慨，这房和床现在由他们使用，这张床承载过这个不幸少妇的幸福和痛苦，让她系念于心，以致让他们生出自己是“掠夺者”的感觉。这个细节文中仅一带而过，谁敢说它不是尚未孕育的小说中最动人的情节。这样的细节在文中还有一些，充满苍凉和悲痛。

任生家已显现出颓败的模样，但杨骚从他父亲新开的山芭带回来的是一派新景象，令人赞叹。任生父亲这个 70 多岁的健壮老人，率领着一批人，仍在坚韧地组织着自己的垦殖事业。

巴人这样写：“在这样山芭中住着的人们，就是这样大家回返到原始时代。而这一切原始的生活的表现，是那样自然，不勉强。每个人不抱多大的希望，只为某一时，或某一点的欲望，求得满足，就感到安慰了。年轻和年壮的要一杯咖啡、一杯酒或一次男女的接触，而年老的则要天国中一个灵魂的座席，一炷香火。这在他们看来都觉得是僭望，是越轨的行动，是不易达到目的的。……这是如何残酷的现实啊！”

他又写道：“在老 Y 的简单描述和我在这任生旧芭中生活故事配合起来看，我脑子中就展开了一部分华侨农民，永远和命运斗争，又为命运所逼害，倒下去，又站起来；一部分人埋入地下去，一部分人又生下来；这里的土地干了，房屋倒了，那里的荆棘榛莽的原野又被焚烧起来，开辟出来，另建了一个新天地——这样的历史图画。我竟不禁为之惊心动魄了。”

《任生及其周围的一群》中，有许多富有生活实感的片段，看似零碎，却颗颗是闪光的珍珠；有许多巴人由衷发出的感叹，流动着诗意，充满悲怆，又蕴含哲理，让人心房震动。这些片段和感叹在文中此落彼起，如颤动的丝线影影绰绰，又连为一线。

我没有一口气重读完这篇散文回忆录，我是想有时间慢慢咀嚼。我想起巴人在“文革”中的惨死，想起他想将自己的骨灰撒向太平洋，漂流向他曾生息并奋斗过的印度尼西亚土地。有一篇文章说，巴人一直游走在政坛与文坛之间。我又想起新闻界前辈郑楚耘在一篇回忆杨骚的文章中讲起的往事。20 世纪 50 年代，巴人在北京请杨骚和郑楚耘在“全聚得”吃烤鸭，席间，杨骚几次三番地劝巴人辞去外交工作，回归文坛写作。如是，巴人这样极具文学才华的作家，一定会留下更多的好作品的。

注:《任生及其周围的一群》1949年10月由上海海燕书店出版，1984年12月收入《印度尼西亚散记》由湖南人民出版社出版，1997年9月收入《巴人文集》(回忆录卷)由宁波出版社出版。

诗人的梦：将来到月宫里唱歌

——《杨骚（海外）诗文选》编后絮语

四年前，部分印度尼西亚原《生活报》报人和后代集合到一起，为抢救性地收集和保存《生活报》珍贵的文化资料，数上京城，在全国侨联和国家图书馆等有关方面的支持和专家的指导下，历经艰辛的阅读和爬梳整理，终于编辑出版了印度尼西亚生活报纪念丛书，皇皇十九种，近600万字，除了《生活报》旗帜鲜明的社论等文集外，亦有部分个人选集，《杨骚（海外）诗文选》就是其中之一。

这是杨骚著作一个新的选本，全国侨联主席林军先生题写书名，由世界图书出版广东有限公司出版发行。这部书名为《杨骚（海外）诗文选》的文集里，收入杨骚在20世纪20年代至50年代在日本、新加坡、印度尼西亚创作的部分作品，有诗歌21首、散文随笔和时评20篇、剧本2部。书后附录了著名作家和文艺理论家、人民文学出版社原社长、我国首任驻印度尼西亚大使巴人（王任叔）写的回忆文章《记杨骚》，中新社原副社长郑楚耘的文章《回忆我和杨骚的交往》，编者写的长篇传记《流云奔水话杨骚》节选（海外生活部分）和《杨骚年谱》，编者写的《父亲杨骚》作为代序。考虑到这套丛书所对应的印度尼西亚《生活报》学术研讨会，收入文集里的作品绝大多数是在新加坡和印度尼西亚写的，杨骚在日本写的带有他情感历程痕迹的诗剧《心曲》没有收入，这部诗剧从头到尾飘逸着浓厚的象征主义和神秘主义色彩，研究者认为是杨骚一部重要作品，这算是一个小缺憾。

但是总观起来，这部诗文选还是能比较清晰地反映出杨骚在海外前后累计长达19年岁月的文学创作轨迹和思想轨迹的。诗歌《一个日本女子》表露出一个初涉社会、东渡邻邦求学的年轻人，对一个陷入窘境的东洋女子的悲悯情怀，诗意凄清，诗句平实，显然受到当时白话新诗的影响。尽管后来杨骚不少诗作充满象征的气息，也有研究者认为他是象征派诗人中的一员，但若干年后他与诗友一起组织的中国诗歌会打出了“大众化、通俗化”的旗帜，是不是可以从他最初的习作中，寻觅到原始的基因呢。长达300行的抒情诗《受难者的短曲》，20世纪20年代中期写于新加坡，它记叙了一个“长发披肩的青年”，同时又是“狂歌者”，在“雪深夜冷人静”的时候，站在窗外与一个隐在窗内的女子互诉相思相恋的情景，但这似乎是一出没有结局的悲剧，诗中诗化的对白充满哀伤、无奈，最后只能：“来歌吧，来歌吧，送葬歌，诞生歌！来跳吧，来跳吧，死的舞蹈，生的舞蹈！”当时杨骚在新加坡一所侨校任教，诗中出现“要我放声恸倒富士山么”、“我已收拾樱树下的落英”的诗句，却让人将诗中的意境联想到作者在日本留学几年里“受难者”般的情感历程。这首诗的名字也是作者第一部诗集的名字，可以看出它在作者心中的分量。

杨骚第二次赴新加坡是皖南事变发生后，从重庆到香港转抵的。这次他是以一个斗士的姿态出现在南洋。在“散文随笔时评”一辑中，从文章的题目便可以感受到它们的内容，如《加紧团结，反对分裂》《民主运动在祖国》《以纸弹配合子弹》《在战地的双十节》《需要积极的清道夫》《鲁迅谈落水狗》，等等，完全体现一个充满爱国主义情怀的作家在那个风云动荡的时代的一种政治担当。文集收入两个剧本，一个是《Yellow》，另一个是《只是一幕》。前者是作者早期的作品，揭示出南洋在殖民统治下的种族矛盾，后者反映爱国侨胞反抗日本侵略者的殊死搏斗。

杨骚毕竟是一个诗人，在海外艰难跋涉的日子里，在夜半时分，他不知多少次想到家乡和家乡的亲人，“梦见寂寞去世的母亲”，“在梦中，时而无限悲愤，时而大吃一惊，时而呜咽不成声，时而又热泪淋淋……”这首诗叫《夜半低吟》，发表在新加坡《风下》杂志上，当时日本侵略者投降不久，从血腥的战争岁月中走出来的杨骚，在南洋已经有 5 年，胜利了，什么时候可以回故乡呢？似乎还没有尽头，只能在深夜中听“闹钟敲一声、两声，或鸡唱一声、两声”。少年时我曾在一本笔记本上读过这首诗，曾被深深打动过。但是杨骚对未来是充满热望的。他写了一首诗给在漳州的养女红豆，这首《赠红豆》写道：“红豆，红豆，劝你莫要哭！想你何须哭！等你长大了，人间定像天国，家庭已非牢笼，好好学习，奋斗，生长吧！将来坐飞机到月宫里唱歌！”他可能没想到半个多世纪后，幻想成了现实，我们的“嫦娥”卫星穿过浩瀚天穹，飞抵月宫。红豆是杨骚给养女起的名字，这个名字蕴含多少思乡思人的情愫。

前不久，一个北京的博士后在《中国现代文学研究丛刊》上发表了一篇分析杨骚诗剧的论文，角度非常独到，论述非常细腻绵密，让人感叹。但似乎仍没有看到过有关杨骚海外文学创作的专门研究，如果《杨骚（海外）诗文选》能在这方面提供参阅的资料，那将是编者最大的欣慰了。

书写本色的窈窕

——杨骚散文集《脸孔》序言

编好杨骚散文集《脸孔》，放下一桩心事。有些感想，写下。

这是新时期以来出版的杨骚散文第一个选本，之前出版社曾出过他的几本旧作，如诗剧《记忆之都》、书信集《昨夜》，还有几种综合的选集，而学界多关注的是他的诗歌创作，因此，这本散文选本的出版可能有另外一些意义。

本书其实主要分成两部分。第一部分从杨骚数十年的文学创作中选出若干散文和文艺随笔，按发表的时间顺序编排；第二部分从杨骚与白薇的书信集《昨夜》中选出杨骚部分，即他写给白薇的信，同样按时间顺序编排，没有删减。所有的文字均按原作品书写，不作任何改动，除个别文字的笔误或明显原发表时排版错误加以订正外。

杨骚的文学写作始于20世纪20年代日本留学期间，文学活动则从20年代中期到40年代初，主要在上海、福州、重庆及抗战前线，之后到了海外，在新加坡和印度尼西亚编过刊物和报纸，撰写了大量文章，特别是办报那几年，至今尚有部分作品没能找到，成为此次编选的遗憾，只能有待日后有机会寻补。

编者作为杨骚的后人，数十年穷尽努力收集他的作品和史迹。就散文作品而言，发现竟是他和白薇的书信影响似乎更大。《昨夜》初版于30年代，半世纪以后曾列为中国现代小品经典丛书之一重版，一方面印证了人性和情感是文学的永恒主题，另一方面也揭示出文学创作某些规律性的东西，你在最松弛的状态下也不准备发表的文字书写，可能恰恰具有文学价值，因为它表达了人最本真的内心，文学不就是人学吗？谓之“无心插柳柳成荫”，这柳就具有最本色的窈窕。

编者 1983 年初夏在北京和平里公寓区白薇的寓所同她有过几次交谈，有一次被她留下吃了便餐。这几次见面和交谈，都留下难忘的记忆。后来写过一文在广州《随笔》杂志上发表，题目叫《寻白薇》。为了让读者能够多了解一些杨骚写给白薇信的背景，本书选了《昨夜》出版时白薇写的序诗和杨骚写的序。

杨骚是福建漳州人氏，1900 年 1 月出生在漳州南市，1957 年 1 月病逝于广州，生前曾任广州作家协会副主席、广东省作家协会常务理事，是中国左翼作家联盟成员，中国诗歌会发起人之一，一生出版的著译有 22 种。

感谢中国文史出版社和责任编辑马合省等的选题及付出的辛勤劳动，使此书得以问世。

注:《脸孔》列为民国美文典藏文库杨骚卷，由中国文史出版社 2016 年 1 月出版。

戏剧梦青春情

我认识邱煜焜老师是20世纪80年代末，后来在纪念现代作家杨骚的活动中，交往开始多起来，那时他还没有退休。一晃就20多年过去了，如今邱老师已入耄耋之年，只是不像这个年纪的老人，还在给学生上课，还在兴致勃勃地给学生剧社排练，洋溢着激情，让人感佩。有多少人能保持这样的状态，肯定不多。

回想这20多年同邱老师的交往，如果用一道线条标识，是很有规律的。杨骚生辰逢五逢十纪念时节，漳州师院（现闽南师范大学）都会有戏剧演出和诗歌朗诵的纪念活动，邱老师一定是幕后的主角，作为杨骚后人，我同他的来往就频繁，这道线条会明显隆起。纪念活动过后，偶尔电话问候，归复平静，这道线条也归于平坦。由于这种规律，我同邱老师接触的时候，他总处在亢奋状态，语速也快，给人留下的是精力充沛不知疲倦的印象。1995年，学校举办“纪念杨骚诞辰95周年戏剧演出”，晚会在简陋的大棚架式的礼堂举行，会场坐满人，过道站满人，演出获得极大成功，但是有谁知道邱老师付出的心血。当时剧社成立不久，条件十分有限，我至今还记得在排练中，邱老师多次焦虑地对我说，日本鬼子的军装还没有，能不能到专业剧团借看看。当年的学生演员，如今都各有成就，有的成为教授，有的成为一方的父母官，他们回忆起在剧社演出的时光，都交口称赞邱老师的极端投入和敬业。今年，邱老师又组织了一场纪念杨骚的演出，20年后，演出场地和剧社实力，已是鸟枪换炮了，只有一样没变，就是邱老师的严格要求。正式演出前我看了最后一次彩排，彩排结束后他将学生演员们集中起来讲了自己的意见，他讲话的语气和姿态，像年轻人一样，激情四射。我坐在一旁听，心想，这是一个老人吗？

数十年，无论是他在中文系副主任的任上，或是退休后担任学校关工委常务副主任，始终如一，矢志不渝地组织校园的戏剧活动，这是一种怎样的追求呢？

我认真读了两遍邱老师新近写的回忆录，似乎找到了答案。他从小学起当上了小演员，到青少年时在中学和高校当学生会的文艺部长，到参加工作后在中学或高校，几乎没有中断过校园的戏剧活动，没有中断过在学生中发掘和培养戏剧演员。邱煜焜这个人，活脱脱就是上苍为校园戏剧而捏制出来投到凡间的一个活动家。他首先是一个参与者、一个演员，然后是一个导演、一个组织者。在他的手中，在校园这个哪怕已有数万学子仍被认为只有弹丸空间的地方炮制出像郭沫若《棠棣之花》和曹禺《雷雨》这样鸿篇巨制的演出史话，也炮制出成百件与学子们青春生活交织一起的作品。学校的剧社像是他的孩子，他就是剧社的爹娘。这是一种没有名利杂质的追求，这是一种只为实现自己梦想的追求，其实就是一种单纯的追求，可能会有一些人不屑，但恰恰在这样乐此不疲的追求中，邱老师在活跃了校园生活的同时，自己同时享受到极大的乐趣。

夏夜，抬头望星空，繁星闪闪烁烁。我以为邱老师完全在生活中找到了自己的位置。他在自己的位置上发出属于自己的，也是属于公众的一份光，如同一颗闪亮的星星。

邱老师笑着对我说，只要身体还可以嘿，就搞到85岁，那时候再收山。我想，那时候，他会收山吗？

彼岸

——读洪梅的长篇小说《梦在海那边》

在春雨淅沥中，我翻开这本浅橘黄色封面的厚厚的书，封面下端，是那尊自由女神塑像的侧影，高高擎起的右臂伸向空中，让人联想到什么。于是，我一页一页地看下去，在一些白天和一些夜晚。窗外大排档传来的嘈杂和在医院护理病人时而中断的片刻，似乎没有影响到阅读的兴致。我随着书中展现的场景，越过重洋，来到纽约，在华尔街，在硅谷，更多是的在异国情调的场景中，与一群来自北京大学的留学生同悲共喜，一起揪心着，一起欢乐着，为了他们的学业，为了他们的事业，也为了他们的爱情。

当然，引起我阅读亲切感的还有小说女主人公凌紫荷说的一句话：我家摆着一盆来自漳州的美丽洁白的水仙花。

在读这部小说的间隙，我不时想到了其他的小说。最先浮入脑海的是苏联的《三个穿灰大衣的人》，这是一部曾经让年少的我心旌摇曳的书。它写的是第二次世界大战结束后，苏联复员军人的大学生活，描写了一群在战争废墟上重归和平生活的年轻人的追求和理想，书中流动的诗意和人物的纯净融为一个整体，轻抚着人的灵魂。洪梅在《梦在海那边》写的这群大学生已经完全不同，他们是一群跨过旧世纪，进入新世纪的年轻人，在经济全球化的背景下，他们向往的早已不止本土的湖光山色，而是大洋彼岸的广阔天地。显然他们的经历要复杂得多，他们的体验要复杂得多。他们在地产界沉浮，在金融界起落，还有的在前景一派光明时，殒命于“9·11”坍塌的双子大厦里。因此小说展现出来的这些中国年轻人的世界，远比《三个穿灰大衣的人》要凝重得多，要五彩缤纷得多。

后来，又有一部相关的小说浮入脑海，这就是《曼哈顿的中国女人》，描写的是20世纪80年代自费留学的一个中国女子的拼搏史。记得当年读它时，心头时时有绷紧的感觉。女主人的经历是那时许多“洋插队”的中国学生的经历，但是像女主人一样成功的案例毕竟是少数，更多的“洋插队”们可能只是在另外一个国度谋生。显然洪梅笔下的这群留学生是全新类型的，他们在国内受过良好的高等教育，在国外也没有当年“洋插队”那样类似洗盘子的底层挣扎经历，因为都有奖学金，学成后进入当地主流社会的道路似乎也平坦得多，但是他们仍然有自己的烦恼，有自己的悲和喜，甚至有高处不胜寒的感觉。这些都在洪梅的笔下跌宕起伏地铺展开来。显然，这是一幅20世纪末和21世纪初中国留美学子的生活群像图，是他们在新的历史条件下追求自己理想的绵密的长卷。书中的人物凌紫荷、肖逸、杜宏杰、郝天山、佟瑶，还有一个美国新闻记者布莱恩等，一个个性格鲜明，呼之欲出。或许我长期在新闻界的原因，对这个布莱恩印象更深一些，他和凌紫荷的爱情结晶小丽萨我甚至认为是东西文化融合的一种暗喻，这种融合我认为是这个地球村发展的一种走向。

这部书所写的这群人，可能也是当下在其他国家的中国学子生存方式的一个缩影。你想了解这部分人的状况吗？那就打开这本书吧，它可能会涉及不少家庭将要面临的问题，不是有许多的父亲和母亲想让自己的孩子留学吗？不是有许多高校的学子殚精竭虑想越洋一试身手吗？

写到这里，我忆起作者的母亲王扶老师，她曾是《人民文学》编辑部的负责人，新时期曾编发过当今赫赫有名的作家复出时的第一个作品。十多年前，我曾陪她到过厦门，记得在植物园宽敞的草地上小坐时，谈到了一些同文学相关的话题，也谈了一些文学之外的话题，草地青青，阳光温暖，周围有高高的窈窕的棕榈树，有或黄或红的花儿，自然景色的美好和我们话题的美好是那样和谐地交融在一起，多年以后的今天我仍记得很清楚。王扶老师对生活审视的眼光和对文学的热爱，是不是也传给了女儿呢？

我曾看过洪梅写的科幻小说《诺瓦寻家记》和小说散文合集《踏浪小集》，长篇《梦在海那边》无疑上了一个非常可喜的新的台阶，皇皇35万字，人物调度有方，情节张弛有度，悬念设置得当。写得最生动的当属凌紫荷，这个人的经历同洪梅有重叠的地方，比如是北大的毕业生，比如又都在世界500强的药业公司任职，我有时想，在这个人物身上会不会有作者的影子呢？其实这已经不重要了。重要的是小说描述了中国年轻的精英们涉洋抵达彼岸企望实现自己梦想的历程，勾画出他们的情感世界和生存的状态。很难想象这是作者仅用了一年半的业余时间创作出来的。这个彼岸，是地理位置上的彼岸，如果将这些年轻人追求的目标也称为彼岸，那么读者也许会从书中得到另外一些有益的启示。

都说如今文学被边缘化，但是有一组数字却反映了文学的另一面，现在每年问世的长篇小说多达2000多部，恐怕浏览一遍书目都会让人眼花缭乱。在这条近年奔腾不息的长篇小说河流中，《梦在海那边》所激荡出来的浪花会引起人们注目的。著名文学评论家、《人民文学》主编李敬泽在为这部书所写的《序》中说：“这本书是有价值的。要理解中国人在这个时代正在经历什么，仅仅在北京、在中国，我们可能看得很真切，但通过这样的书，我们却会看得更完整。”

这部厚厚的书，除了那些不会说话的方块文字外，还插有二三十幅清晰的黑白照片，都是与书中的内容有关的，都是域外的风景照片，每一幅照片，都蕴含和恰当地诠释作者想要表达的感情，都诗意地留住了我的目光。这应当也是这部书的一个特点吧。

注：长篇小说《梦在海那边》2012 年 1 月由中国青年出版社出版。

映日荷花别样红

我认识李尚志已30多年。当年他离开湖北的洪湖，我告别福建的九龙江，二人相识在南京的紫金山下，一起过了三年的学习生活。学校就在玄武湖边上，校园树木葱茏，四季花开，我们过的日子，留下不少阳光的记忆。我曾垂涎从洪湖寄来的野鸭，他曾看着手中的香蕉问：就这么咬着吃，还是要剥皮？在中山陵的灵谷塔前，同学们兴奋地向上爬，他尴尬地说害怕，原来有恐高症。我喜欢体育运动，他不喜欢，但这不妨碍我们成为好朋友。毕业后，他先是留在学校，后来调回武汉一家科研机构，再后来到了深圳的洪湖公园。我一直就在家乡谋事。他到深圳后我们第一次见面，已是分手10多年，如果不是事先约定，我是认不出他了。他变得壮硕，变得成熟和稳重。这已是个学术上很有造诣的人，有译著，有专著。我的同学正沿着自己认定的路一步一个脚印地走下去。

某日，我又到深圳，在他收拾得清爽整洁的家中聊天，他搬出了一摞书，这都是他写的或编著的，我大为惊讶。作为以文字谋生的人，我深深地明白，这里不知浸满了多少心血。我翻着一本本嵌着彩色画页的书，啧啧赞叹。我们读的学校叫南京林产工业学院，就是现在的南京林业大学，学的专业同森林植被有关，同绿色有关，这是一个有着浪漫色彩的专业，但是从做学问上来说，同其他学科一样都是很艰辛的。我们全班30个同学，毕业后各奔东西，有的改行如我，有的搞林业管理，有的当了地方官员，也有当老师搞科研的，在学问上取得如此骄人成就的只有他一个，这在当年的同学当中是谁都不曾想到过的。当一个人立下恒心，发奋向上，走对了路子，他所产生的动力和得到的收获真是难以预料。

令我更惊讶的是，李尚志在繁忙之余，还有心写下一些充满文学味道的文章，都是关于荷花的。他编在一起，洋洋大观。荷花是一种很高洁的东西。对这些描绘了荷花种种情状的文章，我能作些什么评述呢？我想起“映日荷花别样红”的诗句。这本书在他的所有著作中，一定是别具一格。我以为，这恰好反映了李尚志追求的丰富和志趣的多姿。繁盛的收获的秋季，正在向他热情地招手呢。

一湾清浅的生活

高羽是1993年发表处女作的，到现在算起来也有十七八年的时间了，在文学的田野上跋涉，大约也可以说得上漫长二字。他的作品首发在当地一家报纸的副刊上，这对他应当是一个很大的鼓励，而我前后在这家报纸供职已二十年有余，是不是也算一种文缘呢？我想是的。高羽在一所乡间学校教书，这所不大的学校就在北溪冲积出来的一块平原的腹地，他也是这里的原住民。北溪是九龙江的主要支流，这块冲积平原也是我的祖籍地，虽然我们离开那里已有好几代了，这是不是同高羽也算有一种地缘关系呢？我想是的。因此，当我们坐在同一间屋子里的时候，虽然是初次见面，觉得没有什么距离。他脸方，略瘦，眼眶前有一副眼镜，在交谈过程中，我不停地想，是一种什么力量或精神，使他能够在这个喧闹的社会转型期，在许许多多的诱惑面前，在挤挤拥拥的浮躁中，偏安一隅，坚守文学净土，默默地耕耘。

有一个安徽的诗友问高羽："你相信上帝吗？"他回答："我不相信。但有点信命，更加信爱和信念。"爱是什么东西？爱实际上是一种文学的原动力，爱与真善美有时是很难区分的，仁爱之心，恻隐之心，应是人皆有之。爱，包括爱情，不就是文学的永恒主题吗？信念是什么东西？是人对世界的看法，并将这种看法付诸精神上的追求，这种追求往往是终极的。这样分析，也许就不难理解在离都市数十公里远的僻静的乡间，有人会孜孜不倦地搬弄着属于文学范畴的文字。那么命又是什么？从文学的视角观照，应当同天资是有关联的。文学这东西不可能人人都去搞，事实上也不存在这种情况，有时说它如独木桥，人们熙熙攘攘走时，总会有人落水掉队的。但是天资这种与生俱来的资质不用过分强调，有一句话不是说“天才的百分之九十九来自勤奋”吗？喜欢文学，总比纵情声色犬马要好得多，否则就很难理解为什么要求各层次的学子都要读点名著。

高羽2001年出版了诗集《真情倾诉》，实际上我是这时候才从文字上认识他的，后来他又出了诗集《北溪，那湾清浅的生活》，这是2009年的事，现在，又捧出新的诗歌和随笔集，让人钦佩他的勤奋。高羽的文字流畅，充满泥土的味道，富有想象力，不少诗歌读后能引起读者的思考。他在文学的田野上留下的脚印是坚实的，希望他能够继续走下去。

高羽有一首短诗叫《花之殇》，它是这样描述的：“下坠的时间越来越逼近/她已无力，握住花枝伸过来的手/一瓣……两瓣……三瓣……/她默默地数着，看身体，一片一片，离开自己”这首诗写得很有张力，还有些许哲理。我将它看成高羽同诗歌之间的关系，看成诗人一种心甘情愿的追求和牺牲，这是一种崇高的境界。

我的家乡有一些这样的诗歌殉道者，有一些这样的文学爱好者，这正是文学的希望所在！

最深西溪水

平和县本土作家黄荣才写了自己第一本关于林语堂的书。平和县在什么地方？当年林语堂从福建平和一个叫坂仔的地方出发，登船沿着西溪到厦门求学，行程要两天两夜。当然，林语堂可能不觉得有多远，顺着溪流弯弯曲曲地往南行走，云天山水如织，风光似锦，好不怡人。以至许多年后，回忆往事，他仍说影响自己“最深的还是西溪的山水”。平和县隐躲在闽南西部偏僻的山里，峰高林密，贫苦农民曾揭竿而起，红军出没其间，由于这段历史，这座县城有着中央苏区县的荣誉光环。改革开放以来，经过多年努力，这里的蜜柚名满天下，成了一张耀眼的名片。但是说到林语堂从这里走出来，似乎还是让人感觉有些不可思议。

林语堂出生在平和县坂仔镇，祖籍是芗城区天宝镇五里沙村，两地相距上百公里，但同属漳州。我曾写过一篇关于上海南云楼风波的文章，内容是林语堂和鲁迅的一段往事，当时在场的还有郁达夫、同是漳籍作家的杨骚等人，因为这段往事引起过现代文学史研究者的关注。事情发生在 1928 年 8 月 28 日，鲁迅日记亦有记载。当时林语堂已享誉文坛。可是，由于历史的原因，1949 年以后，大陆书籍似乎很少提到他，有一张在一些博物馆或书里出现过的宋庆龄、鲁迅、林语堂等人的合影，林语堂的位置也被作了技术处理，家乡人对他渐渐陌生了。他的书出现在公共场所书架上是改革开放以后的事，电视剧《京华烟云》的播出，使林语堂的名字走进百姓家中。近年来，关于林语堂的研究林林总总，不在少数，但是不知道有没有有心者从偏远的平和县坂仔镇这个角度切入，了解和研究生养林语堂的山区家乡同他成长之间的某些逻辑关系。如果有，这本书将会提供许多生动有趣的文字和资料；如果没有，这本所提供的东西将填补一个空白。一个日益为世人所关注的作家从一个曾经不为人所知的穷乡僻壤走出来，这不是一个很有意思的题目吗？

林雨堂是一个“两脚踏中西文化”的作家，亦是一个普通人。小时候在家，他同二姐最好，他调皮地躺在地上撒娇，好让二姐洗衣服，他要赖不打水，要二姐到井边劳作。这位二姐由于家庭经济原因，上中学不久就辍学出嫁了，将求学梦交给弟弟，后来又因鼠疫早亡。“我年青时所流的泪，多是为二姐而流的。”在《忧郁的二姐》一文中，这些值得回忆的生活都有生动的描写。林语堂认为“如果我有一些健全的观念和简朴的思想，那完全得之于闽南坂仔秀美的山陵……”，这些山陵就有坂仔的南山，当地百姓称之为“番仔”山，“番仔”一词带有外邦的意味，这里指的是基督教的墓地。林语堂的二姐和四哥都葬在这个地方，因此也牵动他绵长的思绪，在《哀伤的南山》我们可以读到这种动情的文字。涉及林语堂同家乡关系的文章在书中占有相当的篇幅，如《曼妙的西溪航道》《林语堂和闽南话》《平和：林语堂生命的源头》《乐观的父亲》，等等。在黄荣才的笔下，这些充满乡土情趣和温馨情愫的片段，通过流畅悦目的方块字，一一清晰地勾勒和展现出来，使人感受到林语堂的故乡深情。书中还有一些涉猎林语堂生活其他方面的短章，如《林语堂与陈锦端》等，同样写得非常感人，让人窥探到林语堂情感深处不为一般人所知的隐秘，很值得一读，我也特别喜欢。

黄荣才是平和县林语堂文学馆馆长，写小说和散文，具有优越的文化资源，他勤奋笔耕，不断突破自己。相信在他的开掘下，会继续有鲜活明亮又丰厚的成果问世，这是我们所期待的。林语堂已成为平和县的一张文化名片，相信这张名片在未来的时日有其更加重要的位置。

山野送来的清新

认识朱亚圣已久，记忆中较深的一次是我回报社工作不久，有回到平和县采访，当时亚圣在县报道组，晚上邀我到他的宿舍坐，在简陋逼仄的单人小房间里，我们聊了天。聊了些什么已记不得，大概是关于读书和写文章这一类的话题。那时《闽南日报》刊登过一篇介绍他如何跑新闻的文章，他也曾获过漳州市优秀新闻工作者的称号，报纸时有他的作品，给我的印象是一个从山里走出来的勤奋的年轻人。这是 20 世纪 90 年代的事情。后来我们有缘在一个单位共事了几年，至今他一直没有离开新闻。同不少搞新闻的人一样，他最初喜欢文字，最初也喜欢文学，喜欢文学就从诗歌开始。20 岁的时候出过一本诗集，诗集的名字叫《青春悟》，不知他从年轻的岁月中悟出了什么，从此就没有离开过诗歌。工作之余，从生活中寻觅诗，感受诗意，捕捉诗歌。同不少写诗歌的人略有不同的是，他写出来的诗似乎不太在意在什么地方发表，因此他的诗少有当代诗坛潮向变幻的痕迹，包括形式，它只属于他自己，抒发出的感情和承载它的文字，呈现出山野送来的清新，呈现出自然的流丽。

诗集《拉链》收入的大多是他这几年的收获，涉猎的范围广，题材也多，各有千秋。我比较喜欢的是那些描写山区的、乡村生活的。他在《大芹山・春》中这样开头：“宛若朴实的仙女 / 罩着绿色的面纱 / 一旦撩开 / 惊艳被放大一百倍 / 大芹山的春天 / 让神奇占领”，质朴无华，清新动人，它是这样结尾："大芹山的身份证号码是 1544.8/ 凭此 / 它走遍海角天涯 / 大芹山的四季 / 是从春茶开始的 / 下山后 / 茶仙们把它带到四面八方 / 传播春茶的故事。"坐落在平和县的大芹山海拔 1500 多米，是漳州最高的山，这里生产的白芽奇兰茶，闻名遐迩，变成这样的句式后既实在，又生发出诗的韵味。在《举镰人和生活》里有这样的诗句："在秋收的地头里 / 把刀挥成一片片新月 / 这片土地不仅生长庄稼 / 还生长着闽南口味的诗歌"，"稻子最懂心事 / 它们躺进箩筐蛇皮袋 / 休息了 / 脸上还挂着笑"，辛苦的劳动变成怡人的审美程式。

然而这本诗集给我更深刻印象的是朱亚圣的追求。中国现代文学馆编的最近一期《中国现代文学研究丛刊》，有一篇日本评论家加藤三由纪写的文章，题目是《战场上的创作——陈辉诗歌在日本唤起的创伤记忆》，当年我是在《革命烈士诗抄》里读到陈辉的诗，他的《献诗——为伊甸园而歌》中的"人民就是上帝，而我的歌呀，它将是伊甸园门前守卫者的枪枝"成了我心中经久铭刻的经典诗句之一。他是抗战期间晋察冀一支武工队的政委，牺牲于一次战斗中，才 24 岁，他滴着血，在创伤的肌体上写出的憧憬美好生活的诗歌，半个多世纪后仍成为日本诗歌研究者的研究对象。陈辉在血与火的年代追求着诗歌。我又想起当代诗人闻捷，他脍炙人口的歌颂爱情的诗歌《苹果树下》和飘逸出新生活情调的抒情诗集《天山牧歌》，在摧毁文化的"文革"期间，他依然追求着自己的爱情，直至捐躯，以自己的血肉书写出一曲同女作家戴厚英动人心魄的爱情诗歌。他们对缪斯的追求多么的坚贞。我们现在是和平的、正常的年代，对诗歌的追求似乎不用那样艰难，不用在血泊里爬行，不用在桎梏中求生，当然也无须以付出生命为代价，但是我们这个年代却有许许多多其他的诱惑，包括无处不在的物欲。追求诗歌虽然是文化的、向上的，有时甚至可以冠之高雅，但也是孤独的、寂寞的，同那些灯红酒绿、奢靡浮华相比，有时显得非常苍白和无力。但还是有人执着前行，朱亚圣就是这支队伍中的一员，在心无旁骛地耕耘一亩诗的田园，在自由地拨响自己那架动人的竖琴。他写了一组关于 24 个节气的诗歌，其中《雨水》的第一节这样写："'雨水'降临的那一天 / 闽南真的下雨了——/ 如倾盆，如天漏了一角 / 阵势还不小呢 / 此时，北方的一些大城市还在 /'十面霾伏'中 / 我庆幸 / 这才是纯正的节气血统"在这里，我想借这节诗的意思重新铺陈，对诗歌的热爱和投入，当然不是唯一的选择，但是它至少是一个有所追求的人的一条纯正的路。对朱亚圣来说，如同节气的降临，一切都是那样自然而然。

《像云一样飘过》

读完散文集《像云一样飘过》，突然有一种感动，同时还有一种欣喜。一个高考落榜，从农村走出，到城里谋生的年轻人，20多年来，不论境遇如何，没有忘记孩童时被语文老师刺激出来的“作文”梦，一篇篇，一片片，像云一样飘过，美丽多彩，这样的坚持，其实就是一篇多么深沉的文章，我由此感动。许多人说文学被边缘化，与此同时又不断有人加入这个队伍，莫言的诺贝尔奖，让人再次领略到文学的永生。我们的土地上，又走来一位散文作者，我由此欣喜。

什么叫散文？似乎没有一个公认的、权威的、科学的定义，尽管如此，但是有一点是肯定的，散文不是公文，它是有感情色彩的文字，它通过这样的文字，传递出人们的情感、情绪、欲望、对生活的价值判断，润物无声，引人共鸣。我以为林晓文写的正是这样一些文字。

这本散文集分为4辑，每辑的文章有所归类，又相互贯通，打开它们阅读，一股泥土气息扑面而来，充满生活的味道，如清新的风柔和地拂过心头。第一辑“且行且摄”中，《意象溪头》里写了溪头小山村的四季，这里有春的茶园、夏的飞瀑、秋的柚子、冬的雪景，又峰回路转地写了这里走出的农民企业家等，让人感受到一个恬淡又充满生机的山村。同类文章如《登灵通岩记》也写得生机盎然。在《第一次到厦门看风景》中，还是初中生的作者第一次在鼓浪屿见到海，又意外地在礁石上看到身着比基尼的外国女郎，留下极深的印象，虽然此等景象现在已不复新鲜，但最初的触动却难以忘怀，让人感受到文化冲击的力量。同类的文章在《火车情结》中也有生动的描写。第二辑“乡情依依”中，《落雪的日子》用不多的文字，将纯朴善良的老嫂子写得格外动人，她在雪天中悄然告别这个世界是最具光彩的一笔。读着《旧时灯火》中关于煤油灯、篾火、松油灯、黄麻秆火的回忆，让我不由自主也想起童年就着煤油灯读书的日子，尽管是在城里。《黑狗》一文对山里一条小狗写得生动可爱，以至这条小狗被小主人吓死后，让人怜惜不已。这一辑像这样有浓厚山间民情和民俗的篇章还有不少。第三辑叫“亲情脉脉”，这一辑《老爸大造屋》所传递出来的信息最为厚重，有关于家的延续、关于做人的责任、关于城镇化的必然，等等，这些蕴含的内容没有用讲道理的形式展现，而是自然而然地从不停地造屋这个过程中透露出来，不知道作者有没有意识到此间的深刻。而《承诺是绵绵的爱》最富人情味，让人有淳厚的回味。第四辑的“杂味人生”中，《与车无缘》十分真切地从一个侧面折射出近30年来人们生活发生的变化，让人会心一笑。作为书名的《像云一样飘过》以朴素的笔墨从丧葬仪式开始，很有感情地写了一个山村的支部书记，也是山村公认的家长平凡又不平凡的一生，让人肃然。《局》和《鼠道》一篇是小说，另一篇是童话故事，写得饶有风趣。这数十篇文章，展示出作者扎实的文字功底和他独有的感受生活的能力，后面这一点尤为可贵，这种能力和其他相关的组合起来，就形成潜质这种东西。

写到这里，我自然想起杜甫那句揭示出文字规律性的诗，“书读破万卷，下笔如有神”，没有听说过有谁不读书，能写出好文章来。作者的文字功底，应是得益于从少年就养成的读书习惯。作文这条路上，并无捷径可走，唯有挤出时间多读多写。有些属于技艺层面的东西，如题材的选择、细节的琢磨等，就得从写作中去领悟了。以这数十篇作为一个良好的开端，经过努力，完全可以相信，林晓文能够取得更大的成绩的。我们期盼着。

冲击这座高地

最初我听到《俺也想当“公仆”》这篇文章获得全国年度报纸副刊金奖，将角逐中国新闻奖，而且很可能获奖时，我觉得有点意外。因为工作原因，多年来我一直关注这个领域，明白从这个渠道去夺取中国新闻奖是多么的不容易。虽然如此，我仍希望我们的人马（包括自己）去冲击这座中国新闻界顶尖的高地，各显神通也好，精心谋划也好，就是盯着这个目标。几番冲击，都铩羽而归，只夺得几个银奖，顶多在银奖中名次靠前一点，连参评中国新闻奖的资格都没有，因为金奖才有资格。之所以意外，是觉得这篇文章写“真”了。这是一篇杂文，杂文多数喜欢摸摸老虎屁股，会遭人嫌。投票时，人们会格外斟酌，有时还易生纷争。但是这回，它过了。经过一轮又一轮的投票，它堂堂正正地登上这座高地。这座高地，是多少业界人士穷尽努力而不得，却仍然向往的地方。

《俺也想当“公仆”》有什么神的地方吗？其实没有。它就一个字“真”，较真。这是一篇带有新闻评论意味的杂文，评论当今一些“公仆”现象，而这些不堪的现象是我们有时很无奈地想回避的。但是作者迎难而上，当然他选择了一个很新的角度，这个角度让他可以比较自由地书写发挥。既然社会上出现这等好“公仆”，一介草民有这样一个小小的卑微念头想当回“公仆”也是情理之中的。于是，他就将草民想当“公仆”的当法娓娓道来。这个当法与某些为官“公仆”的当法是不一样的，于是就有了那些调侃、揶揄和轻度讽刺（“轻度”一词新近因媒介报道上海地铁追尾而风行）的语句。文章没有正面去评判和斥责那些为官不仁的“公仆”现象。就是这样一篇文章，普普通通，才1500多字。

它如何就获得众多苛刻无比的评委的认可，从而获得中国新闻奖了呢？我曾冷静地分析过。作为新闻最基本的东西，事实，真实，它有了，而且是热门的、焦点的。论题材不能不算大，反腐败，事关国家兴亡的问题。文字流畅，带点犀利。它还有独到的一点，就是发挥了当今媒体最为缺失的舆论监督的功能这个作用，分寸拿捏得好。当然，也许还有一点运气的成分。但是，最根本的还是事实和真实。而这一点恰恰不是每一个业内人士做得到的。这应该就是我们要从《俺也想当“公仆”》获得中国新闻奖所得到的最重要的启示。

如何冲击中国新闻奖这个高地？让我们就从这个最根本的基础出发吧。

行文至此，我想到2011年8月，到省城参加纪念中国报界先驱林白水烈士就义85周年大会，会上，所有坐在主席台上的发言者都引用了林白水的名言：“新闻记者应该说人话，不说鬼话；应该说真话，不说假话。”台下一个老总对我说：“谈何容易。”因此，《俺也想当“公仆”》一文获奖，让我感到中国的新闻，是有希望的。

我又想到获奖作者苏衍宗的祖父苏渺公，他曾是孙中山麾下的一员新闻大将，为社会的正义和进步奔走呼吁，是不是有点什么遗传的基因呢？我希望他也希望业界同仁们能不断努力，在今后有更多更好的收获。

从《自我雕琢》寻迹

某年8月，一篇有哲学意味的随笔《自我雕琢》发表在《闽南日报》副刊《温馨岛》上，不久被《思维与智慧》杂志（2014年第3期）转载，后来被重庆一中选入中考语文模拟试卷的阅读题，接着又被选入漳州中考语文试卷的阅读题。本土报纸发表的作品在社会上产生影响，是值得庆贺的一件事，这篇文章的作者宋阿芬是我认识的，就更添了一层高兴的理由。

知道宋阿芬这个名字是从报纸发表的文章署名，认识她是2010年夏天市作协组织的一次采风活动，那次是到华安县的和春村，宋阿芬就是在这个县的一所乡村小学教书。显然她是这次采风活动中人们比较陌生的一个年轻的新作者。这次采风活动后，她写的关于和春村的散文被《福建文学》采用了，无疑对她是一个很大的鼓励，虽然之前她已在《福建日报》和《闽南日报》文艺副刊上发表了一些文章。写和春村散文的题目叫《闽南小西藏》，文中关于山村的情景写得自然、生动和美丽，这可能同她就在农村生活有关系，很熟悉，有感情，不做作。那天晚上村里搞了一场热闹的篝火晚会，宋阿芬在文中说，这是她第一次参加这样的晚会，这大概也表现出她纯朴的一面。这篇中规中矩的散文是经过编辑用心改过的。在一次交谈中，她有些不好意思地说，编辑作了一些改动，我很感激。这也表现了她的虚心。

我看过她写的《童年的回忆》，这篇发表在《闽南日报》上的短文章，引发了我的回忆，让我产生一种感动。它描写农村小孩的生活，在放牛的空闲中在草地上翻跟斗、竖蜻蜓，放开嗓子喊山，然后听回声，农忙时帮忙在打谷机旁兴奋地递稻捆，插秧时在水田里走动着送秧苗，当然也为了那犒赏的可乐，还有被蚂蟥叮咬时，满不在乎地一边骂着一边用唾沫将它捋下，放在石头上烤死。作者可是个女孩子。这篇小散文很有生活气息，让我想到当年部队成长起来的女作家刘真写的《长长的流水》等一系列很有韵味的短篇小说。在一篇发表在《福建日报》副刊的儿童文学《男生杨鹏》中，宋阿芬将一个调皮的男生写得很有情趣，呼之亦出，他的转变虽然简单了点，但是真实，如果不熟悉学校生活，是写不出来的。

从和春村采风回来后，似乎有相当一段时间没有看到宋阿芬的作品，后来才知道她又当了一回妈妈。孩子刚可以离开身边，她就迫切地重新在键盘上敲起字来，作为一个母亲，这是需要克服很多困难的，说明她下了很大的决心。可能正是这种执着和坚守，让她在较短的时间里取得了较大的进步，收获了属于自己的成果。在《人间四月天》（发表在《福建日报》上）这篇飘逸出激情的散文里，她写道："尽管外面的世界喧嚣浮躁，物欲横流，但我并不随波逐流，内心坚守着一份美丽，在希望的田野里努力地耕耘着，收获着。"这是不是可以看成她的一份白白？

现在要完整地评价宋阿芬的作品可能还为时尚早，但是毫无疑问，她在写作的道路上，步子是踏实的。《自我雕琢》或许是一个新的起点。文章被转载固然可喜，有它应该肯定的一面，但也有外部因素契合的一面，这点大约还是要清醒的。她今后仍须努力。努力的方向在她自己的文章中，似乎也可以找出答案。她在《自我雕琢》中这样写："自我雕琢需要有方法。外塑形象，更需内强素质。给自己的思想增加高度，高度决定视野，才足以抵御各种名利的诱惑；给自己的知识增加厚度，博览群书，丰富知识，浸润心灵，才可以在这个竞争的时代里自由驰骋；给自己的心灵增加纯度，豁达乐观，宽以待人，爱心常伴，感恩相随，足以美丽漫漫人生。”在这里我稍加概括和引申，就是要多读，要精读，要勤写。

希望作者在写作这条路上能走得更远。

文与史的一行脚印

大概是20世纪70年代末，我认识了卢奕醒老师，当时他与陈布伦先生等一些漳州文学界人士在编《水仙花》杂志。那是一个中国当代文学复兴的年代，通常一个好作品，就会引发无数人心灵上的震动，以至“文学爱好者”都成了征婚启事的金招牌。一本《水仙花》文学杂志的周围，会聚了不少漳籍文坛的旧人与新人。我第一篇散文就刊登在《水仙花》上。其实，我知道卢奕醒这个名字，要早许多年。“文革”初期，漳州市区一些公共场所贴满有关“三蕾一鸿”的大字报，年纪尚小的我看不出大字报揭发了什么了不得的事，但是给人的印象这“三蕾一鸿”就是北京“三家村”在本地的小小分店。我记住大字报里几个人的名字中，就有卢奕醒。

我一直搞不清楚“三蕾一鸿”是怎么一回事，这次看了卢老师回忆文章后，才明白来龙去脉，不禁为那个动荡荒唐的年代扼腕痛心。大概压抑太久，《水仙花》一问世，就香飘四方，大部分编辑都是业余的，其中就有卢奕醒最活跃的身影。后来熟悉了，他也曾约我帮忙组稿，对组来的稿件都鼓励有加。十多年后，我在编《南方》杂志时，他曾帮我谋划过发行的事情。

除了编过多种报刊外，卢奕醒老师还做过什么事情呢？当过老师，他的学生也为人师表时，回忆起这位卢老师，充满感激之情；做过学校普通的行政事务，以勤勉认真和高效率的作风让人赞叹；当过职业中学的校长，以拼命三郎的精神感召了许多人；为残疾人的事业不遗余力地奔走，只要有一分的可能，就以百分百的努力去争取。这是一个充满活力和有工作激情的人。

当你看到，这原来是一个身有残疾的人时，会不会感到当他在做这些事情时，是多么的不容易，会不会对自强不息有了更深的理解？是的，我就有了这种感受。卢奕醒老师其实不是一个普通的人。当他步入晚年时，我看他所写的这些文章，了解他做过的这些事情，就产生了这样的认识，一个人这一辈子，做了这样与他人和社会都有益的事情，便可以无愧地拍着胸脯说，这一生没有白活。

当然，卢奕醒老师还是一个普通的人，有自己的喜怒哀乐，有高兴的事，也有伤心的事。这伤心的事有时难以释怀，比如关于家庭出身的问题。他花了不少笔墨写下这个过程。家庭出身这个包袱，让他背了几十年，让他失去了不少机会，尤其当他明白这个出身按当年的政策标准去套，是错划了，后来又没有抓住时机纠正过来，让人备感纠结。如果穷究下去的话，这是一个很深的问题了。因为，不知有多少人，曾经因为各种各样的政治原因，受累终身，还波及后代。不知有多少个家庭，因为各种各样的政治原因，分崩离析，遗憾百年。这种事情落到卢奕醒老师一家上，是不幸的。如果从全社会十万分之一或百万分之一这个角度去看，可能只是海面上一处浅浅的波纹。这样想，也许就会略略疏导得开。但是这篇家庭出身的文章，让我又一次在鲜活的事实面前，感受到人对自己基本权利追索的坚韧。

卢奕醒老师将这些汇总起来的文章起了一个名字，叫《人生履痕》，留下了一份很有地方特色的有文化内容的资料。当若干年以后，人们在阅读它们时，一定会发出各自的叹喟。当然，它们的价值还在于在研究地方文化史时，可以提供某些清晰的印证。有一定经历的、上了年纪的人，有能力的话，都应该将自己的经历写出来，为漳州这座历史文化名城的史料积累添砖加瓦。我愿意在这里做出这样的呼吁。

生活原生态的斑驳

漳州是我们国家的历史文化名城，有着1300多年的历史，文化积淀丰厚，在一代又一代人的生产和生活中，创作出和流传着许许多多的民间故事，在这些民间故事的基础上，又凝结出许许多多非常生动活泼、富有生命力的民间谚语和俗语。卓有成就的民间文学研究者卢奕醒和郑炳炎先生，花了很大的力量，费了许多心血，从收集到的浩繁的资料中，精心编选出其中的100多条，汇集成《漳州民谚俗语民间故事》这本书。

书中的这些谚语和俗语，许多在童年时代便耳熟能详。如“细汉偷割匏，大汉偷牵牛”、“捉贼打虎靠亲兄弟”、“歹马也有一步踢”、“设契兄上琥珀岭”、“拳头藏在手袖里”、“说鬼给虎拖去”、“祭白虎”，等等。有的是在长辈训诫儿孙时听到的，有的是在大人聊天时不经意说出的，有的甚至是在邻里斗嘴时脱口冒出的，因为生动形象，就在脑子里留下很深的印象，于是就一知半解地在生活中不自觉地运用起来，有时还在幼时作文中安放在句子里。只要生活在漳州地区，可能没有人不会受到这些富有情趣的语言的影响。

后来慢慢长大，也知道其中一些民谚俗语背后的故事，还明白这些语言所传递出来的做人的道理，再后来，随着思想的渐渐成熟，才理解这里面还有着多么丰富的地域内容和文化内容。

美丽富饶的漳州平原和它周边逶迤伸展出去的丘陵山地，我们的先民在这里辛勤地劳动，创造出繁衍生息后人的物质财富，同时也创造出多彩多姿的滋养后人的文化财富，当然也包括独具特色的语言，包括谚语和俗语，而且影响深远。漳州的主流文化源于中原，有学者发现，有的唐诗用普通话吟诵起来不合韵，而用漳州话读起来却朗朗上口。我们的前辈又越过窄窄的海峡，到台湾拓土垦殖，生根发展。直至今日，到台湾走一遭回来，都还感觉那里同漳州几乎没有什么两样。因此，产生漳州谚语俗语的民间故事时有出现同台湾有关的情节，就显得那样的自然亲近。

这些民间故事，有的富有哲理，有的诙谐风趣，有的寓教于事，这些谚语俗语充满泥土气息，斑斑驳驳地描绘出漳州社会原生态的一面，缤纷又本色地反映出我们先人的聪颖智慧、勤奋朴实、坚韧不拔。读一读它们，会更了解我们这一片肥沃的土地，更了解在这片土地上世代耕耘的乡亲父老，会更热爱我们的家乡，更热爱家乡的百姓民众。

那么，就请您打开这本书吧。

感受美并传递出来

平和县地灵人杰，多有君子以行文愉悦心灵。有年轻人，也有上了点年纪的人；有写长篇小说的，有写中篇短篇小说的，也有写诗歌的，但似乎写散文者更多一些。不知这与平和盛产驰名的蜜柚和白芽奇兰茶有没有关系。我一直以为大自然的尤物，能长久地激荡行文者的灵感。将这种感受诉诸文字，当然以散文为最。然而，大自然的尤物打动人的不会仅仅是它原生态的美，而是让人产生对生活的热爱和对人的热爱，这是一种久远的热爱。因此，将这种感受诉诸文字的结果通常不仅仅浮于表层，停滞于状物，而是表现为对美的独特领悟。在平和县长长的行文者的队列中，许少梅是其中一员。读了她汇集起来的散文集《爱你不是两三天》，一个盘桓不去的感受就是她领悟着这样的美，并将它传递出来。有几篇文章集中体现出她这种努力。

在《爱你不是两三天》中，她蘸满深爱地描写了刚刚 14 岁的表妹娟子从发现不治之症到离开人世短短 40 多天中，自己的震动、焦灼、关切和不舍，十分传情和动人。人之常情，往往没有界限，包括种群和国界，它无所顾忌地穿越着时空，留下震撼人心的力量。但是这种普世的常情，不是偶尔也会被人所遗忘吗？《让我感动的乡下婆婆》是一篇很接地气的散文，它绘声绘色地写出婆媳之间的融洽和亲密，有两个细节让人记住了，一个是“我”回乡下婆家，婆婆在村口等候，并快步向前牵着媳妇的手不放，让同行的姐妹“看呆了”；另一个是婆婆住院，儿子开玩笑地说要“换媳妇”，气得婆婆拔掉输液的针头要打儿子。这样的细节，很难生造，让人会心一笑，感到俗世的美好。《土楼月饼情怀》描画了生活的另一种色彩。在有数百年历史的土楼中生活的儿童是这样过中秋的，先是着急地盼望太阳快下山，接着在楼里鹅卵石铺成的埕中等月娘娘升起后品食月饼，有自家土制的，也有公社供应的伴有瘦肉的“肉饼”，还有父亲从城里带回的月饼。那种品尝的快感写得生动传神，令人感到土楼生活的简朴、快乐，却又有一丝凄清。略觉不足的是孩子们守着井，生怕井里的“井公鱼”吃掉月亮的细节只有一笔，如稍加放大，这个独具特色的细节可能会让文章生色不少。《我与项小青》让人感受到作者的文字是有功底的，写得自然流畅，淡定朴实，人物的特质几笔就清楚地勾勒出来，一个“红二代”的形象，十分真实地立在读者面前。《真假赖柏英其人考》是另一类文章，虽然是“考”，但同样写得富有感情，除了它史实的价值外，也让人们从另一个角度走进林语堂内心深处。可圈可点的还有《提着音乐行走》等。不知作者有没有认识到自己这种感受美的能力，如有，则应当自觉去捕捉，这种美，或许无处不在，它将会让文章的题材和内容更加斑斓多彩。

认识许少梅多年，有一回到灵通山采风，她提着话筒采访的认真劲给人留下了印象，事实上她一度是一个积极的新闻采访者，写过不少新闻稿，尽管是业余的。有一年我服务的报社大动干戈改版，我到平和县征集读者和通信员的意见，她是与会者之一，认真地听大家的发言。可能与新闻挨得近，她有的文章烙着新闻笔法的痕迹，虽然现在有的新闻写法有散文倾向，但毕竟还是两种文体，新闻多是单调的叙述，而文学大量的是描写。这也是笔者时常困扰的问题。但是相信这不会影响她日后的努力前行，相信她一定能够突破自己，多读精读多写，写出更好的美文。

文章果然圣洁事

一天，我一口气看了20多篇文章。虽说都不长，但是能够不停歇地看下去，至少说明一点，好看。这些文章可谓丰富多彩，有家庭的亲情追忆，关于已故的外婆，关于已故的父亲和母亲；有自己人生道路的回眸，关于中学的，关于知青的；有自己追逐生活步伐的努力，关于电脑，关于微信，关于山地车；有对时代变革的思考，关于代沟，关于家庭结构，关于人的尊严。林林总总，涉及的题材很广泛。我注意到了文章后面的时间落款，发现不少都是同一个时期的，甚至是一两个月间的。就是说，在某一个时间段，作者有了源源不断的写作冲动。这是一个什么样的节点呢？原来，是退休。这是人生路上一个全新的里程。有一首流传着的朗诵诗这么写道："没有了学历的压力，没有了谋生的辛劳，没有了功名利禄的诱惑，人生啊是如此从容、真实、美好。每 天都是节日，每一天都是假日，每一天都是双休日，每一天都是自由日。人生从退休开始啊，朋友们！"是的，一切回忆都变得如此新鲜，一切追求都变得如此奇妙，一切思考都变得到如此真实。一切都像泉水，从笔端，不，在键盘的轻击下汩汩流淌出来，想堵都堵不了。这就是我一个学兄新近的一批作品。从这些文字中，我才知道他当年以双百满分考上了漳州一中；才知道在上山下乡的大潮中，他当教师的母亲在学校真诚表态要让自己的儿子们第一批插队；才知道在那动荡的年间他看了不少书；才知道退休后他尽力做过公益事情。

这些文章，清晰地勾勒出学兄退休后的所思所想所行，虽然还不算完整，但足以让我在阅读中无比感慨，同时产生许多联想。

既然每一个人都要经历这一个阶段，既然这一个阶段或许可以没有任何负担，如果都能像这样将这一段的思想和生活记录下来，无疑是留给家人和后人一份很好的礼物。因为没有负担，没有太多的想法，这些文字显得那样的干净、那样坦白，没有一点功利色彩。它不求发表，不求传播，只是书写人的一种生理需要，我要写，仅此而已。

“至于我为什么要花这么多的精力写文章呢？其实非常简单，就一个词‘喜欢’，一个人干自己喜欢干的事情还需要什么理由吗？一个人活在世界上，充其量最多也就是三万多个日子，除去懵懂时光，扣去休息的时间，再减掉退休之前的日子，余下的时间的确不多了。认认真真地做一些自己想做的事情，做一些自己认为应该做的有益的事情，还需要什么理由吗？”他在一篇文章中如此写道。这段叙述，让我想到“文章圣洁事”这几个字。

一个人，当他在开笔写自己想写的文章，脑子如一泓清水，透明得只有表达自己情绪和思想的那些文字，这些文字如音符一样没有羁绊地、轻快地浮现，任凭自己组成一行行队列，谱成动听的旋律。想一想吧，这是多么纯净的一种境界，这是多么美妙的一种享受。这样做事，说圣洁大概不算过分。这样的行文，真叫心无旁骛，自由自在，酣畅淋漓。我非常羡慕。能做到这样，不容易，因此就很不简单。

看了这些文章，我有了一个新的期待，就是期待像学兄这样的人（这些人想来不在少数），能敞亮地保持一种良好的人生姿态，持续地从容地记录下自己行将铺展开来的一幕幕新的生活，留下属于自己也属于社会的美丽的文章。

勤奋和艰难的跋涉

了解吴可彦的写作经历，令人很感动。首先我想到吴可彦这个 90 后的年轻作者在写作成长的道路上，遇到了一些好人。在读中学时，他的文学才能被语文老师发现，尽管文章写法不适宜应试考试，但这个叫林惠美的老师在课后与他交谈，鼓励他走自己的写作道路。这应该是他的文学启蒙者。后来他的小说作品写出来了，得到了本土作家们的肯定，这给了他走下去的力量。后来他的作品发表了，编辑们的认可，给了他极大的鼓励。吴可彦开始得到社会各方面的关注。他双目失明，对这个患有残疾的大学生，残联很关心，我曾听市残联的同志谈起他的事，他们充满人情味地谈到吴可彦，感觉到他们多么将这个年轻人放在心上，他们的关心多么细致入微。当地的党政部门也给予许多帮助，各级作协也义不容辞地伸出扶持的手。省作协召开他的作品研讨会，许多知名作家和学者参加，也表明了这一点。这里还有认识吴可彦不久，就已经认真写出文章评介他作品的教授。从一路走来得到社会各层面的关心来讲，吴可彦是幸运的。从上到下，他有一个很适合搞创作的外部环境和氛围。当然，他还有一个呕心沥血关照着他的非常负责任的父亲。

感动的另一方面是吴可彦异常勤奋。短短几年中，出版了 4 本书，有 2 本是长篇小说，如果加上开始习作的失败作品，就更多了。他表现出来的强大的精神力量，让人钦佩，不能不让我想到了奥斯特洛夫斯基。这位以小说《钢铁是怎样炼成的》广为人知的作者是许多人心中的偶像，我们到莫斯科新圣女公墓拜谒的第一个作家就是他，主要是他精神的感召，当然长眠这里的契诃夫、果戈理我们也是很崇拜的。吴可彦身上也有这种打动人的精神。他还让我想起中国的保尔，《把一切献给党》的作者吴运铎。在当今浮躁的社会中，理想和信仰受到挑战，吴可彦的坚守，他不向命运低头的精神，就格外闪光。从他的文学作品看，这是一个有才情的青年作家，有才情，加上勤奋，他的前景是可以看好的。

吴可彦的作品有他的生活体验，有明显的当代社会生态的投影。他的文学表现形式，写作的手法，有传统的现实主义的痕迹，更多的是先锋的、玄幻的。阅读过程中，我偶有小纠结，时而会冒出这样的问题，他这里为什么要这样写，为什么不写得清楚一点，明白一点。在小说集《八度空间》中有一篇叫《黑色卡农》的小说，在阅读过程和之后，我脑子里就几次出现这样的问题。这是一篇集科幻、玄幻和前卫写法为一体的小说，讲的是人类将一颗载有地球文明的卫星发射到宇宙，被外星人截获，派了叫薇薇安群体的外星人来到地球，开展实验，企图制服地球人。小说以一个私家侦探的奇特经历讲述了这个故事。读这篇小说时，我想起自己少年时看过的一些科幻小说，如《我是太阳行星》《星际航行》，等等，早先的科幻小说惊险刺激，有人情味，但明了，我自然地将它们进行比较，《黑色卡农》显然迷幻得多，主要是写法。卡农是一种音乐写作技法，它有一个特点是旋律的不断重复和相互追逐，引在这里作为题目，似乎有人们将无处逃遁的寓意。而《黑色卡农》在吴可彦诸多小说中，还算可以读得来的。为什么会出现写法如此大的差异？我思考过。我认为，这应该与我们获取文学修养的渠道有差异是密切相关联的。我们读的多是传统的文学作品，偶有象征的、现代的、魔幻的。而年青一代获取文字的方式除传统书本外，还与网络几乎不可分离，空间大了许多，速度快了许多，手法也丰富了许多。因此出现了不尽相同的写法和构思逻辑。吴可彦因为自己的特殊情况，他失明后体验生活的方式和思维方式也有自己的特点，这是可以理解，而且应该包容的。他有自己的想法，经过不懈的努力，日后或许可以走出属于自己的路。

吴可彦写作非常刻苦勤快，让人感到是处在一种亢奋状态。他还很年轻，来日方长。我想借这个机会进一言，要注意休息，要张弛有度，不能总处在满弓状态。应当细水长流。我祝愿吴可彦在文学的道路上有所建树，不断成长。

生活的质感、纹路与矿藏

是在采风活动中认识李秀碧的，忘了什么时候，有好几次，后来就熟悉了。知道她是企业中人，有一摊商场上的事情，忙得很。心里有点奇怪，这样的忙人，有时间看书？是文学的书，那是要点闲情逸致的；还有时间写文章？是文学味道的，这是要点本事的。果然，她就传来了落英缤纷般的散文，虽没有洋洋大观，但还是令人叹服。从她的文字里，我寻到了答案，原来她从小就喜欢看书。先是“小人书”，就是连环画，她最初接触古典名著，就从这里开始，像《红楼梦》、《水浒传》、《三国演义》等，从中得到了莫大的乐趣，产生了许多感受，甚至枕着“红楼”做梦。然后就顺理成章地步入文学书籍的长廊。有如神助，作文写得好了，有了写作的冲动，开始参与了小学生的征文活动。不断努力，又过了若干时候。后来竟然发表了，虽然是在黑板上，却同样博得同学的赞赏，这件初中二年级的事情，李秀碧记得很牢。文学这颗小小的种子，或许在这个时候播下了。

无论多忙，阅读这件事她没有忘记。夜晚睡觉前，时常要捧着书，说是时间有限，但一旦着迷，那就无限了，明天的事明天说，先读书。文学的书和文学的杂志，就这样一本接着一本翻下来。看多了，就有点门道，有时先粗看一遍，有味道了再细看，有时还要搞点摘录。看多了，就想尝试着写。她一定是放弃了闲散时同姐妹们逛商场、轧马路、串门聊天的享受美好生活的时光，心无旁骛地坐在电脑前敲字，才有了这些飘飘而落的文章。这些文章一个最大的特点，就是有生活的质感，有生活或粗或细的纹路，有浓郁的原生态的味道。或许有的篇章有局促感，有类似好的毛坯还没打磨出来的感觉，大约是急就章。但是，瑕不掩瑜，生活的气息还是满满地溢出来。显然，李秀碧写作前有了一定的准备和积累，这里包括文学修养和文字功底，有较厚实的生活基础。她的生活矿藏，其实还远远没有挖掘出来。

记得同李秀碧有过几次交谈。谈写作的，很快就谈开了。我说如今信息爆炸，各类文学作品也如潮水般涌来，瞟一眼都要眼花缭乱。生活节奏快，一不留神时间就没了。有点宝贵的时间，要留意读些经典的文学作品，抓住不放，有自己喜欢读的就更好。经典的作品，读一遍有一遍的收获，从这些作品中写作人可以受益无穷，这没有一点夸张，因为有许多前人的经验可鉴。从她的文章里，我看到了她阅读过《这里的黎明静悄悄》，不觉有某种慰藉。这个中篇小说我看了不下 10 遍，非常折服作家瓦西里耶夫描写宏大壮阔的卫国战争时所选取的小小的独特的角度，以及小说中动人心弦的细节，还有人性刻画得近乎极致的精美。我还同她谈到选材的问题。我说有你这样经历的人不多，有你这样经历又愿意写作的人就更少，应当写自己经历过感受过的东西，这是独一无二的。与别人雷同的那些题材，可以作为练笔。还有一点我后来意识到但是没有同她说过，就是她的从商经历，从大背景看，与我们的时代有某种程度的契合，如果能以文学的方式抽丝剥茧或点点滴滴反映出来，都会是很有意义的。

李秀碧在《幽幽的玉兰花》一文中，写到了从玉兰花身上感悟到的人生态度，就是从容和淡定。这对写作人来说同样很重要。文学毕竟不同于其他文章，它要思想，还要有深度，这不是一天两天的功夫。它是一门艺术，要技巧，这也不是一天两天的功夫。有从容淡定的心态，就可以走得更远。我的祖籍属华安县，又在那里工作过许多年，华安县出现的每一个作者都会让我格外关注，也包括李秀碧。她在散文中所描绘的家乡景色、人情风貌，我都很熟悉，读起来很亲切。但是希望李秀碧的笔端不要止于此。她出了第一本散文集《哆尼花开》，要以这本书的出版为发轫，不停步，就一定会有更多更好的收获。

后记

此次收入集子里的散文随笔多写于 2010 年以后。写得实在不多，有一些还是催稿催出来的，满意者寥寥。权作一行深浅不一的脚印。

生活中多有感悟，囿于它故未及落笔，期待有成文之日。